인간 사랑과 협동,
그 길을 묻다

인간 사랑과 협동,
그 길을 묻다

초판 1쇄 발행 2022년 01월 11일

지 은 이 우암교육사상연구소
발 행 인 권선복
편 집 오동희
디 자 인 노유경
전 자 책 노유경
발 행 처 도서출판 행복에너지
출판등록 제315-2011-000035호
주 소 (157-010) 서울특별시 강서구 화곡로 232
전 화 010-3267-6277, 02-2698-0404
팩 스 0303-0799-1560
홈페이지 www.happybook.or.kr
이 메 일 ksbdata@daum.net

값 18,000원

ISBN 979-11-5602-953-3 (03810)

Copyright ⓒ 우암교육사상연구소, 2022

도서출판 행복에너지는 독자 여러분의 아이디어와 원고 투고를 기다립니다. 책으로 만들기를 원하는 콘텐츠가 있으신 분은 이메일이나 홈페이지를 통해 간단한 기획서와 기획의도, 연락처 등을 보내주십시오. 행복에너지의 문은 언제나 활짝 열려 있습니다.

인간 사랑과 협동,
그 길을 묻다

사랑이란 "상대를 존중하고 배려하는 마음으로,
함께하는 협동의 바탕"이다.
사랑으로 더불어 살자!

우암교육사상연구소

도서
출판 행복에너지

발간사

우암의 교육사상은 삼애정신이다. 하나님 사랑, 인간 사랑, 나라 사랑이다. 삼애정신은 사람이 살아가는 삶의 범주(Category)이며 삶의 규범이다. 삼애정신은 구현하고자 하는 교육목표가 있다. 하나님 사랑은 도의 교육으로, 인간 사랑은 협동 교육으로, 그리고 나라 사랑은 직업교육이다.

이번 발간되는 제5집 주제는 '인간 사랑과 협동'이다. 이 주제는 시기적으로 매우 적절하다. 우리가 겪고 있는 코로나 팬데믹은 우리의 일상과 관계를 무너뜨렸다. 이뿐만 아니라 우리가 살고 있는 정보화 시대는 서로가 친밀한 관계를 맺는 것을 원하지 않는다. 오히려 관계 맺는 것을 두려워하고 거리를 두고 사는 것에 안심한다. 홀로가 더 편안한 세상, 혼자 밥 먹고(혼밥), 혼자 마시고(혼술), 혼자 놀고(혼놀), 혼자 여행하고(혼행), 혼자 살고······. 우리가 살아갈 미래는 이렇게 관계 가운데 사는 것을 원하지 않는 이들이 대세를 이룰 것으로 전망한다. 이런 이들을 디스커넥트(Disconnect)형 인간이라 한다. 이런 사회적 변화와 시대적 상황에서 어떻게 인간성을 회복할 것인가? 이는 가장 시급한 물음이다.

인간성 회복의 유일한 길은 사랑이다. 사랑은 나와 너의 거리를 극복하여 우리를 한 끈으로 연결해 주기 때문이다. 이 사랑이 나와 너를 살리는 생의 동력이다. 그러므로 인류 역사가 시작된 이래로 사랑을 대체할 수 있는 것은 아무 것도 없다.

사랑은 서로 함께하는 협동으로 성취된다. 우리가 서로를 배려하여 기댈 어깨가 되어 줄 때 우리는 더욱더 따뜻해지고 강해진다. 또한 상승효과가 있어 혼자서는 이룰 수 없는 큰 결과를 얻게 되어 목표하는 바를 이룰 수 있게 한다. 우리가 사랑으로 이처럼 서로 함께할 때 우리 존재와 우리가 살고 있는 공동체는 아름답고 빛난다.

우암문고 제5집 출판을 위하여 학계를 대표하시는 귀한 분들께서 쾌히 원고를 집필해 주심에 감사드린다. 또한, 출판을 위하여 수고하신 모든 분들에게도 감사를 드린다.

끝으로 지금까지 발간된 1집에서 4집까지의 우암문고가 우리의 삶과 공동체의 길을 묻고, 길을 찾고, 길을 만들었듯이 이번 제5집 역시 우리의 마음을 깨우고 우리 공동체를 깨우쳐 우리의 삶과 공동체를 회복시키는 방향타로서 큰 역할을 다할 수 있기를 바란다.

황승룡 박사(우암학원 이사장)

차례

사랑(愛)
: 자기 믿음. 관심. 배려

우암 조용기
(우암학원 설립자, 학원장)

우암 조용기 趙龍沂

교육학박사, 우암학원 설립자 및 학원장.
사단법인 한국사학법인연합회 회장.
국가원로회의 회원 등을 역임.

1. 들어가면서

〈우암비전론〉을 한 학기 동안 수강한 여러분,
참으로 반갑고 사랑스럽습니다.

　〈우암비전론〉은, 사람으로서 어떻게 살아야 하는지, 어떻게 사는 것이 의미 있고 가치 있고 행복한 것인지를 성인으로서 이제 막 첫발을 딛는 여러분들과 함께 고민하고 성찰하여 보다 긍정적이고 미래지향적인 삶을 설계해 보는 시간을 갖고자 마련한 과목입니다.
　사람이 이 세상을 살아가면서 인간답게 살아가는 길을 찾아보자고 하는 과목이라고도 할 수 있습니다. 아마도 여러분에게 크게 도움이 되었을 것으로 생각합니다. 그간 공부하느라 수고 많이 하였습니다. 또 강의하시느라 수고해 주신 여러 교수님들 감사합니다. 모두 고생 많이 했습니다.
　여러분, 나는 〈우암비전론〉에서 말하는 그 '우암 조용기' 청년입니다.
　오늘 이 자리에서 무슨 이야기를 할까 고민하다, '사랑'에 대한 이야기를 하려고 마음을 먹었습니다. '사랑'은 동서고금을 막론하고 모든 사람들이 갈구하고 아주 좋아하는 말이기 때문입니다.

2. 사랑이란 무엇인가?

여러분, 여러분은 '사랑'이 무엇이라고 생각합니까? 또 사랑은 어떻게 생겼을까요?

언젠가 우리 대학 학생들에게 '사랑'이라면 떠오르는 단어에 대해서 물어보았더니 참으로 생기발랄하고, 이렇게 감성이 풍부했나 싶을 정도로 감동적인 이야기들이 쏟아졌습니다. "역시 청춘은 아름다운 것이다."는 생각이 들어 부러워했습니다. 내가 어렵고 고통스러운 가운데서도 '교육'의 끈을 놓지 않았던 것이 참으로 마음 뿌듯했습니다. 우리 남부대학교 학생들 진심으로 사랑합니다.

자, 어디 여러분에게 이 자리에서 다시 묻습니다. 사랑이 뭘까요?

(학생들의 답변)

네, 여러 가지 이야기가 나올 수 있겠지요.

'사랑'의 사전적 의미는,
- '아끼고 위해주며 한없이 베푸는 일, 그 마음'이라 적고 있습니다.

사상가 톨스토이는 사랑을 '친절'이라고 정의하면서 "친절은 얽힌 것을 풀어주고 곤란한 것을 수월하게 해주고 암담한 것을 즐거움

우암 조용기

으로 바꿔준다"고 말하고 있습니다.

시인 괴테는 "사랑은 위대한 것이다. 아무리 큰 공간이라 할지라도, 설사 하늘과 땅 사이만큼의 공간이라 할지라도 그것은 사랑의 힘으로 메울 수 있다"라고 합니다. 모두 공통적으로 사랑은 위대한 힘을 가지고 있는 것이라고들 하고 있지요.

일본의 문호 나쓰메 소세키는 사랑의 형태를 찾아보려고 무던히 애쓴 이들 중의 한 사람입니다. 그는 그의 작품 속에서 '사랑이 길더냐, 짧더냐, 모나더냐, 둥글더냐'라고 묻고 있습니다.
정말 사랑은 어떻게 생겼을까요? 길까요? 짧을까요? 둥글까요? 모가 날까요?

그는 '사랑이란 길기도 하고 짧기도 하고 둥글기도 하고 모나기도 하다'라고 자문자답하였습니다. 그러니까 사랑에는 형태가 없다는 뜻이겠지요.

김수환 추기경 같은 분은 '사랑이 있어 인간의 존재 이유가 된다'고 말씀하십니다. 사랑이 없다면 인간의 존재 가치가 없다는 말입니다.

사랑이라는 말은 참 좋은 낱말입니다. 우리는 모두 사랑으로 열려있고, 연결되어 있고, 사랑으로 가정을 이루고 사회를 이루고 살아갑니다. 우리는 사랑을 떠나서는 인간으로서 한시도 이 세상에서 사람답게 살아갈 수가 없습니다.

사랑이 없으면 개개인의 삶은 삭막하기 그지없고 사랑이 없을 때 우리 가정은 파탄할 수밖에 없습니다. 사랑이 없는 사회는 황무지와 같고 사랑이 없을 때는 서로 간의 미움만이 남아서 분쟁만 낳고 분열만 가져옵니다.

그러기에 사랑이 없다면 인간의 생명은 무의미하고 참된 삶은 있을 수가 없고, 결국 인간 사회는 지옥과 같은 것이 되고 맙니다.

마이클 잭슨이 언젠가 한국에 와서 공연을 한 적이 있지요? "무엇이 저렇게 많은 젊은이들이 그의 음악에 열광하게 만드는가!" 그에게 물었더니, 그는 "저들 젊은이들을 나는 사랑합니다. 나의 사랑은 음악을 통해서 표현되고 저들에게 전달됩니다."고 말했다고 합니다.

나의 사랑하는 남부대학교 학생 여러분, 우암인 여러분, 사랑의 힘은 총칼보다도 강한 것입니다. 인간이 있어 사랑이 존재하는 것이 아니라 사랑이 있어 인간이 살 만한 세상이 존재한다는 것을 알아야 합니다. 사랑이 있어 우리는 건강한 삶을 살아갈 수가 있습니다.

기독교성경에 사랑은 오래 참는다고 했습니다. 온유하고, 시기를

우암 조용기

하지 않고, 자랑하지도 않고, 자기의 유익만을 구하지도 않고 무례히 행하지도 않는다고 가르쳐 주고 있습니다. 동서고금을 막론하고 직위의 높고 낮음을 가르지 않고 '사랑'에 대해서 왜 이렇게 열망할까요? 그것은 '사랑은 인간관계의 고리가 되고 첫 출발'이 되기 때문입니다. 사랑이 있어 인간 사회에 희망이 있고 기쁨이 있고 보람이 있다는 뜻이겠지요?

그럼, 사랑의 반대말은 뭘까요?

사랑의 반대말은 미움이고 증오라고 생각하시나요? 그러나 아닙니다. 미움이나 증오는 어떤 식으로든 그 사람이 내 안에 있다는 뜻입니다. 즉 관심을 가지고 있다는 말입니다. 그러기에 사랑의 반대말은 바로 '무관심'입니다.

그가 어떤 모습을 하든 어떤 일을 하든 나에게는 아무 상관이 없는, 그것이 바로 사랑의 반대인 무관심입니다.
여러분, 사랑하는 사람에게 관심을 보이십시오. 관심은 사랑의 시작이고, 사랑은 관심에서부터 시작됩니다. 인간관계의 시작이 사랑이고 그 사랑은 관심에서 비롯되어 이중고리로 얽혀져 있습니다. 이와 같이 인간은 사랑의 끈으로 이어져 있는 것입니다.

3. 건학이념 : 삼애정신

자, 그럼 여러분이 〈우암비전론〉 시간에 배웠던 우리 대학의 건학
이념에 대해 물어봅시다.

우리학교의 건학이념이 뭐죠? 삼애정신입니다.

그럼 삼애정신이 무엇입니까?

하나님을 사랑하고

인간을 사랑하고

나라를 사랑하자.

그것이 바로 삼애정신이고 우리 대학의 창학정신이고 건학이념
이지요?

하나님을 사랑한다! 인간을 사랑한다. 나라를 사랑한다. 이것은
표면상으로는 따로따로인 것 같지만 결국은 하나로 묶여져 있는 하
나의 사랑입니다.

삼애정신은 각각 셋으로 나뉘어진 사랑이 아니라 하나의 사랑이
라는 것을 기억하기 바랍니다. 먼저 자기 자신부터 사랑하세요. 자
기 자신이 어떤 경우에도 떳떳한 사람이 되도록 하세요. 이웃에게
나 하나님 앞에서 부끄럽지 않은 자기 자신의 모습, 그것이 바로 자
기를 사랑하는 것이고 이웃을 사랑하는 것이고 하나님을 사랑하

우암 조용기

는 것이 됩니다. 어디에 내놓아도 떳떳하고 부끄럽지 않은 자기 자신의 모습에서 사랑의 모습을 발견할 수가 있는 것입니다.

이렇듯 삼애정신은 자기 사랑으로부터 시작됩니다. 이웃에게 부끄럽지 않은 자기 자신, 하나님 앞에서도, 자기의 조국 대한민국에 대해서도, 떳떳한 자기 자신, 그에 대한 자기의 믿음, 그것이 바로 삼애정신인 것입니다.

나에 대한 관심에서 이웃에 대한 관심, 사회에 대한 관심, 국가에 대한 관심 등 이런 여러 긍정적 관심들이 모여서 세상을 더욱더 빛나게, 따뜻하게, 의미 있게, 가치 있게 만들어가는 것입니다. 이것이 삼애정신입니다.

자, 여러분 지금 여러분 옆에 앉아있는 친구, 뒤에 앉아 있는 친구, 앞에 앉아있는 친구의 손을 잡고 온기를 서로 나눠보세요. 그리고 따뜻한 인사말을 건네보세요.

그리고 그 친구의 손에서 느낀 감정을 나누어 보세요. 손이 따숩다, 손이 차다, 손에 힘이 넘친다, 또는 손에 힘이 없다. 그것이 바로 관심입니다. 관심 가운데 친구에게 어떤 마음이 전달되고 있는지 서로의 정을 느끼게 될 것입니다.
그것이 바로 사랑입니다.

'사랑은 아무나 하나'의 노래가사와 같이 사랑은 아무나 하는 것 아닙니까? 사랑은 자기를 사랑할 줄 아는 사람만이 할 수가 있습니다.

(잠시 학생들이 이야기할 수 있는 시간을 갖는다)

네, 여러분의 눈빛, 몸짓, 목소리 등을 보니 사랑이 넘쳐, 그 온기가 멀리 떨어져 있는 이곳 나에게까지 전달되는 듯합니다. 여러분들의 충만한 20대의 청춘, 참으로 뿌듯하고 나까지 뜨거운 가슴이 뜁니다.

하나님을 사랑하세요. 이웃을 사랑하세요. 그리고 나라를 사랑하세요. 그러려면 먼저 자기 자신부터 사랑하세요. 사랑은 아무나 하나? 자기를 사랑하기 위해서 죽도록 노력할 줄 아는 사람, 그 사람이 사랑할 줄 아는 사람입니다. 여러분 자기를 사랑하기 위해서 죽도록 노력하세요. 사랑도 노력입니다.

4. 나오면서

다시 한번 묻겠습니다. 사랑이 뭐라고요?

우암 조용기

네, 사랑은 하나입니다. 자기 사랑입니다. 자기를 믿는 것입니다. 그리고 관심입니다. 배려입니다. 그리고 또 자기 노력입니다.

오늘 이 마음 그대로 여러분 삶에 사랑이 넘치길 바랍니다. 여러분 모두 사랑합니다.

많이많이 사랑합니다.

감사합니다.

02
|

사람 사랑의
길을 묻다

황승룡
(호남신학대학교 명예 총장)

황승룡 黃承龍

호남신학대학교 명예총장.
전 호남신학대학교 총장, 한국조직신학학회 회장
전국신학협의회 회장, 한국대학교육협의회 신학
협의회 회장, 한국대학법인협의회 부회장 등을
역임.

우리가 사는 오늘은 코로나로 인한 팬데믹(pandemic) 시대이다. 팬데믹 상황에서 서로의 안전을 위하여 실시한 '거리두기'가 서로를 경계하고 멀리하는 소통단절로 나타나고 있다. 우리의 일상을 무너뜨렸을 뿐만 아니라 인간관계마저 단절되고 있는 상황이다.

세계적인 미래학자들은 코로나 이후(post-Corona) 인공지능과 로봇 역할의 증대, 언택트(untact)와 온택트(ontact) 중심의 삶 등의 변화로 우리의 삶이 지금과는 달라지리라고 전망한다.

상호 관계성의 상실은 인간성의 상실을 의미한다. 이런 사회적 변화 속에서 우리는 어떻게 인간성을 회복할 수 있는가? 이것은 오늘날 우리에게 주어진 가장 긴급하고 중요한 물음이다.

과학자 스티븐 호킹에게 누군가 물었다. "박사님에게는 물리학이 인생이죠?" 그러자 호킹은 코를 찡그렸다. 루게릭병으로 의사 표현이 어려웠던 그에겐 동의하지 않는다는 뜻이었다. 그는 컴퓨터로 이렇게 답했다. "사랑이 인생이에요." 스티븐 호킹의 대답은 정답이다. 사랑은 인간의 본성으로 인간성을 회복할 수 있게 하기 때문이다. 사랑은 인류역사가 시작된 이래로 그 무엇으로도 대체할 수 없는 나를 살리고 남을 살리는 원동력이 되는 위대한 힘이자, 능력이다. 그러므로 사랑이 있는 곳에 삶이 있고 삶이 있는 곳에는 사랑이 있어야 한다. 사람을 일으켜 세우고 살리는 것은 사랑이다. 사람의 삶이 사랑으로 채워질 때 생의 기적을 만들어 삶을 바꾸고 역사를 바꾼다.

그런데 우리의 삶이란 관계 속에서 이루어진다. 나의 삶은 다른 사람의 삶과 깊은 관계를 맺고 있다. 그러므로 우리는 네트워크에서 벗어날 수 없다. 사랑 역시 마찬가지이다. 사랑도 사람과 사람의 상호 관계 속에서 이루어진다. 그럼 이 사랑을 사람과의 관계 속에서 어떻게 이룰 수 있을까? 이에 대하여 다음 4가지로 기술하고자 한다.

첫째, 모든 사람은 존귀하다.
둘째, 생명을 존중한다.
셋째, 약자를 먼저 배려한다.
넷째, 서로 더불어 사는 것이다.

1. 모든 사람은 존귀하다

사람은 값으로 계산할 수 없는 절대적 가치를 가지고 있는 존재다. 인간존재 자체가 갖는 무조건적 가치 때문이다. 그렇기에 칸트는 인간은 목적 자체로서 어떤 경우에도 수단으로 취급해서는 안 된다고 하였다. 왜냐하면, 수단은 대체할 수 있는 상대적 가치이기 때문이다. 인간은 항상 목적 자체로서 그 무엇과도 비교될 수 없다. 이것이 바로 인간의 존엄성이다. 따라서 우리는 인간존재 자체를 존귀히 여겨 존귀한 존재로 대하여야 한다. 그러기 위해선 먼저 자기 스스로를 소중히 여기는 자존감을 가져야 한다. 자기 자신에 대한 자존감을 가질 때 다른 사람 역시 존엄한 존재로 받아들일 수 있다. 그러

황승룡

므로 자존감은 자기를 위해서도 다른 사람을 위해서도 중요하다.

자존감은 자신을 있는 그대로 긍정적으로 받아들임에서 시작한다. 사람은 그 누구도 완전하거나 완벽하지 않다. 햇빛에도 빛과 어둠이 있듯이 사람 역시 마찬가지이다. 사람에게는 장점과 단점이 함께 있다. 그렇기에 어느 시각으로 보느냐에 따라 달라진다. 긍정적인 면을 보면 긍정적인 것이 보이고 부정적인 면을 보면 한없이 부정적으로 바라볼 수밖에 없다. 그러므로 자기 자신을 보는 시각 즉 생각을 바꾸는 것이다. 생각은 삶을 바꾸는 힘이다. 그렇기에 근대철학의 아버지 르네 데카르트는 "나는 생각한다. 그러므로 나는 존재한다."라고 하였다. 생각이 존재를 결정한다. 생각이 바뀌면 행동이 바뀌고 행동이 바뀌면 습관이 바뀌고 습관이 바뀌면 성품이 바뀌고 성품이 바뀌면 운명이 바뀐다. 정해진 것은 없다. 자기 스스로 만들어 가는 것이다. 자존감이 높은 사람은 때로 겪게 되는 시련과 역경, 좌절과 실패, 위기 관리능력이 뛰어나 이를 극복하여 이겨내는 회복 탄력성도 높다. 이뿐만 아니라 자아존중감은 리더십, 대인관계 등 삶의 많은 영역에 영향을 미친다. 특히 대인관계는 자아존중감과 정비례한다. 자존감이 높을수록 대인관계도 원만하다. 그리고 상대 역시 존중한다. 이는 내가 소중한 존재이듯이 상대 역시 소중한 존재임을 깨닫기 때문이다. 우리 모두는 다른 사람이 대체할 수 없는 각자의 아름다움과 특징이 있다. 이것이 우리의 자존감이다.

그럼 우리는 어떻게 다른 사람을 존중할 수 있을까? 상대의 다름을 인정하고 그대로 받아들이는 것이다. 자존감이 나의 소중함을 깨닫고 있는 그대로 받아들이는 긍정에서 시작하듯이 다른 사람을 나와 다른 존재임을 인정하고 그대로 수용할 때 상대에 대한 존중은 시작된다. 인간을 종으로 볼 때는 한 종이지만 개별적으로 볼 때는 각기 다르다. 성격도, 능력도, 생김새도, 재능도 각기 다르다. 유전자가 같은 일란성 쌍둥이도 같지 않고 다르다. 모든 사람의 지문도 마찬가지다. 이뿐만 아니다. 다른 것을 나열하자면 끝도 없이 많다. 그런데도 우리는 지금까지 획일적 문화 속에 살아왔다. 용광로에 모든 것을 넣어 용해하여 하나의 똑같은 제품을 만들 듯이 사람에게도 이를 적용해 왔다. 그래서 다름을 받아들이지 못하고 다름을 틀린 것으로 보았다. 그러나 이제 사람마다 다른 개체성을 인정하고 다름을 받아들여야 한다. 여기에서 다양성이 존중되고 각자의 삶은 아름답게 빛난다.

우리 시대 최고의 지성으로 꼽히는 이어령 박사는 '품개'라는 사전에 없는 말을 지어 50년 뒤 살아갈 젊은이들에게 화두로 던졌다. 다음은 〈날개에서 품개로〉라는 제목의 글이다.

"날개는 '날다'에서 나온 말이다. 하지만 날개는 날기 위해서만 있는 것이 아니다. 둥지 속에 품고 있는 날개는 날개가 아니라 '품개'이다. 나는 것보다 더 소중한 품는 날개 '품개'란 말을 50년 뒤 이 세상을 살아갈 젊은이들에게 남기려고 한다. 우리말 사전에는 없는 이 새로운 말 '품개'가 너희들을 행복하게 할 것이다. 나와 다른 것과 싸우지 말고 품어라. 기계와 자연 그리고 지구와 하늘의 별까지 모두를 품

황승룡

어야 살아갈 수 있는 세상이 온다."

2020년 11월 25일

이어령

그는 나와 다른 것과 싸우지 않고 품을 때 행복할 수 있다고 한다. 이는 50년 후의 젊은이에게 준 당부이지만 지금도 마찬가지이다. 사람이 각기 다름을 인정하고 다름까지도 품을 때 거부나 배척이 아닌 소통, 공감의 새 관계 속에서 이해의 폭이 넓어져 새 역사가 이루어진다. 이제 다른 사람은 나와 관계가 없는 사람이 아니다.

풀꽃 2

나태주 시인

이름을 알고 나면 이웃이 되고
색깔을 알고 나면 친구가 되고
모양까지 알고 나면 연인이 된다
아, 이것은 비밀

닭이 알을 품을 때 새로운 생명이 태어나듯이 우리 역시 만나는 사람을 따뜻함으로 품을 때 이웃, 친구, 연인으로 새롭게 태어난다. 이 비밀을 잘 깨달아 새 관계 가운데 살아야 한다.

2. 생명을 존중한다

사람의 생명은 60조 이상의 세포로 구성되어 있다. 천문학적 숫자이다. 그런데 더 놀라운 것은 세포에는 세포핵, 소포체, 미토콘드리아 등 수많은 소기관들이 있다는 것이다. 세포 하나하나가 그 안에 우주를 담고 있다. 이는 현미경으로 보아야 겨우 보이는 작은 정자 하나에 한 인간의 모든 DNA가 담겨 있는 것과 같다. 또한, 우리 몸의 혈관의 길이는 120,000km로 이는 지구를 세 바퀴 도는 길이이다. 눈의 근육은 24시간 동안 100,000번을 움직이는데 다리를 움직여 이 운동을 하려면 80km를 걸어야 한다. 우리의 몸은 이렇듯 상상할 수 없는 정교한 구조로 되어 있다. 이뿐 아니라 최상위 고등생물인 인간에게는 몸 세포 숫자보다 더 많은 마음의 세포와 영혼의 세포가 있다. 그렇기에 인간의 생명은 과학으로 다 설명할 수 없는 신의 영역에 속한다. 생명(生命)이란 생을 살라는 신의 명령이다. 따라서 생명이란 신이 주신 최고의 선물이자, 기적이다. 생명은 이처럼 신성하다.

사람의 생명은 오직 하나뿐이다. 생명은 유일무이(唯一無二)하다. 예수님은 사람의 생명은 온 천하하고도 바꿀 수 없다고 하셨다. "사람이 만일 온 천하를 얻고도 제 목숨을 잃으면 무엇이 유익하리요 사람이 무엇을 주고 제 목숨과 바꾸겠느냐(마태복음 16장 26절, 개역개정)" 사람의 생명은 그 자체가 최고의 가치를 가진다. 그러므로 생명을 존중하고 사랑하는 것보다 더 큰 가치는 없다. 무엇과도 비교할 수 없는 절대가치이다.

황승룡

이를 실현한 사람이 슈바이처 박사이다. 슈바이처는 우리가 잘 아는 대로 탁월한 철학자이자, 신학자였으며 또한 바흐의 연구가, 파이프 오르간의 천재적인 연주자였다. 그럼에도 생명 사랑을 실천하기 위하여 원시림의 의사가 되기로 결심하고 30세에 의학 공부를 시작했다. 의학 공부를 끝낸 후에는 아프리카 콩고의 랑바레네에서 생명을 바쳐 헌신했다. 그의 신앙과 사상의 핵심은 생명 외경이다. 생명 외경은 단순히 생명에 대한 존중을 넘어 생명을 경외하고 생명에 대한 책임과 의무를 다하려는 헌신과 열정이었다. 그에게 있어서 생명을 보존, 촉진, 고양시키는 것은 선이고 생명을 파괴하고 억압하는 일은 악이었다. 그의 윤리적 기준은 생명 외경에 있었고, 생명 외경은 모든 윤리의 완성이었다. 그는 그의 자서전 『나의 사랑과 생명을 다하여』에서 "생의 긍정이란 막연하게 사는 것을 그만두고 생의 참된 가치를 부여하기 위하여 외경심을 가지고 자기의 생에 헌신하는 정신사업이다."라고 하였다.

우리 모두는 생명의 참된 가치를 실현해야 한다. 그러기 위해서는 먼저 자기 생명을 사랑하고 존중해야 한다. 우리나라는 경제협력개발기구(OECD) 회원국 36개국 가운데 자살률 1위이다. 하루에 40여 명이 스스로 목숨을 끊고 있다. 자살이라는 극단적 선택을 결행하기까지는 그만한 아픔과 고통이 있었을 것이다. 그럼에도 불구하고 절대자의 영역에 속한 생명을 스스로 포기하지 않아야 한다. 그리고 생명을 지켜야 한다. 우리가 살고 있는 삶의 환경과 상황은 언제든지 바뀌어 역전이 가능하다. "내가 지금 겪고 있는 생의 고통과 아픔은 한평생이 아닌 순간이다. 그렇기에 이 또한 지나가리라."
오늘의 좌절과 실패, 절망은 내일의 희망으로 바꾸어질 수 있다. 그
러므로 내일의 태양을 기다리면서 희망 중에 인내로써 이겨내야 한
다. 따라서 우리는 어떤 경우에도 자기 생을 사랑하면서 존중해야
한다. 인간의 모든 권리 중 첫 번째는 생명의 권리이다. 더불어 우리
는 다른 사람의 생명 역시 존중하고 사랑해야 한다. 나의 생명이 소
중하고 중요하듯이 다른 사람의 생명 역시 중요하다. 나와 너는 따
로 존재하는 것이 아니라 서로 의존하고 있다. 둘이 아니라 하나인
불이여일(不二如一)이다. 따라서 나를 이롭게 하는 것과 다른 사람을
이롭게 하는 것은 같은 것이다. 우리는 하나이기 때문에 자리이타(自
利利他)의 삶을 사는 것이 우리가 걸어야 할 길이다. 나의 생명을 사
랑하듯 다른 사람의 생명을 사랑하는 것이 삶의 길이다.

성경은 인간 사랑에 대해서 이렇게 말씀한다.

> "너는 네 형제를 마음으로 미워하지 말며 네 이웃을 반드시 견책하
> 라 그러면 네가 그에 대하여 죄를 담당하지 아니하리라 원수를 갚지
> 말며 동포를 원망하지 말며 네 이웃 사랑하기를 네 자신과 같이 사
> 랑하라 나는 여호와이니라."(레위기 19장 17~18절, 개역개정)

이웃을 나처럼 사랑하는 것, 인간 사랑(愛人)이 모든 계명 중 최고
의 계명임을 말씀한다. 그럼에도 불구하고 인명을 해치는 범행들이
자행되고 있다. 폭행, 폭력, 착취, 인신매매, 성매매, 성차별, 인종차

황승룡

별, 테러, 살해 … 사람의 생명을 해치는 이러한 범죄는 결코 용납될 수 없다. 우리는 오늘처럼 생명을 경시하는 때에 생명을 존중하며 생명의 소중성과 귀중성을 깨치고 생명 사랑을 실행해야 한다. 생명이 생명을 낳고 생명이 생명을 살리듯이 생명 사랑이 우리 안에 삶의 온기를 되살려 우리 모두를 삶의 온기 가운데 살게 한다. 또한, 인간 됨을 잊지 않고 우리로 하여금 인간의 얼굴을 가지고 살게 한다.

3. 약자를 먼저 배려한다

사람은 태어나면서부터 신체적으로, 정신적으로 약하게 태어나기도 하고 장애를 가지고 태어나기도 한다. 또한, 살다 아파서, 사건, 사고로 약해지기도 하고 장애를 가지고 살게 되기도 한다. 이뿐만 아니라 사회적으로, 경제적으로 어려움에 처하기도 한다. 이렇듯 신체적, 정신적으로 장애를 가지신 분들 그리고 사회적, 경제적으로 소외된 모든 분들을 약자라 할 수 있다. 이런 약자들이 자유롭게, 행복하게 살 수 있도록 사회적 환경을 만들어야 한다. 그러기 위해서 우선적으로 약자에 대한 배려가 이루어져야 한다. 배려란 그 뜻대로 약자들을 마음을 써서 보살피고 도와주는 것이다.

사회의 건강 척도는 약자에 대한 배려에 달려 있다. 약자들도 사회 구성원으로 당당하게 살 수 있는 사회는 그만큼 건강한 사회이다.

그렇기에 약자에 대한 배려의 정도가 그 사회의 건강의 지표가 된다. 그뿐만 아니라 한 국가와 개인의 윤리적 잣대이기도 하다. 왜냐하면, 약자를 배려하는 것은 인간됨의 근본이고, 기본이기 때문이다.

맹자는 사람이 가져야 할 4가지 마음가짐을 사단지심(四端之心)이라 하였다. 사단지심 중 첫째가 측은지심(惻隱之心)이다. 측은지심이란 다른 사람의 아픔과 불행에 대해서 아파하는 인애의 마음이다. 맹자는 사람이 사람으로서 측은지심이 없으면 사람이 아니라고 하였다.

불교의 초기 대승경전 중에 『유마경』이 있다. 유마거사가 어느 날 병들어 자리에 눕게 되었다. 이 소식을 전해들은 석가모니 붓다가 문병차 문수보살을 비롯하여 여러 제자들을 보낸다. 문수보살이 묻는다. "그대가 아픈 원인이 무엇입니까?" 유마거사가 답한다. "중생이 병들어서 지금 내가 누워 있지요. 언제쯤 낫게 되겠는지요? 중생의 병이 나으면 내 병도 낫게 될 것입니다."

중생이 병들면 나도 아프고, 중생이 나으면 자신의 병도 낫게 된다는 것이다. 중생과 나를 '둘이 아닌 한 몸'으로 본 것이다. 『유마경』은 나와 중생, 나와 '나 아닌 것'이 따로 존재하는 것이 아니라 서로 의존하고 있으며 감응하는 존재임을 말하고 있다.

구약 성경에서는 약자 보호에 대하여 구체적으로 말씀한다.

"너희 땅의 수확을 거두어들일 때, 밭에서 모조리 거두어들이지 마라. 거두고 남은 이삭을 줍지 마라. 너희 포도를 속속들이 뒤져 따지 말고 따고 남은 과일을 거두지 말며 가난한 자와 몸붙여 사는 외국

황승룡

인이 따먹도록 남겨놓아라. 나 야훼가 너희 하느님이다."(레위기 19장 9~10절, 공동번역)

"너희는 이웃을 억눌러 빼앗아 먹지 마라. 품값을 다음날 아침까지 미루지 마라."(레위기 19장 13절, 공동번역)

"귀머거리가 듣지 못한다고 하여 그에게 악담하거나 소경이 보지 못한다고 하여 그 앞에 걸릴 것을 두지 마라. 하느님 두려운 줄 알아라. 나는 야훼이다."(레위기 19장 14절, 공동번역)

예수님은 약자에 대하여 내 형제라 하시며 자신과 동일시한다.

"임금이 대답하여 이르시되 내가 진실로 너희에게 이르노니 너희가 여기 내 형제 중에 지극히 작은 자 하나에게 한 것이 곧 내게 한 것이니라 하시고"(마태복음 25장 40절, 개역개정)

지극히 작은 자란 먹을 것이 없어 주린 자, 입을 것이 없어 헐벗은 자, 몸이 병든 자, 감옥에 갇힌 자, 머물 곳이 없어 나그네 된 자… 를 말한다. 예수님은 지극히 작은 자를 가리켜 내 형제라 하시며 이들을 위하여 행하는 것은 곧 예수님께 행하는 것과 같다고 하신다.

윤동주 시인은 그의 서시에서 약한 자에 대한 연민과 사랑을 읊고 있다.

....

....

별을 노래하는 마음으로

모든 죽어가는 것을 사랑해야지

그리고 나한테 주어진 길을 걸어가야겠다

....

그는 밤하늘에 빛나는 맑고 밝은 별을 노래하는 마음으로 삶의 아픔 때문에 고통당하는 모든 생명을 사랑하면서 자신에게 주어진 길을 부끄럼 없이 꿋꿋하게 걸어가겠다고 다짐하고 있다. 이처럼 약자의 아픔과 고통을 공감하며 사랑으로 함께하는 것이 사람됨의 도리이며 사람이 가야 할 길이다.

다른 사람을 배려하는 것은 나를 배려하는 것이다. 다른 사람을 돕는 과정에서 일어나는 몸과 마음의 긍정적인 변화를 헬퍼스 하이(Helper's high)라 한다. 다른 사람에게 도움을 줄 때, 초점이 자기 내부에서 외부로 향하게 되어 우울감이나 자기 자신의 무력감에서 벗어나게 된다. 또한, 혈압과 콜레스테롤 수치가 내려간다. 이뿐만 아니라 자신이 의미 있는 존재임을 확인하게 되므로 자존감도 높아지고 행복감 역시 올라갔다. 다른 사람을 돕는다는 것은 곧 자기 자신의 삶의 활력이며 자신을 사랑하는 방법이다. 결과적으로 다른 사람을 돕는 것은 행복감을 증진시키고 우울증을 예방하고 심장을 든든하게 한다. 그리고 면역력을 높여 몸과 마음을 건강하게

황승룡

하므로 장수로 이어진다.

능력 있는 사람만이 득세하고 살아남은 사회는 불행하다. 또한, 사회에 적응을 잘하는 사람만이 살아갈 수 있는 적자생존의 사회나 힘 있는 자가 약한 자 위에 군림하여 지배하는 사회 역시 불행하다. 이는 자연 세계나 동물의 세계에서 있을 수 있는 일이지 사람이 사는 세상에서는 아니다. 우리가 사는 세상에서는 누구도 소외됨이 없이 각자 자신의 존재의 의미와 가치를 인정받을 때 비로소 모두가 더불어 행복한 아름다운 세상이 되는 것이다. 이를 위해서 약자를 먼저 배려해야 한다. 우리에게 가장 마지막에 놓인 약자가(The last) 최우선(The first)이 될 때 우리가 사는 공동체는 건강하고 성숙한 공동체가 된다.

4. 서로 더불어 사는 것이다

우리나라는 옛부터 삼재사상(三才思想)이 있었다. 밭에 콩을 심을 때도 3알을 심었다. 하나는 하늘에 나는 새의 먹이로 그리고 한 알은 땅에 있는 벌레의 먹이로 그리고 한 알은 사람의 몫이었다. 이렇듯 옛부터 하늘과 땅, 사람이 함께 어울려 살았다.

사람끼리는 더욱 어울려 함께 살았다. 사람은 혼자 살 수 없는 존재이다. 이는 한자의 인(人)이 잘 보여 주고 있다. 인(人)은 두 사람,

곧 나와 타자와의 관계를 나타낸다. 혼자서는 올바르게 서지 못하며 두 존재가 만나 서로 의지할 때 사람의 역할을 한다는 뜻이다.

우리는 농경사회에 살면서 더불어 함께 사는 삶의 중요성과 공동체성을 일찍이 깨쳤다. 농경사회에서는 서로 돕지 않고서는 농사를 지을 수 없다. 농사를 짓기 위해서는 개인의 의사에 따라 소규모로 이루어지는 품앗이, 모심기, 길쌈 등을 위해서 마을 단위로 만든 공동노동 조직인 두레에 의무적으로 참여하여 함께해야 했다. 그렇지 않고는 농사를 지을 수 없었다. 농사를 지을 수 없다는 것은 생존할 수 없다는 뜻이다. 이렇게 서로 더불어 함께 하는 것이 상생과 상존의 길이었다. 우리는 함께 더불어 사는 공동체의 중요성을 일찍이 깨달았다.

우리의 삶은 더불어 함께할때 그 힘이 더욱 극대화되어 혼자서는 이룰 수 없는 역사를 이룬다. 시너지(synergy) 효과 때문이다. 시너지란 "함께 일한다"라는 뜻이다. 서로 협력하여 함께 일할 때 혼자 힘으로는 얻을 수 없는 그 이상의 효과를 낸다. 이는 상승 작용 때문이다. 수학적으로 1+1=2이지만 서로가 힘을 합하면 숫자를 넘어선 그 이상의 결과를 가져온다.

현생 인류의 조상인 호모사피엔스는 4만 년 전 아프리카에서 유럽으로 이주했다. 당시 유럽에는 네안데르탈인이라는 다른 인류가 살고 있었다. 하지만 그들은 호모사피엔스와 경쟁하다가 3만 년 전에 사라졌다. 네안데르탈인은 호모사피엔스에 비하여 더욱 강했다. 몸집이나 뇌의 부피도 훨씬 컸다. 호모사피엔스의 뇌의 용량은

황승룡

1,400cc이지만 네안데르탈인의 뇌는 1,600cc에 이르렀다. 네안데르탈인은 또한 뛰어난 사냥꾼이었다. 이들은 사슴, 멧돼지, 말 등은 물론 들소, 코뿔소 심지어 맘모스까지 잡아먹었다. 그런데 왜 이들은 사라졌을까? 네안데르탈인은 20~30명의 직계가족을 이루고 살았지만 다른 네안데르탈인과 교류가 없었다. 그렇기에 다른 네안데르탈인을 적으로 여겨 서로가 서로를 죽였다. 반면에 호모사피엔스는 비슷한 시기에 마을 단위의 사회를 만들었다. 가족 범위를 넘어선 것이다. 따라서 개체 수는 급격히 늘어났다. 그리하여 현재의 인류가 된 것이다.

호모사피엔스가 살아남은 또 다른 이유로 그들이 함께 일할 수 있는 능력을 개발해 빙하기를 잘 견디었기 때문이라고도 한다. 현생의 인류 호모사피엔스가 살아남은 비법은 서로 함께함에 있었다. 이렇듯 더불어 함이 공존, 공생, 공영의 길이다.

남극에 10월이 오면 모든 생물이 떠난다. 영하 50도의 극한 추위 때문이다. 그러나 반대로 황제펭귄은 100km 떨어진 해안에서 시속 0.5km의 기우뚱거리는 걸음으로 20여 일 걸리는 강행군을 통해 이 추위를 찾아온다. 서식지에 도착하자마자 몰아치는 한파 속에서 짝짓기를 한다. 암컷은 알을 낳아 수컷의 발 위에 올려놓고 먹이를 찾아 바다로 떠난다. 수컷은 암컷이 돌아올 때까지 아무것도 먹지 않고 꼼짝도 하지 않는다. 몸무게가 15kg이나 줄어드는 긴 기다림의 기간이다. 새끼가 부화를 해도 암컷이 돌아오지 않으면 수컷 펭귄은 비상수단으로 굶주린 자신의 위벽이나 식도의 점

막을 토해낸다. 이것이 펭귄 밀크이다. 펭귄 밀크를 펭귄은 부화한 새끼 펭귄에게 먹인다. 여기서 끝나지 않는다. 개체의 털과 지방 피질만으로는 남극 특유의 눈보라 치는 바람인 블리자드(blizzard)를 견딜 수 없다. 발에 알을 품은 수컷들은 몸을 맞대어 밀집된 커다란 똬리를 튼다. 허들링(huddle)이다. 몸으로 병풍 벽을 친 펭귄들은 서로의 체온을 모아 바깥보다 10도나 높은 따뜻한 내부 공간, 생명의 공간을 만든다. 안과 밖의 펭귄들은 서로 교대하므로 추위를 이겨내고 생존한다. 서로 함께 같이 하므로 남극의 냉혹한 추위 블리자드까지도 이겨낸다.

　인간의 뇌는 서로의 관계 속에서 살도록 되어 있다. 그러므로 인간은 뼛속까지 사회적 존재이다. 인간은 서로 함께 더불어 살 때 더욱 강해지고, 더욱 튼튼해지고, 단단한 생명 공동체를 이룬다. 또한, 우리가 꿈꾸고 바라는 모든 사람이 더불어 함께 누리는 대동(大同) 세상이 이루어진다.

존재의 빛

김후란

새벽별을 지켜본다

사람들아

　　　　　　　　　　　　　　　　　　　　　　　　황승룡

서로 기댈 어깨가 그립구나

적막한 이 시간
깨끗한 돌계단 틈에
어쩌다 작은 풀꽃
놀라움이듯

하나의 목숨
존재의 빛
모든 생의 몸짓이
소중하구나

우리 모두는 아름다운 들꽃처럼 밤하늘의 반짝이는 별처럼 소중한 존재이다. 소중한 존재인 우리가 서로 어깨를 내어주어 기대고 살 때 삶은 더욱 아름답고 빛이 난다. 서로의 빛이 모여 더 큰 빛이 되기 때문이다. 누구도 혼자 강한 사람은 없다. 함께할 때 힘도 생기고, 활력도 생긴다. 그리고 생각도 깊어지고 넓어진다. 사람은 함께 더불어 사는 존재이다.

시간은 모든 사람에게 공평하다. 이 시간은 시계와 달력에서 보는 물량적 시간이다. 누구에게나 단 한 번 허락된 시간이다. 이렇듯 공평한 시간도 쓰는 사람에 따라 시간의 가치와 의미는 달라진다.

시간 속에 사는 우리의 삶도 삶에 따라 가치와 의미가 다르다. 이렇게 삶을 바꾸는 것은 사랑이다. 종소리가 때리는 사람의 힘만큼 울려 퍼지듯이 사랑의 크기에 따라 삶의 변화도 다르다. 사람은 사랑할 때 알게 되고, 알게 되면 보이고, 그때 보이는 것은 전에 보이는 것과 같지 않다. 사랑은 이렇게 새로운 것을 깨달아 알게 하고, 보게 하여 새롭게 살게 한다. 이것이 사랑의 위대한 힘이다. 우리의 삶은 사랑으로 평가된다.

우리 삶의 답은 사랑이다. 그러므로 우리가 걸어가야 할 길은 사랑이다. 우리는 이 사랑을 이루기 위하여 모든 사람을 존귀히 여기고 생명을 존중해야 한다. 그리고 약한 자를 먼저 배려하고 서로가 서로의 기댈 어깨가 되어 더불어 살아야 한다. 사랑만이 영원하다. 사랑이 있는 곳에 삶이 있다.

황승룡

03

한국 역사 속의 관용,
박애정신과 상생의 길

이배용
(전 이화여자대학교 총장)

이배용 李培鎔

영산대학교 석좌교수, 한국의 서원 통합보존관
리단 이사장, 이화대학교 총장, 한국 교육대학
협의회 회장, 국가브랜드위원회 위원장, 한국중
앙연구원 원장, 문화재청 세계유산분과 위원장
등을 역임.

21세기 지식 기반 사회는 첨단 과학 기술이 다른 학문과 서로 융합하여 발전하는 새로운 패러다임을 창출하고 있으며, 이러한 추세에 발맞추어 우리는 기존의 질서와 가치관을 끊임없이 재편해 가는 과정에 있다. 더욱이 인공지능 로봇이 부각되는 4차 산업혁명시대에는 인간 사랑의 따뜻한 가슴과 역지사지 배려의 마음이 메말라갈 위험이 있다. 하드웨어, 소프트웨어를 넘어 하트웨어를 더욱더 개발해야 할 시점이다.

가장 한국적인 것이 세계적이라고 한다. 미래 인류가 지향하는 인간애와 평화의 가치들은 우리 역사 속에 속속들이 새겨져있다. 우리나라 전통 사회에는 농업사회를 기반으로 한 협동심과 창의성, 공동체 속에서 이루어진 나눔과 배려, 자연과 인간의 조화, 평화와 생명 존중 사상이 있다. 우리 조상들이 역사의 굽이굽이마다 심어준 귀중한 자산이다. 농업사회는 짐승을 죽여서 획득하는 유목사회와는 달리 씨를 뿌리고 가꾸어 1년 내내 땀 흘려 수확하는 생명을 존중하는 관념이 체화되어 있다. 서로 돕고 일손을 모으는 두레와 품앗이의 공동체 관습도 이러한 배경에서 가능했던 것이다.

한국인의 순박한 심성을 칭송한 하나의 일례로 1960년 방한한 노벨문학상 수상자이자 미국의 소설가 펄 벅의 이야기를 들어보자. 「그녀는 늦가을에 군용 지프를 개조한 차를 타고 경주를 향해 달렸다. 노랗게 물든 들판에선 농부들이 추수하느라 바쁜 일손을 놀리고 있었다. 차가 경주 안강 부근을 지날 무렵, 볏가리를 가득 실은 소달구지가 보였다. 그 옆에는 지게에 볏짐을 짊어진 농부가 소와 함께 걸어가고 있었다. 그녀는 차에서 내려 신기한 장면을 카메라에 담았다.

펄 벅이 길을 안내하는 통역에게 물었다. "아니, 저 농부는 왜 힘들게 볏단을 지고 갑니까? 달구지에 싣고 가면 되잖아요?" "소가 너무 힘들까 봐 농부가 짐을 나누어 지는 것입니다. 우리나라에서 흔히 볼 수 있는 모습이지요."

펄 벅은 그때의 감동을 글로 옮겼다. "이제 한국의 나머지 다른 것은 더 보지 않아도 알겠다. 볏가리 짐을 지고 가는 저 농부의 마음이 바로 한국인의 마음이자, 오늘 인류가 되찾아야 할 인간의 원초적인 마음이다. 내 조국, 내 고향, 미국의 농부라면 저렇게 힘들게 짐을 나누어 지지 않고, 온 가족이 달구지 위에 올라타고 채찍질하면서 노래를 부르며 갔을 것이다. 그런데 한국의 농부는 짐승과도 짐을 나누어 지고 한 식구처럼 살아가지 않는가."」

동물이든, 사람이든 모든 생명체는 자기 삶의 무게를 지고 간다. 험난한 생을 견뎌내는 것만으로도 충분히 위로받을 자격이 있다. 갈등과 분열, 대립이 난무하는 이때 인간 사랑의 정신을 우리 역사 속에서 찾아보며 미래의 길을 열어가는 나침판으로 삼을 수 있지 않을까 생각한다.

이배용

1. 단군 조선의 홍익인간과 화랑도 정신

인간 사랑의 정신은 단군의 홍익인간(弘益人間)에서부터 기인한다. 홍익인간 사상에는 널리 사람을 이롭게 한다는 근본정신 위에 생명 사랑, 인간 사랑, 공동체 사랑이 내포되어 있다.

홍익인간은 '인간을 골고루 이롭게 한다'는 뜻이다. '홍익'의 목표는 생명, 질병, 곡식, 형벌, 선악을 비롯하여 360가지의 일에서 인간을 돕는 마음이다.

이것이 후에 국가 운영에 있어서 공익을 존중하고 백성을 사랑하는 민본(民本)사상, 그리고 인정(仁政), 왕도정치로 진화된다. 단군 신화에는 우주공동체의 신앙의 뿌리가 명료하게 나타난다. 천지인 합일(天地人合一) 사상으로 하늘의 신인 환인, 땅의 신인 환웅, 사람의 신인 단군이 바로 그것이다. 환웅이 내려온 삼위태백(三危太白), 환웅이 데리고 온 무리가 3천 명이다. 환웅은 비(雨師), 구름(雲師), 바람(風師)을 거느리고 천부인 3개를 가지고 인간 세상에 내려왔다. 또 삼칠일간 햇빛을 보지 않고 있다가 여자로 환생한 곰이 환웅과 결혼해서 태어난 인물이 단군이다. 삼신일체의 삼신 신앙은 우리 풍속 가운데 깊이 뿌리내리고 있다.

셋에 대한 숭상은 천지인 우주가 하나의 공동체라는 마음에서 비롯된 것이다. '나'와 '너'보다 '우리' 속에 통합된 내가 존재한다. 바로 이러한 정서가 일상생활에서 이웃을 사랑하고, 친구 사이에 신의를 지키고, 가족 사이의 우애와 사랑을 부추기고, 노인을 공경하고, 부모에게 효도하는 미풍을 가져왔다고 보인다.

홍익인간의 정신을 이어받은 신라의 화랑은 원래 선랑(仙郎) 또는 국선(國仙)으로도 불렸는데 고구려의 선인(仙人)과도 서로 통하는 말이다. 신라 말 최치원은 「난랑비서(鸞郎碑序)」에서 화랑 난랑의 유래를 설명하면서 "옛부터 내려오던 나라의 현묘(玄妙)한 도(道)가 있는데 이를 풍류라고 부르며, 유(儒), 불(佛), 선(仙)의 삼교(三敎)를 포함하고 있다."고 했다. 풍류의 한국적 연원을 강조하고 있는 것이다. 풍류를 바탕으로 이를 이론화하여 화랑의 계율을 만든 것이 원광법사의 세속오계(世俗五戒)이다.

첫째, 나라와 임금에 충성하고(事君以忠), 둘째, 부모에 효도하고(事親以孝), 셋째, 친구 간에 교류할 때는 신의를 지키고(朋友有信), 넷째, 어쩔 수 없이 생명을 죽일 때는 가려서 하고(殺生有擇), 다섯째, 싸움에 나갈 때는 절대로 물러서지 말라(臨戰無退)는 지침이 그것이다. 충과 효는 모든 것의 근원인 하늘에 대한 공경에서 출발한 것이기도 하다. 그래서 한국인은 충과 효를 따로 보지 않았다. 충효일치의 전통은 조선시대에도 그대로 이어진다. 〈교우이신〉은 친구 사이의 믿음을 가리키는 것이지만 넓게 보면 공동체 간의 신의를 말한다. 따라서 신(信)은 전통적인 〈공동체 사상〉을 유교적으로 표현한 것으로 볼 수 있다. 명산대천을 찾아다니면서 훈련을 쌓아 자연의 순리를 품는 전인적 인격체로 성장토록 북돋는 것이다.

살생유택은 불교에서는 살생을 금하는 것에서 유래한 것으로 전쟁에서 어쩔 수 없이 살생을 할 수밖에 없을 때 가려서 하라는 뜻이

이배용

다. 임전무퇴는 전쟁에서의 용기를 말하는 것인데, 충효가 없이는 용기가 나올 수 없으므로 〈임전무퇴〉는 곧 〈충효〉인 동시에 〈나라사랑〉의 표현이다. 싸움에 져도 비겁하게 물러서지 않는 용기는 애국심의 발로이자 도덕적인 무사도(武士道)의 기능을 갖는다. 따라서 화랑도는 공동체 정신으로 무장한 차세대 리더들을 이끄는 정신으로 신라 삼국통일의 중심 역할을 하게 된 것이다.

2. 리더십 덕목과 인간애

어느 집단에나 리더는 필히 있기 마련이다. 흔히 리더라 하면 앞날에 비전을 세우고 한 집단을 이끌어가는 역할을 맡은 책임자를 일컫는다. 역사를 이어가는 중심에는 항상 리더의 역할이 중요하게 떠올랐는데, 상황에 따라 다른 선택도 있겠으나 기본적으로 갖추어야 할 공통된 덕목은 있다.

예로부터 성공한 지도자는 첫째, 시대적 통찰력을 가지고 미래의 비전을 세웠다. 우선 현실을 진단하며 과거 역사로부터 지혜를 구하고 정확한 현실 인식 아래 미래의 원대한 계획을 세웠다.

둘째, 균형과 조화의 품성을 갖추어야 한다. 어느 한편에 치우치지 않고 중심을 잡는 일이 무엇보다도 신뢰를 얻는 지름길이며 그것을 토대로 조화의 지혜를 발휘할 때 사회대통합을 이룰 수 있다.

오케스트라의 지휘자같이 아름다운 선율의 하모니를 만들어 낼 때 듣는 이의 감동을 자아낼 수 있는 것과 마찬가지다.

셋째, 책임의식과 도덕심을 갖추어야 한다. '내 탓이오' 하는 철저한 책임의식을 갖출 때 모든 일에 최선의 열정을 기울일 수 있고 그로 인해 신뢰를 얻을 수 있다. 만백성의 모범이 되어야 하기 때문에 정의롭고 공정한 자세를 잃지 않아야 한다.

넷째, 애국심과 애민의식이다. 나라를 사랑하고 지키는 굳건한 의지와 백성들의 민생을 보살피는 정성이 넘쳐나야 한다.

다섯째, 소통과 포용의 리더십이다. 끊임없이 귀를 기울여 백성의 소리를 듣고 따뜻하고 넓은 가슴으로 품어줄 때 온 나라가 화합으로 함께 뛸 수 있다.

1) 선덕여왕의 인간 사랑과 사회통합정신

신라 제27대 임금인 선덕여왕(재위기간 632-647)은 우리나라 역사상 최초의 여왕으로서 성품이 관대하고 인자하며 사리가 밝아 재위 기간 중 안으로는 문화를 창조하고 밖으로는 국위를 선양하며, 삼국 통일의 길을 닦은 영민하고 지혜로운 임금으로 알려져 왔다. 이러한 선덕여왕의 업적이 크게 평가받아 후에 진덕여왕과, 진성여왕이라는 2명의 여왕이 더 나올 수 있는 단초를 마련하였다.

재위 초반 선덕여왕은 민생을 살피고 백성을 정신적으로 통합하

이배용

는 데 힘을 쏟았다. 선덕여왕 원년(632) 10월에는 홀아비, 홀어미, 부모 없는 아이, 늙어 자식 없는 사람, 혼자 힘으로 살아갈 능력이 없는 사람들을 진휼하였다. 동왕 2년(633)에는 여러 주(州), 군(郡)에 1년간 조세를 면제해 주었다. 민생의 안정을 위한 여왕의 정치는 첨성대의 건립으로도 나타났다. 첨성대는 동양 최초의 천문관측기구로서 전돌이 총 361.5개, 즉 1년의 음력 날짜이며, 남쪽으로 난 창문 아래쪽이 12단, 위쪽이 12단으로 12개월과 24절기를 뜻하고 위에 올라서면 해와 달, 별자리들이 명확하게 관측된다. 하늘의 때를 헤아려 농사를 절기에 따라 지으면 수확이 훨씬 늘어나는 이치를 담으니 바로 민생의 탑이다.

백성의 어려움을 살피고 보살피는 자애로운 여왕의 모습은 지귀(志鬼) 설화에도 형상화되어 있다. 『대동운부군옥』에는 다음과 같은 설화가 전해진다.

「지귀는 신라 활리역(活里驛) 사람이다. 선덕왕의 미모를 사모하여 걱정과 근심으로 울다가 형용이 초췌하였다. 왕이 절에 행차하여 행향(行香)하려다가 듣고 그를 불렀다. 지귀가 절에 가서 탑 아래서 왕의 행차를 기다리다 갑자기 곤히 잠이 들었는데, 왕이 팔찌를 벗어 가슴 위에 두고 궁궐로 돌아왔다. 지귀가 오랫동안 번민하다가 가슴에 열이 나서 나가 그 탑을 돌다가 곧바로 변하여 화귀(火鬼)가 되었다.」

이 설화에서 선덕여왕은 자신을 사랑하는 일반 백성들의 마음까지 어루만져 주는 자애로운 왕으로 형상화되어 있다. 이는 소외된 곳까지 보살폈던 여왕의 인정(仁政)이 설화에도 투영된 것이 아닌가 생각된다. 이렇게 모든 백성을 감싸 안는 정치는 신라 사회를 통합하는 데 기여하였다.

선덕여왕 후반기에는 백제, 고구려의 잦은 침공을 받았다. 이에 여왕은 신라의 평안을 기원하기 위해 황룡사 9층 목탑을 세우는 등 불교를 통해 백성들의 마음을 결집시키고 희망을 주고자 하였다. 특히 높이 42척(약 80m)이나 되는 거대한 황룡사 9층 목탑은 신라가 물리쳐야 할 적국을 층층이 쌓아 제1층은 일본, 제2층은 중화, 제3층은 오월, 제4층은 탁라, 제5층은 응유, 제6층은 말갈, 제7층은 단국, 제8층은 여진, 제9층은 예맥을 새겨 넣고, 그들을 복속시키는 기도와 결집의 장으로 삼았다. 승리를 기원하고 통일의 꿈을 이루기를 염원하는 안보의 탑이다.

우리가 선덕여왕 리더십에서 본받아야 할 점은 다음과 같다.

첫째, 인재 발탁의 혜안이다. 선덕여왕 주변에는 좋은 참모들이 많았다. 삼국통일의 역군 김춘추, 김유신은 물론 자장율사 등 그 시대에 정신적 지주가 되는 승려들의 도움을 받아 사찰을 세우고 백성을 위로하고 희망의 꿈과 단합의 힘을 심어주었다.

둘째, 유연한 외교력과 정보력이다. 전쟁이나 외교는 정확한 정보력을 통해 승기를 잡을 수 있다. 지피지기 백전백승이라고 선덕여왕은 상대방의 동태를 살피기 위해 당나라로 사신, 유학생을 파견하고 심지어 김춘추를 고구려에 첩자로 들여보내 당시 고구려가 무력으로는 강성했으나 지배층의 정권쟁탈로 인한 분열로 전쟁에 임하는 동력이 떨어짐을 미리 간파하고 전략을 세웠다. 무기보다 더 무서운 것은 분열이라는 인식 아래 철저한 사명감으로 대통합의 리더십을 발휘하였다.

셋째, 따뜻한 인간애를 바탕으로 한 문화 창조의 리더십이다. 선덕여왕은 백성들의 삶을 풍요롭게 하고 외침에서 보호해줄 때 신뢰를 얻을 수 있다는 인식아래 민생과 안보에 주력하였다. 선덕여왕의 진정한 마음을 전하는 소통의 다리는 문화 창조로 전달되었다. 첨성대, 황룡사 9층 목탑, 분황사, 기림사, 통도사 등은 백성들의 일체감을 조성하는 구심점의 역할을 했던 위대한 문화창조물이다.

2) 세종대왕의 애민정신과 상생의 리더십

세종은 1418년 22세의 나이로 조선왕조 제4대 임금으로 즉위하였다. 세종은 조선 시대뿐 아니라 현재에도 가장 높이 평가받는 한국 역사 속의 최고 지도자이다. 세종은 과학 기술 개발을 장려하고 한글을 창제하는 등 조선 시대의 문화적 황금기를 이끌었다.

세종에 대한 진정한 평가는 시대적 통찰력과 함께 그의 인간을 향한 따뜻한 마음을 이해할 때 비로소 이루어질 수 있다. 세종은 다른 무엇보다 인간중심적이고 따뜻한 마음으로 사람들을 포용하며 끊임없이 소통하였다. 세종은 국왕으로서, 지도자로서 합리적인 사고를 가지고 관료와 백성을 대상으로 진정한 마음경영을 시도하였으며, 이를 통하여 한국 역사의 만년의 길을 열었다.

세종은 어려서부터 '천성이 총민하고 학문을 게을리하지 않아, 비록 몹시 춥거나 더운 날씨라도 밤을 새워 글을 읽었다'고 한다. 왕위에 오른 뒤에도 세종은 호학군주(好學君主)로서 문학, 사학, 철학을 두루 공부하였는데, 특히 사학에 지대한 관심을 가지고 있었다. 역사에 대한 관심은 이제 안정 단계로 들어선 조선 사회가 과연 어떠한 비전을 가지고 나아갈 것인가에 대한 세종의 고민의 산물이다.

세종이 제시한 비전은 두 가지로 요약할 수 있는데, 첫째는 민족의 자긍심을 키워주는 민족문화 정립이다. 당시 동아시아의 중심이 중국에 있었다는 점을 감안하면, 세종의 민족문화 정립이 내포하는 의미와 가치는 클 수밖에 없다. 중국의 문화를 수용하고 중국 중심의 국제 질서를 인정하면서도, 다른 한편으로는 우리 것의 소중함을 일깨움으로써 조선의 독창성과 자주성을 발전시키려는 세종의 균형 잡힌 의지를 읽을 수 있기 때문이다. 중국의 선진문화는 받아들이되, 조선의 정체성과 자주성은 지키는 시대를 연 것이다.

세종은 두 번째 비전으로 문화 민족으로서의 위상을 높이기 위한 문흥(文興) 정책을 수립하였다. 문화가 살면 민족이 산다고 할 정도로 문화는 우리 인간이 가져야 할 참된 가치를 알려주는 것이다. "문화가 일어나면 인간이 해서는 안 될 일에 부끄러워할 줄 안다"는 말이 있다. 즉 우리가 문화를 알게 되면 함부로 남을 모함하고 남의 것을 탐하거나 증오하지 않는 올바른 심성의 가치를 개발할 수 있다는 것이 세종의 생각이었다.

한편 세종은 진정한 인재라면 신분에 구애받지 않고 등용하였다. 세종 대에 많은 발명과 기술 발전에 절대적으로 기여한 장영실은 이제까지 알려진 바로는 천민 출신이었다. 중국 귀화인의 후손으로서 어머니는 동래현 관기(官妓)이며 장영실도 동래 관노(官奴)였다고 한다. 하지만 세종은 장영실이 신분이 낮지만 누구보다도 재주가 민첩한 것을 파악하고, 중국에 가서 견문을 익히고 많은 과학지식을 습득하여 돌아올 수 있도록 배려하였다. 그리고 그에게 관직을 내리고 과학기술 연구에 전념할 수 있도록 하였다. 장영실은 그의 재능을 알아준 세종에게 보답이라도 하듯 천문관측기구인 대·소간의, 혼천의를 비롯하여 해시계, 자격루(물시계) 등 다양한 과학기술의 성과를 이루어냈다. 특히 자격루는 해시계로는 저녁이나 비 올 때와 같이 해 없는 동안은 전혀 시간을 가늠할 수 없는 한계를 합리적으로 해결하기 위한 방안으로 만든 것이었다. 여기에서 세종의 균형과 조화를 추구하는 정신과 함께 인재 등용에 대한 혜안까지도 살펴볼 수 있다. 이 외에도 세종 대에는 자신이 처한 위치에서 시대를 위해 주어진 역할을 다했던 인물들이 많이 포진해 있었다. 바로 세종대왕의 인재를 귀하게 생각하는 인간 사랑이 있었기 때문이다.

조선 시대에는 성리학적 윤리 덕목의 가장 핵심적 요소로서 효가 매우 중요시되었다. 세종 대에 편찬된 대표적인 효행서인 『삼강행실도』에는 이러한 효의 구체적 내용이 표현되어 있다. 『삼강행실도」는 세종 10년(1428)에 아들이 아버지를 때려죽인 패륜적인 사건을 계기로 만들어졌다. 세종은 죄를 엄히 물어 재발을 방지하기 위해 엄격한 처벌을 해야 하지만 처벌에만 중점을 둘 것이 아니라 먼저 사람의 마음이 순화되어야 한다고 생각했다. 이러한 정신에서 간행된 것이 삼강행실도의 효행편이다. 즉, 세종은 일시적인 방편일 뿐인 강요보다는 설득을 최선으로 두고 백성들에게 마음의 감동을 자아내는 신뢰의 정치를 솔선수범하고자 하였다. 이것이 바로 사회 통합을 위한 기본 과제인 것이다.

이에 세종은 13년(1431) 집현전 부제학 설순 등에게 명하여 『삼강행실도』를 편찬하게 하였다. 고금(古今)의 충신, 효자, 열녀 중에서 특별히 후세에 본받아 모범이 될 만한 일을 기록하고, 혹시 글을 깨치지 못한 백성들이 이해하지 못할까 염려하여 그림을 함께 넣고, 후에는 한문 본문과 같은 뜻의 한글을 덧붙이게 되었다.

『삼강행실도』에 실린 이야기들을 통해 서로 신뢰하고 포용하는 따뜻한 마음을 북돋우고 감동을 통한 설득으로 모두가 상처받지 않고 보람과 희망을 가질 수 있는 세상을 열어주고자 한 세종의 리더십을 엿볼 수 있다.

세종의 이러한 마음은 노인 공경의 가치 실천으로도 이어졌다. 세종은 세밀한 조사를 바탕으로 노인들의 생계를 보장하여 삶을 유지할 수 있도록 하였다. 남의 집에 기식하거나 걸식하는 노인에게 음식물을 주고, 100세 이상의 노인들에게는 주기적으로 곡식과 고기, 술 등을 내려주었다. 또한 국가에서 노인들이 절대적으로 필요

이배용

로 하는 의복, 의약품 등의 물품을 지급하였으며, 90세 이상의 노인에게 작위를 주어서 노인을 공경하는 뜻을 보이고자 하였다. 그리고 국왕, 왕비, 동궁 등이 주체가 되어 80세 이상의 노인을 궁궐로 초청하여 양로연을 베풀고, 신분의 귀천에 상관없이 노인이라면 누구나 참석하여 혜택받을 수 있게 하였다. 세종 대가 노인복지가 잘 정비된 시기로 알려진 것은, 바로 사회적으로 취약한 노인복지까지 관심을 기울인 세종의 배려 덕분이었다.

또한 세종은 가난과 곤궁함으로 힘들어하거나 어려움을 당한 백성들을 위한 마음도 잊지 않았다. 곤궁하여 혼인 시기를 넘긴 처녀들에 대해서는 내외 친족들이 혼인 예물을 마련하여 그 시기를 잃지 않도록 하되, 매우 심히 곤궁한 사족(士族)의 딸은 관청에서 곡식을 주어서 혼인을 돕게 하였으니, 이 또한 복지의 차원에서 이루어진 일이었다.

길을 잃은 아이들이 있으면 국가 기관에서 보호, 수용하여 부모들이 속히 찾을 수 있도록 하였다. 그것은 아이를 잃은 부모의 마음을 헤아린 조치였으며 자칫 나쁜 무리들이 숨겨두고 노비로 삼지 못하게 하려는 목적도 있었다. 세종은 특별히 보호기간 동안 양식을 마련하여 아이들을 먹이도록 함으로써 세밀하게 보살피는 마음을 잘 보여주었다. 가난하고 굶주린 사람들이 의료 혜택을 보다 원활하게 받을 수 있는 보완 장치도 만들었다.

한편 세종은 사회적으로 가장 낮은 신분의 노비들에게도 마음의 손길을 내밀었다. 세종은 즉위 8년(1426) 관비(官婢)에 대하여 산

후(産後) 100일의 휴가를 주도록 조치하였다. 세종은 조선이 신분제 사회라 해도 노비 역시 인간이라는 인간애적인 시간을 뚜렷하게 가지고 있었다. 이러한 관점에서 신분에 상관없이 여종이 출산 후 바로 노동에 종사하는 것을 금하고 산후조리를 할 수 있게 한 배려였다. 그로부터 4년 후인 세종 12년(1430)에는 관비가 만삭인 채로 밭에서 일하다 갑자기 산기가 일어나 출산을 하게 되면 태아나 산모의 생명이 위태로울 수 있다는 우려에서 산전(産前) 휴가로 한 달을 주도록 명하였다. 이어 세종 16년(1434)에는 남편에게까지 아이 양육을 도울 수 있도록 산후 휴가 한 달을 주게 하였다. 부부 합산 총 160일의 휴가를 준 것이다. 이는 동서고금에도 유례가 없는 최고의 복지정책으로, 어떤 이론에 근거한 정책이라기보다는 오로지 세종의 인간에 대한 사랑, 약자에 대한 배려에서 나온 것이다.

세종의 한글 창제도 백성들과 의사소통을 하려는 뜻에서 비롯되었다. 한글은 양반이나 지배층을 위한 글이 아니었다. 옥에 갇힌 죄수가 글을 몰라 판결문이 자기에게 유리한지 불리한지도 모르고 그냥 넘어가는 억울함이 없도록 문자의 힘을 쥐어주겠다는 일념이 한글을 창제한 동기였다. 또한 아무리 좋은 정책을 베풀고 세제를 감면해 주고 농기구를 만들어도 한문을 모르는 농민들과 소통하기는 어려웠던 현실에서 그 길을 열기 위한 가장 대표적인 통로로 삼았던 것이 한글 창제였다. 이는 백성들의 마음을 헤아리는 세종의 포용심, 역지사지의 마음에서 나온 소통의 문자, 약자에 대한 배려의 문자, 포용의 문자의 소산이었다. 만일 세종의 한글 창제가 없

이배용

었다면 우리는 얼마나 부끄러운 민족이 되었겠는가. 이러한 점에서 10월 9일 한글날은 우리가 대대로 기려야 할 특별한 의미가 가진 날이다. 스승의 날을 5월 15일로 정한 것도 이날이 바로 한글을 창제하여 지식의 나눔을 통해 우리 민족에게 광명을 찾아준 영원한 스승이신 세종의 탄신일이기 때문이다.

세종은 참으로 인간을 중심에 놓는 가치를 창조하였으며, 스스로 그 가치를 실현하기 위해 매우 성실하게 진정성을 가지고 노력하였다. 세종은 따뜻한 인간애로부터 출발한 합리적인 국가 운영, 균형 잡힌 인재 등용, 포용·조화·화합의 리더십을 보여주었다.

세종의 리더십의 요체를 말하자면 문화 리더십이라고 할 수 있다. 문화로 소통하면 정치·경제 등 모든 분야를 폭넓게 아우를 수 있기 때문이다.

세종은 역사의식에 기반을 둔 시대적 통찰력을 가지고 고유하고 자주적인 민족문화의 정립을 위해 노력하였으며, 그 결과 한글 창제라는 찬란한 업적을 남기고 탄탄한 문화 부흥의 초석을 마련하였다. 국가 통치와 경영에 있어서는 합리적인 판단을 위해 적극적으로 의견을 수렴하는 한편, 결단력과 추진력을 가지고 정책을 이끌어나갔다. 시대와 신분의 차별을 뛰어넘어 인재를 등용하고 젊고 참신한 인재를 양성하여 새 시대를 이끌어나갈 기반도 마련하였다. 정사와 학문에서 근면한 태도로 몸소 솔선수범하며 신하들을 이끌었고, 소통·배려를 통해 백성의 마음을 얻고 그로 인한 통치를 실현하려 하였다.

특히 세종의 인간에 대한 사랑은 약자에 대한 배려에서 출발했다는 점이 중요하다. 한글 창제나 시대를 뛰어넘는 노비 출산 휴가 제도 도입, 농업 정책의 효율성과 실용성 제고 등은 모두 민본 정치의 틀을 확고히 하면서 백성들에게 희망과 용기를 불어넣고 더불어 사는 따뜻한 세상을 만들기 위한 노력에서 비롯된 것이다.

세종의 리더십을 통해 조선 왕조는 정치적 안정과 경제적 여유를 찾고 사회적 질서와 문화적인 독자성을 가지게 되었다. 높은 이상과 넓은 가슴으로 민족과 미래를 품고 앞날을 열어간 세종대왕의 리더십은 오늘날 우리 모두가 가슴에 새기고 이어갈 위대한 유산이다.

3. 조선 후기 노블레스 오블리주의 선행

노블레스 오블리주의 따뜻한 선행으로 조선 후기 경주의 최부잣집, 구례의 운조루, 제주의 김만덕의 사례를 대표적으로 꼽을 수 있다.

1) 경주 최부잣집

경주 최부잣집은 12대에 걸친 만석꾼과 10대 동안 진사를 지낸 집안으로 유명하다. 최부잣집이 이곳에 자리 잡은 시기는 대략

이배용

300년 전 최언경(1743~1804)대의 일이다. 원래 원효대사와 요석공주와의 사이에서 설총이 태어난 터전으로 유명하다.

18, 19세기에 나눔의 선행을 한 대표적인 사례로 꼽힌다. 최부잣집에는 오늘날까지 전해 내려오는 육훈(六訓)과 육연(六然)이 있다.

육훈은 첫째, 과거를 보되 진사 이상 벼슬을 하지 마라.

진사는 양반 신분을 유지하기 위한 최소의 자격요건이다. 돈도 많은데 벼슬도 올라가면 무리를 할 수가 있고 당쟁에 휩쓸리기 쉬운 상황에서 과한 욕망에 대한 절제의 의미로 볼 수 있다.

둘째, 만석 이상의 재산은 사회에 환원하라.

만석이면 쌀 1만 가마인데 사회에 환원한다는 뜻으로 소작료를 낮추어 5할 이하로 정하니 오히려 소작인들이 앞다투어 최부잣집 땅이 늘어나기를 원했다. '저 집이 죽어야 내가 산다'는 인식이 아니라 '저 집이 살아야 나도 흥한다'는 상생의 정신이 이심전심 꽃피어난 것이다.

셋째, 흉년에는 남의 땅을 사지 말라는 교훈이다.

흉년에는 상대방이 아사(餓死) 직전에 있게 되면 땅을 헐값에 사들일 수가 있는데 이 경우 후에 원망을 들을 수 있다는 것이다. 상행위에 대한 엄격한 도덕성을 지킨 것이다.

넷째, 과객을 후하게 대하라는 것이다.

자칫하면 삼강오륜의 경직된 도덕률 안에 갇힐 수 있는 사회 환경 속에서 관용의 정신을 발휘해 이를 완화하는 의미가 있다. 그래서 최부잣집은 1천 석은 집안일에, 1천 석은 어려운 사람을 돕는 데에, 1천 석은 과객에게 접대한다는 규율이 있다. 각박한 사회에 온기를 불어넣어주는 따뜻한 정리였다.

다섯째, 백 리 안에 굶어죽는 사람이 없도록 하라.

동쪽으로는 경주, 서쪽으로는 영천, 남쪽으로는 울산, 북쪽으로는 포항이 100리 안에 드는데 주변이 굶주리고 있는데 나 혼자 만석으로 배불리 산다는 것은 의미가 없다는 것이다. 그래서 소작 수입의 1천 석은 주변의 빈민을 구제하는 데 베푼 것이다. 더불어 함께 살아간다는 공동체 정신의 표본이다.

여섯째, 최씨 가문의 며느리는 3년 동안 무명옷을 입으라는 교훈으로 가진 자일수록 근검절약의 솔선수범하는 정신을 심어준 것이다.

또한 최부잣집의 전해 내려온 6연(六然)의 가훈도 있다.

① 자처호연(自處超然) – 스스로 호연하게 지내고
② 대인애연(對人靄然) – 남에게 온화하게 대하며
③ 무사징연(無事澄然) – 일이 없을 때 마음을 맑게 가지고
④ 유사감연(有事敢然) – 일을 당해서는 용감하게 대처하며
⑤ 득의담연(得意淡然) – 성공했을 때는 담담하게 행동하고
⑥ 실의태연(失意泰然) – 실패했을 때는 태연히 행동한다.

호연지기와 관용과 용기 그리고 담대함이 품격 있게 가문 대대로 이어오는 정신 속에 들어 있는 것이다.

이배용

2) 구례 운조루

한편 전라남도 구례에 가면 운조루(雲鳥樓)라는 고택이 있다. 구름 속에 새처럼 숨어 사는 집이라는 뜻으로 매우 아름답다. 운조루는 1776년 낙안 군수를 지낸 류이주가 지은 것으로 조선시대의 대표적인 양반 가옥이다.

집의 중문을 들어가는 입구에 타인능해(他人能解)라는 뒤주가 있다. 타인능해는 누구나 열 수 있다는 뜻이다. 이는 쌀 두 가마니 반이 들어가는 큰 뒤주 아래쪽 마개에 쓰여진 글귀이다. 누구든 뒤주의 마개를 열어 쌀을 가져가라는 뜻이다.

대문에 들어서면 안채까지 안 들어가도 보이는 곳에 두었는데 이는 가난한 사람들이 눈치 보지 않고 자유롭게 쌀을 가져갈 수 있도록 배려한 관용과 나눔의 정신이 깃들어 있음을 엿볼 수 있다.

3) 제주 김만덕

김만덕은 1739년 제주의 평범한 양민 집안에서 태어난 여인이다. 부유하지는 않았지만 가족들의 사랑을 받으며 어린 시절을 보내다가 12살 때 갑자기 부모를 잃고 형제들도 뿔뿔이 흩어져 기녀의 집에 들어가 의탁하게 되었다. 당시는 신분제 사회였기 때문에 천인의 자식이면 천인 대우를 받아야 하는 처지에서 18세가 되자 당시의 법에 따라 자연스럽게 기녀로서의 삶을 살아야 했다.

그러나 만덕은 자아의지의 실현으로 끈질기게 관가에 가서 양인으로 환원해 줄 것을 호소하였다. 스스로의 힘으로 천민에서 양민으로 신분을 회복했다는 점은 당시 상황으로서는 대단한 사건이었다. 불가능에 도전하는 만덕의 용기가 있었기에 가능한 일이었다.

우여곡절 끝에 양민의 신분을 회복한 만덕은 이제부터 치열한 생존을 위한 싸움에 뛰어들어야 했다. 그가 자신만의 새로운 길을 개척하여 선택한 것은 바로 상인이 되는 것이었다. 만덕은 제주 건입 포구에 객주를 차리고 상인으로서 본격적인 사업을 시작하였다. 객주는 상인들에게 거처를 제공하고 물건을 팔아 생산자와 소비자를 이어주는 역할을 하는 직업이다. 특히 섬이라는 제주의 지리적 환경에서는 객주의 중요성이 컸다. 만덕은 물산 객주를 운영하면서 위탁 판매를 비롯해 숙박, 금융, 도매, 창고, 운반 등의 업무를 통해서 상인으로서의 능력을 점점 키워나갔다.

만덕은 18세기 당시 상공업이 발달하는 시대의 변화를 포착하고 소비자와 생산자를 연결하는 유통망을 확보하여 성공을 거두었다. 즉 제주는 토질이 나빠 농사를 짓기 힘든 대신 해산물이 풍부했는데 특히 미역은 당시 제주에서만 채취될 정도로 귀한 물품이어서 제주에서는 돈 대신에 미역이 화폐 역할을 담당하기도 하였다. 또한 고려시대 이래 많은 말을 길렀던 제주는 말총이 많이 생산되었다. 말총은 양반들이 상투를 틀어 사용했던 망건을 만드는 재료였기에 격식을 중요하게 여기는 양반들에게는 꼭 필요한 물건이었다.

이배용

이와 같은 제주의 특산품들은 육지에서 비싼 가격에 판매되었다. 만덕은 제주의 물품은 육지에 팔고, 육지의 물건을 제주에 판매하는 방식으로 객주를 성장시켰다. 더불어 부녀자의 옷감, 장신구, 화장품 등부터 관아의 물품까지 공급하면서 객주 소속의 배를 갖춘 제주를 대표하는 거상으로 자리 잡았다.

만덕이 상인으로 성공할 수 있었던 것은 물론 뛰어난 장사수완을 갖추고 있었기 때문이기도 하지만 보다 더 중요한 것은 돈보다 사람과의 관계에서 신용을 얻었기 때문이었다. "싸게, 그러나 많이 판다", "알맞은 가격으로 사고판다", "정직한 믿음을 판다"라는 원칙을 세우고 장사를 한 것이다. 자신의 재산을 불리는 것에만 집착하지 않고 신의로써 공동체와 함께 가는 길을 택한 것이다.

만덕이 상인으로 활발한 활동을 하고 있을 때에 제주에 여러 해 흉년이 이어졌다. 먹을 것을 구하지 못해 굶어 죽는 사람들이 허다했다. 이러한 형편에 그나마 나라에서 급히 보낸 구휼미 덕분에 제주 사람들은 겨우겨우 버텨나갔다. 그러나 갑인년(1794년)의 흉년은 제주에 심각한 상처를 남겼다. 이미 몇 해 동안의 흉년에 지치고 쇠약해진 상황에서 갑인년 흉년은 제주를 최악의 상황으로 몰고 갔다. 지독한 흉년에 나라에서도 손을 쓸 수 없는 상황이었다. 이때 만덕은 자신의 재산을 내놓아 쌀 300석을 구입한 후 제주 사람들에게 나눠주었다. 채제공은 "만덕이 천금을 내어 쌀을 육지에서 사들였다. 모든 고을의 사공들이 때맞춰 이르면 만덕은 그중 십분의 일을 취하여 그의 가족을 살리고, 그 나머지는 모두 관가에 실어 날랐다."

고 만덕의 선행을 기록하고 있다. 만덕이 기부한 쌀로 제주도민 전체를 열흘 동안 먹여 살릴 수 있었다고 한다. 만덕이 구해온 쌀은 값을 따질 수 없을 만큼 귀했다. 전해오는 이야기에서 만덕은 자신의 전 재산을 털어 구해 온 쌀로 죽을 만들어 사람들에게 나누어 수천 명의 목숨을 살렸으며 사람들은 여인의 몸으로 통 큰 나눔을 베푼 선행을 칭송하였다.

만덕의 선행은 바다를 건너 궁궐에 있는 정조의 귀에까지 들어갔다. 정조는 만덕의 선행을 칭찬하며 그녀의 소원을 들어주라는 명을 내린다. 만덕이 원한 것은 많은 재물이나 높은 지위가 아닌 육지로의 여행이었다. 그런데 단순한 여행이 아닌 왕이 사는 궁궐과 경치가 아름답기로 유명한 금강산을 둘러보기를 원했다. 제주를 떠나 여행하는 것이 뭐가 어려운 일이냐고 생각하기 쉽지만, 당시 제주는 출륙금지령이 내려져 제주 사람들이 허락 없이 섬 밖으로 나가는 것을 법으로 금지하고 있었다. 그 이유는 가혹한 세금으로 견디기 힘들었던 제주 사람들이 섬을 떠나버리는 일이 잦았기 때문이다.

더구나 여자들은 육지 사람과 혼인까지도 금지할 정도였다. 넓은 바다 속에서는 한없이 자유롭던 제주의 여인들이 바다를 건널 수 없었던 것은 참으로 아이러니한 일이었다. 제주 사람이, 더구나 여자의 몸으로 육지의 땅을 밟는다는 것은 지엄한 나라의 법을 어기는 일이었다. 그러나 정조는 사람들의 생명을 구한 만덕의 의로운 행동을 더 중요하게 여겼다. 결국 만덕은 왕의 허락을 받고 금기를 뛰어넘어 의녀반수(醫女班首)의 임시 직함을 받아 육지의 땅을 밟을 수 있었다.

이배용

만덕은 1812년 74세의 나이로 세상을 떠났다. 검소한 생활을 하면서 자선사업에 힘을 쏟은 만덕은 제주 사람들에게 존경을 받았다. 정조는 만덕의 선행을 널리 알리고자 신하들에게 만덕에 대한 글을 지어 올리라고 했다. 재상이었던 채제공을 비롯해 박제가, 정약용, 이가환 등 유명한 학자들이 만덕에 대한 글을 남겼다. 한 명의 여인을 위해 당대의 대가들이 기록을 남겼다는 것은 그만큼 만덕이 보여준 삶이 특별했기 때문일 것이다.

1840년 제주 서귀포에 유배를 온 추사 김정희는 30년이 지났음에도 전해지는 만덕의 선행을 듣고 "은혜의 빛이 온 세상에 퍼진다"는 뜻의 '은광연세(恩光衍世)'라는 글씨를 후손에게 써 주었다. 추사의 글씨처럼 우리나라 변방의 섬, 제주에서 보여준 만덕의 선행은 학자들의 글을 통해 세상에 널리 퍼져나갔다. 정조가 만덕의 기록을 통해 남기고자 했던 것, 추사가 글씨에 담아내고자 했던 것은 다른 사람의 어려움을 지나치지 않고, 나눔을 실천한 만덕의 인간애, 박애정신이었을 것이다.

이상 살펴본 바와 같이 한국의 정신문화의 근간 속에는 인간을 중시하며 인간다움을 실현하면서 역지사지의 배려, 인간을 향한 따뜻한 사랑과 진정성, 오고 가는 감사하는 마음의 공명으로 상생의 길을 걸어 온 흔적이 돋보인다. 이러한 삶의 태도가 지속적으로 실현된다면, 오늘날 중시되는 실용이나 과학도 문명의 이기로서 역할을 다할 수 있을 것이다. 전통시대 공동체 정신에는 AI도 대신할 수 없는 인간의 마음, 영혼, 관용의 정신이 들어있기 때문이다. 세계화, 미래화의 궁극적 목표는 신뢰 속에 평화를 만들고 희망의 시대를 열어가는 것이다. 세상의 평화는 인간 사랑과 함께 자연을 존중하고 조화를 이룰 때 실현될 수 있는 것이다. 그러할 때 전 지구사회가 직면하고 있는 다양하고 복잡한 문제들을 해결하고 전 인류에게 행복과 평화를 가져다줄 수 있으리라 확신한다.

이배용

04

—

마음을 나눌 줄 아는
사람이 살아남는다

우동기
(대구가톨릭대학교 총장)

우동기 禹東琪

대구 가톨릭대학교 총장, 미국 스탠포드대학교
아시아태평양연구센터 객원교수, 영국 옥스퍼
드대학교 연구교수, 영남대학교 총장, 대구광
역시 교육감, 2. 28민주화운동기념사업회 회장
등을 역임.

플라톤은 문자의 등장으로 인간의 기억력이 감퇴할 것을 걱정하였다. 디지털 도구와 AI가 인간의 능력을 감퇴시키거나 쓸모없게 만들 것이라는 우려가 괜한 걱정만은 아닐지도 모른다. 전화번호를 못 외우거나 노래방 기기의 가사를 보지 않으면 노래 가사가 생각 안 나는 것은 새삼스러운 일이 아니다. 디지털 문명이 인간의 삶을 바꾸는 차원을 넘어 인간 존재의 정체성까지 고민하게 만들지도 모른다고 걱정하는 논자들도 있다. 지금까지는 우리가 어떻게 '인간적'으로 살 것인지에 대해 고민했다면, 앞으로는 어떻게 '인간'으로 살 것인가에 대해 고민하는 시대가 올지도 모른다.

그러나 아무리 인류의 삶이 디지털 문명과 함께 달라진다 하더라도 그 중요성이 달라질 수 없는 것이 있다. 인간 정신 곧 사람의 마음이다. 뇌 과학자들은 인간의 행동이 '영혼'이나 '자유의지'가 아니라 '호르몬', '유전자', '시냅스'에 의해 결정된다는 주장을 편다. 그러나 독일의 촉망받는 철학자 마르쿠스 가브리엘(Markus Gabriel)은 『나는 뇌가 아니다(Ich ist nicht Gehirn)』라는 책에서 인간 정신은 곧 뇌의 작용이라는 단순함으로 설명될 수 없다고 하였다. 지난 2,000년 동안 정신이 무엇인지 의식이 어떻게 생기는지 알아내려고 애썼지만 정신이 어떤 작동 메커니즘으로 일어나는지 아직 잘 알지 못한다.

인간에게 쉬운 일은 컴퓨터에게 어렵고, 컴퓨터에게 쉬운 일은 인간에게 어렵다는 것이 '모라벡의 역설(Moravec's Paradox)'이다. 인간에게 어려운 복잡한 수식 계산이 컴퓨터에게는 식은 죽 먹기지만, 인간에게 쉬운 웃거나 우는 것은 컴퓨터에게는 어렵다. 디지털 사회가 되면 될수록 마음은 더욱 중요하다. 디지털 문명이 모든 것을 대체한다 하더라도 인간의 마음까지 대체할 수는 없기 때문이다. 설사 AI가 마음의 일부를 흉내 낸다 하더라도 인간의 그 오묘한 마음을 오롯이 가질 수는 없을 것이다. 또한 마음과 마음의 연결이 엮어내는 그 무궁하고 신비한 세계를 대신할 수도 없다. 디지털 삶이 우리를 지배한다 하더라도 다른 사람의 마음을 읽고 마음을 나누는 것은 매우 중요하다. 아무리 AI 로봇과 함께 사는 시대가 온다 하더라도, 스크린을 터치하면서 인간과 인간의 연대가 주는 따스함을 느낄 수는 없다. 저녁노을을 바라보며 저려오는 애잔함을 로봇의 등을 쓰다듬는 것으로 달랠 수는 없다.

1. 사람은 관계를 통해서 존재한다

남아프리카 격언에 "사람은 타인을 통해서 인간이 된다"는 말이 있다. 사람은 사람과의 관계 속에서 살아간다. 사람을 가리키는 말을 '인(人)'이 아니라 '인간(人間)'이라고 하는 것은, 사람은 사람과 사람 사이에서 살아가는 존재이기 때문이다.

　김광규 시인의 「나」란 시이다.

　　　　　　　　　　　　　　　　　　　　우동기

살펴보면 나는/나의 아버지의 아들이고/나의 아들의 아버지고/나의 형의 동생이고/나의 동생의 형이고/나의 아내의 남편이고/나의 누이의 오빠고/나의 아저씨의 조카고/나의 조카의 아저씨고/나의 선생의 제자고/나의 제자의 선생이고/나의 나라의 납세자고/나의 마을의 예비군이고/나의 친구의 친구고/나의 적의 적이고/나의 의사의 환자고/나의 단골술집의 손님이고/나의 개의 주인이고/나의 집의 가장이다. 그렇다면 나는/아들이고/아버지고/동생이고/형이고/남편이고/오빠고/조카고/아저씨고/제자고/선생이고/납세자고/예비군이고/친구고/적이고/환자고/손님이고/주인이고/가장이지/오직 하나뿐인/나는 아니다/과연/아무도 모르고 있는/나는/무엇인가/그리고/지금 여기 있는/나는/누구인가

나는 결코 나 혼자로서 존재할 수 없다. 나는 아버지의 아들로, 형의 동생으로, 친구의 친구로 그리고 단골술집의 손님으로서 존재할 뿐이다. 나와 관계 맺는 사람을 배제하고 내가 누구인지를 어떻게 설명할 수 있을까? 쉽지 않은 문제다. 우리는 혼자 이 세상에 태어나 혼자 살아갈 수 없으며, 태어날 때부터 죽을 때까지 타인과 관계를 맺고 산다. 프랑스의 철학자 질 들뢰즈(Gilles Deleuze)는 '나'란 존재의 정체성은 결코 '나'에 있지 않다며 나는 타인과의 마주침을 통해서 나를 진정으로 들여다볼 수 있다고 하였다. 수필가인 최민자도 『사이에 대하여』라는 책에서 내 안에는 내가 없고 존재의 의미도 정체성도 없다면서 나는 내 바깥에, 너와 나 사이에, 사람과 사

람 사이에 있다고 말한다.

오스트리아 출신의 종교철학자 마르틴 부버(M.Buber)는 그의 저
서 『나와 너』에서 "나, 그 자체란 없으며 오직 '나—너(Ich-Du)'의 '나'와
'나—그것(Ich-Es)'의 '나'가 있을 뿐이다."라고 하였다. 그는 '나—너'와
'나—그것'이라는 상호적(Gegenseitig) 관계에 의해서만 참 '나'의 존재가
세워질 수 있다고 말한다. 나는 다른 사람과의 관계를 통해 존재하
고, 관계 속에서 살아가는 존재이므로 타인은 나를 존재하게 하는
필수불가결한 존재이다. 그러므로 삶에서 다른 사람과 좋은 관계를
맺고 살아가는 것은 매우 중요한 일이 아닐 수 없다.

사람에게 상처를 받거나 무시를 당했을 때의 마음 아픔은, 먹고
싶은 것을 못 먹거나 사고 싶은 것을 못 샀을 때의 아픔에 비할 바
가 아니다. 일이 잘못된 것 때문에 마음이 힘들지만 일을 잘못되게
한 사람 때문에 마음이 괴롭고, 일을 잘못했다고 꾸짖는 사람 때
문에 마음이 더 아프다. 우리를 크게 힘들게 하는 것은 많은 경우
사람의 문제다. 미국의 사회심리학자 로이 에프 바우마이스터(Roy F.
Baumeister)와 마크 알 리어리(Mark R. Leary)는 인간은 대인 관계를 유지
하고 집단에 속하고자 하는 생물학적 욕구가 있다면서, 인간이 사
회적으로 고립되었을 때 활성화되는 뇌의 영역이 신체적으로 물리
적 고통을 느낄 때 활성화되는 뇌의 영역과 일치한다는 연구 결과
를 내놓았다.

우리 모두 누구에게나 사람이 중요하고 사람이 필요하다. 나에게
중요한 누군가가 내 옆에 있고, 또 누군가에게 내가 그런 존재로 그

우동기

의 옆에 있을 때 기쁨이 샘솟고 살아가는 힘도 난다. 그래서 네덜란드의 철학자인 스피노자(Baruch de Spinoza)는 사랑이란 감정도 '나에게 기쁨을 주는 타인과 지속적으로 연대하려는 감정'이라고 정의하였다. 미국 브리검영대 연구팀의 연구에 따르면 사회생활에서 인간관계가 좋은 사람은 그렇지 않은 사람보다 먼저 죽을 확률이 50%나 낮다고 한다. 삶에서 무엇보다 중요한 것은 사람과의 관계다.

행복에 대한 연구 결과도 대부분 행복은 사람과의 관계에서 나온다고 끝을 맺는다. 하버드대학교 연구팀은 하버드대 남학생, 지능이 뛰어난 여성, 고등학교 중퇴생 등 814명을 대상으로 70여 년에 걸쳐 건강하고 행복한 삶에 대한 종단 연구를 진행하였다. 연구를 주도해 온 조지 베일런트(George Vaillant) 교수는 "삶에서 가장 중요한 것은 인간관계이며, 행복은 결국 사랑"이라고 결론지었다. 그는 고난과 고통이 많고 적음이 아니라 안 좋은 상황을 긍정적으로 전환하는 성숙한 방어기제(Defense mechanism)가 행복의 첫 번째 조건이라 말한다. 그리고 성숙한 방어기제는 다른 사람과의 건강한 관계 즉 좋은 인간관계에서 나온다고 말한다. 긍정심리학계의 석학인 크리스토퍼 페터슨(Christopher Peterson)은 수십 년간 연구해 온 '행복'에 관해 20줄로 요약해 달라는 부탁을 받자 "사람이 중요합니다"는 단 한 문장으로 답했다. 행복은 절대로 인간관계를 빼놓고서 논할 수 없는 문제다.

2. 좋은 관계는 나로부터 시작한다

미셸 투르니에(Michel Tournier)는 다니엘 디포(Daniel Defoe)의 『로빈슨 크루소』를 완전히 새롭게 재해석하여 『방드르디, 태평양의 끝(Vendredi ou les Limbes du Pacifique)』이란 소설을 썼다. 소설에서 로빈슨 크루소는 원작과 달리 고향 영국으로 돌아갈 수 있는 기회가 있음에도 불구하고 섬을 떠나지 않는다. 진짜 나 자신으로 산 게 아니라 타인들에게 얼마나 많은 영향을 받으며 살아왔는지를 '온전한 고독' 속에서 깨닫게 되었기 때문이다. 법정 스님은 『무소유』란 책에서 '현대인의 비극은 외부의 소음으로 자기 내심의 소리를 듣지 못한다는 것이다.'라고 하였다.

많은 사람들이 남의 평판, 남의 눈 때문에 기뻐하고 슬퍼한다. 우스갯소리로 사람들이 고급차와 외제차를 타는 이유가 승차감보다 하차감 때문이라는 말이 있다. 하차감이란 차에서 내릴 때 사람들이 보내는 시선을 느끼는 것을 말한다. '승차감'이란 차의 본질보다 '하차감'이란 비본질이 사고와 행동을 결정하는 것을 비꼬는 말이다. 내가 생각하는 가치나 나의 상황에 맞는 척도가 아니라 남을 의식하고 남과 비교하는 잣대로 내 삶의 행복과 불행을 판단하는 사람들이 적지 않다. 그래서 서울대 전상인 교수는 지금 시대의 사람들을 배고파 못 사는 '헝그리(hungry) 세대'가 아니라 배 아파 못 사는 '앵그리(angry) 세대'로 진단한다.

사르트르는 〈출구 없는 방(Huis-Clos)〉이란 희곡에서 "지옥, 그것

우동기

은 타인들이다."라고 하였다. 사르트르는 수많은 사람들이 지옥에서 살고 있는데, 그것은 타인들이 우리를 판단하는 잣대로 우리 자신을 판단하기 때문이라고 하였다. 그러면서 평판에 대해 걱정하며 사는 건 죽은 채로 사는 것이라며 우리는 '지옥을 깨고 나올 자유'가 있으므로 살아있다면 삶을 바꾸라고 말한다. 공자(孔子)는 "군자는 자신에게서 찾고, 소인은 남에게서 찾는다(子曰 君子 求諸己 小人 求諸人)."고 하였다. 자존감이 높은 사람은 삶의 기준이 '나'이지만 자존감이 낮은 사람은 '남'이다. 자존감이 낮은 사람에게 '다른 사람'은 경쟁과 비교의 대상이다. 그래서 나보다 나으면 질투의 감정을, 나보다 못하면 무시의 감정을 갖는다.

자신을 있는 그대로 사랑하는 사람이 다른 사람도 사랑할 수 있으며, 자신의 삶을 소중하게 생각하는 사람이 상대방의 삶도 존중할 수 있다. 남을 경쟁과 비교의 대상으로 삼는 사람이 건강한 관계를 맺을 수는 없다. 알베르 카뮈(Albert Camus)는 『시지프의 신화』에서 '인간이야말로 인간 자신의 목적이다.'라고 하였다. 사람과 사람이 관계 맺는 데 있어서 중요한 근본은 상대방이 내 삶을 판단하는 그 무엇이 되어서도 안 되며, 내 삶의 이익을 위한 그 무엇이 되어서도 안 된다는 것이다. 인간관계는 소중한 존재와 소중한 존재가 진실함으로 만나는 관계여야 한다.

늘

강아지 만지고

손을 씻었다.
내일부터는
손을 씻고
강아지를 만져야지

　함민복의 「반성」이란 시다. 강아지가 나를 위한 그 무엇의 수단적 존재에서 그 자체로서 소중한 의미를 지닌 목적적 존재로 바뀐다. 다른 사람의 존재를 있는 그 자체로 존중하는 건강한 자아를 가진 사람이 다른 사람과 좋은 관계도 맺을 수 있다.

3. 접속의 시대, 접촉이 중요하다

미국의 문명비평가인 제레미 리프킨(Jeremy Rifkin)은 일찍이 '소유'의 시대가 가고 '접속'의 시대가 온다고 하였다. 인간관계에서 접촉은 줄어들고 접속은 늘어나고 있다. 'Tele(멀리)'와 'Presence(존재)'가 합쳐진 '텔레프레즌스(Telepresence)' 기술에 힘입어 물리적으로 떨어져 있어도 함께할 수 있는 세상이 되었다. 접속만 하면 소셜 네트워크 서비스(SNS:social network service)를 통해 언제 어디서나 소통할 수 있으며, 모르는 사람과도 친구 맺기가 이루어진다. 메타버스(Metaverse)라는 가상공간에서 현실공간처럼 살아가는 세상도 다가오고 있다. 디지털 문명

우동기

은 인간관계를 상상할 수 없을 정도로 넓혀 놓았다. 그러나 이렇게 친구가 많아졌다고 해서 인간관계가 더 풍요로워진 것은 아니다.

인간에게 필요한 친구는 몇 명일까라는 연구를 한 옥스퍼드대 로빈 던바(Robin Dunbar) 교수는 인간 군집의 기본단위는 150명이라고 말한다. 원시부족의 평균 규모는 153명이었으며, 로마군의 기본 전투 단위인 보병 중대도 약 130명이었다. 영국인 1인은 평균 68곳에 크리스마스카드를 보내는데, 보낸 가정의 구성원 수를 합치면 약 150명이다. 기능성 섬유인 고어텍스 제조사인 고어(Gore)는 공장 조직 단위를 150명으로 운영하는데 직원이 150명을 넘으면 별도의 사무실을 만든다. 던바 교수에 의하면 인간의 관계망은 정서적 친밀도에 따라 가장 믿고 의지하는 절친 5명, 친한 친구 15명, 좋은 친구 50명, 그냥 친구 150명 순으로 커진다. 이것은 SNS상에서도 크게 다르지 않았다. 인맥이 수천 명이건 몇 백 명이건 간에 1년에 한 번 이상 연락하거나 안부를 묻는 친구 수는 똑같이 150명 안팎이었다. 그중에서도 끈끈한 관계를 유지하는 건 20명이 채 되지 않았으며, 곤란한 지경에서 도움을 청할 수 있는 진짜 친한 관계는 3~5명뿐이었다.

소셜 네트워크 서비스를 통해 친구 관계가 넓어졌지만, 진짜 친한 관계는 SNS 이전과 크게 다르지 않다. SNS는 속마음을 털어놓을 수 있는 친구를 만들어주지 않기 때문이다. SNS상의 관계 맺기는 '친구 끊기'라는 손가락 하나의 동작으로 한순간에 날아가는 매우 약한 연결이고 피상적인 연결이다. 뉴욕대학 사회학 교수인 에릭 클리넨버그(Eric Klinenberg)는 저서인 『고잉 솔로(Going Solo)』에서 외로움을 결정하는 것은 관계의 양이 아니라 질이라는 것이 관련 연구의 공통된 결과라고 말한다. 인간관계는 결코 그 양으로 질을 대체할 수 없다.

디지털 기기를 통한 인간관계는 무엇보다도 인간의 '촉감(touch)'이 배제된다는 한계를 갖고 있다. 연구자들은 촉감은 인간이 세상에서 처음으로 느끼는 감각이라고 한다. 태아는 16주가 되었을 때 가는 솜털(lanugo)로 뒤덮이는데, 이 솜털 때문에 모체의 양수에서 편안함을 느낄 수 있다고 한다. 디지털 기기의 확대로 사람과 사람 사이의 대면이 줄어들면서 동시에 코로나19로 인한 사회적 접촉의 제한은 인간이 가진 중요한 감각인 '촉각'의 심각한 결핍을 초래했다. 이제 사람들은 잘 만나지도 않지만 만나도 포옹은 물론 악수조차 하지 않는다.

촉감은 다른 감각과 달리 상호적이라는 점에서 인간관계 측면에서 매우 중요하다. 우리는 나를 쳐다보지 않는 사람을 쳐다볼 수는 있지만, 촉감은 절대 나 혼자 일방적으로 이루어질 수 없다. 모든 엄마는 아기를 왼쪽으로 안는다. 인간의 심장은 왼쪽에 있어 왼쪽으로 안으면 심장과 심장이 만나는 가장 따뜻한 접촉이 일어나기 때문이다. 예수와 성모 마리아를 그린 성모자상이나 성모 마리아가 죽은 그리스도를 안고 있는 피에타 상에서는 성모 마리아가 그리스도를 오른쪽으로 안고 있는데, 이는 예수의 심장이 오른쪽에 있었기 때문이라 할 수 있다. 한국 법의학 역사를 개척한 문국진 박사가 쓴 『명화와 의학의 만남』에 의하면 십자가에 못 박혀 처형당하는 그림에서 예수의 상처는 한결같이 오른쪽 가슴에 있으며, 이

우동기

탈리아 화가 조토(Giotto di Bondone)가 그린 〈십자가의 예수〉를 보면 예수의 오른쪽 가슴에서 피가 분수처럼 솟아나는 것을 그 증거로 삼을 수 있을 것이다.

독일의 저널리스트인 바스티안 베르브너(Bastian Berbner)는 『혐오 없는 삶』이란 책에서 외국인을 향한 적대감은 외국인이 없는 곳에서 가장 크다고 말하며, 이슬람을 향한 적대감은 이슬람교도가 없는 곳에서 가장 크다고 한다. 베르브너는 적대하고 혐오하던 이들이 편견을 넘어 어떻게 친구가 될 수 있을까라는 물음에 답은 '접촉'이라고 말한다. 일단 사람을 진짜 알게 되면, 더는 그를 증오하지 못한다는 것이다. 혐오와 적대를 넘어서는 것은 논리적 설득이 아니라 인간적 접촉에 의해서이다. 옳은 말을 하지만 기분 나쁜 사람이 있다. 다른 사람과 소통하고 다른 사람을 설득시키는 큰 힘은 논리가 아니라 정서다. 그래서 소설가 이외수는 세상에서 제일 매운 고추는 작은 고추, 빨간 고추, 청양고추가 아니라 '눈에 들어간 고추'라고 하였다. '대면'과 '접촉'이 배제된 SNS상에서의 만남은 익명성으로 인해 진정한 마음과 마음, 가슴과 가슴의 만남이 될 수 없다. 감동받았다는 표현을 영어로는 'I am touched'라고 한다. '접촉'은 인간의 마음을 움직이는 가장 강력한 힘이다.

4. 내 안에 레드팀을 만들어라

우리는 모두 공감 능력을 갖고 있다. 우리는 다른 사람의 슬픔과 기쁨을 내 것처럼 느끼고, 다른 사람이 손을 베이는 것을 보고 내 손이 베이는 것 같은 아픔을 느낀다. 인간이 이렇게 타인의 정서와 감각을 공유하는 힘은 본능적으로 타고난 것이다. 이탈리아의 생리 학자 자코모 리촐라티(Giacomo Rizzolatti) 교수 연구팀은 건포도를 들고 있는 것을 본 원숭이의 뇌에서 원숭이 자신이 건포도를 들고 있을 때와 똑같은 뇌 반응이 일어나는 것을 알아냈다. 연구팀은 인간의 뇌에도 보는 대로 따라 하는 정교한 신경세포가 있다는 것을 밝혀 내 이를 '거울 뉴런(Mirror neuron)'이라 이름 붙였다.

'거울 뉴런'은 단순한 모방이나 따라 하기에서 나아가 다른 사람 의 행동을 보거나 말을 듣는 것만으로도 마치 자신이 직접 행동하 거나 겪는 것과 같은 느낌을 받을 수 있게 해준다. 아주 어린 아기 들도 남의 생각과 감정을 파악하고 반응하는 공감능력을 갖고 있 다는 것을 볼 때 '거울 뉴런' 가설은 설득력이 있다. 버클리 대학의 심리학자 베티 레파촐리(Betty Repacholi)와 앨리슨 고프닉(Alison Gopnik) 은 실험을 위해 18개월 된 아이를 대상으로 아이들이 좋아하는 크 래커를 먹으면서는 메스꺼운 표정을 짓고, 아이들이 싫어하는 브 로콜리를 먹으면서는 맛있다는 표정을 지었다. 이후 아이에게 먹을 것을 달라고 하자 연구에 참여한 아기들의 70%가 자신이 좋아하 는 크래커가 아니라 상대방이 좋아하는 브로콜리를 주었다.

우둥기

"엄마, 우리 반에서 전교 1등 나왔어."라는 아이의 말에 대부분의 한국 엄마들은 "그래, 그렇구나! 너희 반이 자랑스럽겠네."라고 말하는 것이 아니라 "너는 몇 등 했는데?"라고 되묻는다. 어른인 엄마가 아들보다 오히려 공감력이 부족하다. 최재천 이화여대 석좌교수는 '공감은 길러지는 게 아니라 무뎌지는 것'이라고 하였다. 우리 모두 본디 공감능력을 갖고 태어났는데도 불구하고 공감력이 없거나 떨어지는 사람이 있다. 스탠퍼드 대학교 심리학 교수인 자밀 자키(Jamil Zaki) 박사는 『공감은 지능이다(The war for kindness)』라는 책에서 현대인의 공감력이 점점 떨어지고 있다고 말한다. 그에 의하면 1979년의 평균적인 사람들의 공감능력과 비교해 2009년의 평균적인 사람들의 공감능력은 75퍼센트 이상 떨어졌다.

사유(私有)하고 독점하는 산업화 시대와 달리 사람, 데이터, 사물 등 모든 것이 서로 연결되는 '초연결사회(hyper-connected society)'에서 공감과 소통 그리고 연대와 협력은 좋은 가치가 아니라 필수불가결한 가치다. 미국의 경제잡지인 〈포춘(Fortune)〉의 편집장인 제프 콜빈(Jeff Colvin)은 『인간은 과소평가 되었다(Human are underrated)』라는 책에서 컴퓨터를 능가할 인간의 독특한 능력은 모두 '인간의 상호작용'과 관련되어 있다고 말한다. 그는 상대를 이해하고 위로해 주며 같이 기뻐하는 공감 능력은 인간만이 갖고 있다면서 인공지능 시대에 최고의 가치를 인정받을 직업은 '지식노동자'가 아니라 '관계노동자'라고 하였다.

공감은 동정(sympathy)과는 다르다. 프란치스코 교황은 길거리의 거지에게 눈을 마주치지도 않고, 손을 잡아주지도 않고 그저 돈만 던져

주는 것은 공감과 연대의식이 결여된 오만한 동정이라고 했다. 공감은 아리스토텔레스가 에토스(ethos), 로고스(logos)와 함께 설득의 세 요소로 든 파토스(pathos)에서 온 말이다. 파토스는 청중의 심리적·감정적 상태를 뜻하는 말로 공감(empathy)은 'en(안)'+'pathos(감정)'에서 생긴 말이다. 공감은 대상의 감정을 자신에게 이입시키는 것으로 다른 사람의 감정을 자신의 안으로 넣는다는 뜻이다. 공감은 상대방의 처지를 나의 처지로 치환하는 데서 온다. 공감하려면 상대방의 입장과 상황을 먼저 생각해야 하며, 상대방의 감정을 먼저 느껴야 한다.

공감의 출발은 다름을 받아들이고, 그 사람의 입장에서 생각하는 것이다. 퓰리처상을 수상한 하퍼 리(Harper Lee)의 소설 『앵무새 죽이기(To kill a mockingbird)』에서 아버지는 어린 딸에게 무엇보다 간단한 요령 한 가지만 배운다면 모든 사람들과 잘 지낼 수 있다면서 이렇게 말한다. "누군가를 정말로 이해하려고 한다면 그 사람의 입장에서 생각해야 하는 거야. 말하자면 그 사람 살갗 안으로 들어가 그 사람이 되어서 걸어 다니는 거지." 가수 시인과 촌장은 〈가시나무새〉라는 곡에서 "내 속엔 내가 너무도 많아, 당신의 쉴 곳 없네."라고 노래하였다. 공감하려면 일단은 내 생각과 판단은 접어 두어야 한다. 내 안의 생각으로 그 사람을 대해서는 안 된다. 내가 그 사람이 되어야 한다. 산골 사람이 내게 귀하다고 바닷가 사람에게 해산물을 대접해서는 안 되고, 바닷가 사람이 내게 귀하다고 산골 사람에게 산나물을 대접해서는 안 된다. 상대방의 상황과 처지에 내 마음을 앉히는 데부터 공감은 시작된다.

우동기

다른 사람의 입장과 상황을 생각하고, 나와 다른 생각과 감정을 받아들이는 문제는 개인에게나 집단에게나 매우 중요하다. 미국 육군이 고안해 낸 전략으로 오늘날 기업의 경영 전략에서 많이 활용하는 것 중에 '레드 팀(Red Team)'이란 것이 있다. '레드 팀'은 듣고 싶은 것만 듣고 보고 싶은 것만 보지 않도록 집단 내에서 일부러 반대 의견을 내도록 조직된 팀을 말한다. 동일한 이해를 갖는 사람들이 모여서 의사를 결정하면 확증 편향에 의해 편협한 결정을 내리기 쉽다. 그래서 『레드 팀을 만들어라(Red Teaming)』의 저자 브라이스 호프만(Bryce Hoffman)은 한 가지 사안을 여러 각도에서 들여다보고 새로운 시각을 얻기 위해서는 '상자 밖에서 생각(think outside the box)'하는 것이 필요하다고 말한다.

나와 생각이 다른 사람을 많이 접할수록, 나와 다른 생각을 많이 받아들일수록 내 안목은 높아지고 내 지혜는 넓어진다. 나의 성장을 생각한다면 내 생각과 다른 사람들을 많이 만나고 다른 사람들의 생각을 내 안에 많이 넣어야 한다. 프랑스 철학자 프랑수아 드 라 로슈푸코(Francois, de La Rochefoucauld)는 적을 원한다면, 친구들보다 뛰어난 사람이 되고, 친구를 원한다면 친구들이 너보다 뛰어난 사람이 되도록 하라고 충고한다. 미국의 철강왕인 앤드류 카네기(Andrew Carnegie)의 묘비에는 '자기보다 현명한 사람들을 주변에 모이게 하는 법을 터득한 자, 이곳에 잠들다'라는 문구가 적혀 있다. 내 안에 나의 '레드 팀'이 있어야 한다. 개인이든 집단이든 '레드 팀'을 가진 사람이 성공한다.

5. 호모 사피엔스는 눈 흰자위로 살아남았다

펜실베니아대학교의 팻 시프먼(Pat Shipman) 교수는 현생인류인 '호모 사피엔스'가 체력, 뼈대, 근육 등에서 훨씬 더 우위에 있는 네안데르탈인과의 경쟁에서 살아남은 것은 눈의 흰자위 때문이라고 말한다. 얼굴 정면에서 보았을 때 흰자위가 뚜렷하게 보이는 생명체는 인간이 거의 유일하다. 독일 막스플랑크 대학교의 진화인류학연구소의 실험에 의하면, 연구자들이 머리와 눈을 여러 방향으로 움직이자 영장류 동물들은 머리의 움직임에 시선을 집중했지만 유아들은 연구자의 눈의 방향에 따라 시선을 움직였다. 눈에 흰자위가 있어 눈으로도 말할 수 있었던 호모 사피엔스는 늑대를 가축화한 개와 소통하고 협업할 수 있었다. 눈동자를 돌리면 자신이 의도하는 방향을 전달할 수 있어 상호 협동이 필수적인 사냥에서 흰자위는 아주 효과적인 역할을 하였다. 호모 사피엔스는 개와의 협업을 통해 사냥에서 먹잇감을 많이 확보할 수 있었고, 네안데르탈인과의 먹이 경쟁에서 살아남을 수 있었다.

개인으로서는 약한 존재인 인간이 지구의 지배자가 될 수 있었던 힘은 바로 인간과 인간, 인간과 동물 간 소통하고 협력하는 능력을 갖고 있었기 때문이었다. 구석기 시대에 비해 인간의 뇌는 단 1%도 진화하지 않았다. 그럼에도 현재와 같은 고도의 문명을 만들어낼 수 있었던 것은 바로 '뇌'와 '뇌'를 연결하는 힘에 있었다. 유발 하라리(Yuval Noah Harari)는 『사피엔스(Sapiens)』에서 오늘날 호모 사피엔

우동기

스만 살아남게 된 것은 유연하게 협동할 수 있는 유일한 동물이기 때문이었다고 말한다. 제레미 리프킨(Jeremy Rifkin)도 그의 저서 『공감의 시대(The Empathic Civilization)』에서 인간이 세계를 지배하는 종이 된 것은 자연계의 구성원들 중에서 인간이 가장 뛰어난 공감 능력을 가졌기 때문이었다고 말하며 인간을 '공감하는 인간', '호모 엠파티쿠스(Homo Empathicus)'라 하였다.

다른 사람을 존중하고 배려하고 공감하는 것은 내 마음이 편안해지는 길이고 내 삶이 행복해지는 길이기도 하다. 다른 사람을 미워하고 불신하고 배척하면 내 마음이 불편해지고 내 삶이 힘들어진다. 나와 다른 상대를 이해하고 존중하는 것은 상대를 위해서이기도 하지만 나를 위해서도 그렇다. 법륜 스님은 〈즉문즉설〉에서 꽃을 '예쁘다'라고 말하면 꽃이 좋아지는 것이 아니라 내가 좋아지고, 꽃이 '더럽게 못생겼다'라고 말하면 꽃이 나빠지는 것이 아니라 내가 나빠진다고 말한다. 상대방에게 화를 내거나 상대를 나쁘게 말한다고 내 속이 시원해지거나 상쾌해지지 않는다. 오히려 더 화가 나고 마음만 더 불편하다. 상대를 이해하고 존중하는 것은 궁극적으로 내 마음을 불편하게 하지 않는 것이며, 나 자신의 편안함을 위하는 것이다.

공감과 소통은 한 몸이다. 공감 없이 소통이 일어날 수 없고, 소통 없는 공감은 진정한 공감이라 할 수 없다. 소통은 막히지 아니하고 잘 통하는 것이며, 뜻이 서로 통하여 오해가 없는 것이다. 살다 보면 뜻이 통하지 않는 경우도 많다. 뜻이 통하지 않는다는 것은 내가 생각하는 것과 그가 생각하는 것이 다르다는 말이다. 공감과 소통은 그런 다름을 당연함으로 받아들이는 데서 시작한다. 다른 유전자, 다른 경험, 다른 상황, 다른 입장에 있는 사람의 생각이 서로 다른 것은 어찌 보면 자연스러운 일이다. 우산 장수는 비가 오는 것을 좋아할 수밖에 없고, 나막신 장수는 해가 뜨는 것을 좋아할 수밖에 없다. 다름을 인정하지 않으면 소통은 불가능하다. 얼룩말은 흰 바탕에 검은 줄을 갖고 있지도 않고, 검은 바탕에 흰 줄을 갖고 있지도 않다. 다만 검은 줄이라 생각하는 사람이 있고, 흰 줄로 생각하는 사람이 있을 뿐이다. 같은 것도 보는 사람에 따라 다를 수밖에 없다는 것을 머리가 아니라 가슴으로 받아들일 때 그와 나 사이에 이해와 신뢰의 물길이 터지고 비로소 소통은 시작된다.

나는 이렇게 말했는데 저렇게 말하고, 같은 말을 들었는데도 다르게 말하는 사람들이 있다. 어떻게 저렇게 거짓말을 할까라는 생각에 화가 나기도 하지만, 그 사람은 정말 그렇게 들었을 수도 있다. 중요하게 생각하거나 관심 있는 부분이 더 크게 들리고 더 잘 들리고 더 오래 기억된다. 나도 그렇고 너도 그렇고 우리 모두 그렇다. 지하철에서 깜빡 졸다가 내려야 하는 역의 안내방송을 듣고 잠이 확 깨어 후다닥 내려 본 경험을 가진 사람이 있을 것이다. 프랑스 국립과학연구원에 의하면 사람의 뇌는 수면 중에도 자신에게 의미가 있는 정보를 수집한다.

사람들은 본인이 흥미를 갖는 이야기나 내가 듣고 싶은 소리를 선택적으로 듣는 '선택적 지각(selective perception)'과 '선택적 주의'라는 심리를 갖고 있다. 칵테일파티처럼 시끌벅적한 곳에서도 자신이 듣

우동기

고 싶은 소리를 듣는 것과 비슷하다고 해서 런던대의 콜린 체리(E.C. Cherry) 교수는 이를 '칵테일파티 효과(Cocktail Party Effect)'라 한다. 의도를 갖고 사실을 왜곡시키는 경우도 있겠지만, 악의가 없이도 내가 한 말이나 내가 들은 말과는 다르게 인식하고 기억할 수도 있다. 상대방의 말은 나의 관점과 이해에 의해 필터링(filtering) 되기 때문에 내가 말한 것이나 내가 들은 것과 다른 사람이 이해하고 기억하는 것이 다를 수 있다. 이러한 인간의 특성을 알면 비록 그가 같은 말을 듣고 다른 말을 하더라도 그럴 수도 있겠다며 너그러워질 수 있다. 소통은 이러한 너그러움의 바탕 위에서 시작한다.

남을 이해하여 소통하려면 낮은 곳에 있어야 한다. 중국의 사상가 노자(老子)는 강과 바다가 수천 개도 넘는 산골짜기 시내의 존경을 받는 이유는 그들보다 아래에서 흐르기 때문이라고 하였다. 그래서 강과 바다는 모든 산골짜기 시내를 지배할 수 있다. 낮은 위치에 자신을 놓으면 상대방을 평가하거나 비난하는 마음이 들어설 자리가 없다. 사람들과의 관계에서 비난만큼 쓸데없는 것도 없다. 비난은 누구에게도 도움이 되지 않으며, 우리에게 가져다주는 것도 없다. 데일 카네기(Dale Carnegie)는 『인관관계론(How to Win Friends and Influence People)』에서 비난은 사람들을 방어적으로 만들고 스스로를 정당화하도록 만든다고 말한다. 비난은 사람들의 자부심에 상처를 입히고, 자존심을 훼손하며, 적개심을 불러일으킬 뿐이다.

미국의 격언에 이런 말이 있다. '먼저 남을 판단하면, 그 사람을 사랑할 시간이 없다(If you judge people. You have no time to love them)' 다른 사람과의 소통을 위해서는 먼저 나를 내려놓아야 한다. 소통은 상대를 판단하거나 평가하거나 비난하려는 마음을 참는 데서 시작한다.

6. 돌담에는 같은 돌이 하나도 없다

행복한 사회가 되려면 돌담 같은 사회가 되어야 한다. 시멘트 벽돌담과 달리 돌담의 돌들은 어느 하나도 같은 모양이 없다. 큰 돌, 작은 돌, 둥근 돌, 네모난 돌, 때로는 깨어지고 부서진 돌까지 모두가 제 모습 그대로 함께 어울려 돌담을 만든다. 작거나 깨어졌다고 버려지지 않고, 작으면 작은 대로 크면 큰 대로 함께 돌담을 만든다. 크다고 으스대지 않고 작다고 무시당하지 않고 모두가 각자의 모습으로 제 역할을 다 한다. 이처럼 서로가 서로에게 필요하고 소중한 존재, 서로가 서로에게 힘이 되는 존재로 살아가는 사람들로 어우러진 사회가 건강한 사회이고 행복한 사회이다.

　대한민국을 뒤흔든 '조국 사태'는 우리 사회가 얼마나 나와 생각이 다른 사람을 받아들이는 폭이 좁은가를 극명하게 보여주었다. 광화문 집회와 서초동 집회로 상징되는 보수와 진보가 양 진영으로 나뉘어 몇 달간을 극심하게 대립하였다. 이처럼 양 집단 간에 공감의 폭이 좁아지게 된 것은 우리 사회의 이념적 갈등이 매우 심하다는 것을 보여준다. 갈등이 심해진 데에는 여러 이유가 있겠지만 언

우동기

론과 유튜브(YouTube)의 영향이 크다. 공공성을 잃은 미디어(media)는 '확증 편향(confirmationbias)'을 증폭시킨다. 확증 편향은 자신의 신념과 일치하는 정보는 받아들이고 그렇지 않는 정보는 무시하는 것을 말한다. 사용자가 좋아하는 것과 관심사에 맞춰 필터링되는 정보는 확증 편향을 더욱 가속화시켜 보고 싶은 것만 보도록 만들고, 듣고 싶은 것만 듣게 만든다. 다른 관점과 접하는 것이 차단된 사람들은 더욱 편향된 정보만 접하게 되고 자신의 관점은 점점 더 고착화된다. 그래서 내가 지지하는 집단인 내 편의 논리는 무조건적으로 옳고, 반대 집단인 네 편의 논리는 무조건적으로 틀렸다는 닫힌 사고에 갇히게 된다.

사유(私有)와 독점의 시대가 가고 공유와 상생의 시대가 열린 세상에서 닫힌 사고에 머무는 것은 개인이건 국가건 매우 지혜롭지 못하다. 열린 마음으로 함께하는 사람이 성공하고 살아남는 시대에서 공감과 소통, 협력의 가치는 무엇보다 중요하다. 디지털 사회가 될수록 인간과 인간의 연대는 더욱더 중요하기 때문이다. 셰익스피어는 『햄릿』에서 '먹고 자는 일밖에 할 일이 없다면, 인간이란 뭐란 말인가'라고 외쳤다. 다른 사람과 마음을 나누며 살아야 하는 이유는 그것이 디지털 사회의 화두이기 때문만은 아니다. 우리가 동물이 아니라 인간이라는 존재감과 정체성을 지키는 일이기 때문이다. 즉 그것이 우리의 삶을 행복으로 이끄는 길이다. 행복은 사람들과 좋은 관계를 맺는 시간의 양과 비례한다. 나를 따뜻이 품어주는 가족과의 시간, 힘들 때 등 두드려주는 친구와의 시간, 동네 채소 가게 아주머니와 미소를 나누는 시간, 산더미 같은 서류 뭉치 너머 보내주는 동료의 따뜻한 눈길을 느끼는 시간들의 축적이 삶을 행복으로 만드는 힘이다. 행복은 무엇보다도 내가 접하는 사람들과의 좋은 관계에서 온다.

그렇다고 해서 좋은 관계가 모든 것을 터놓고 조금의 격의도 없이 지내는 것을 뜻하는 것은 아니다. 미국의 시인 로버트 프로스트(Robert Frost)는 〈담을 고치며(Mending Wall)〉라는 시에서 "좋은 담이 좋은 이웃을 만든다(Good fence makes good neighbors)"고 하였다. 사람 사이에는 담이 높아도 안 되며, 담이 없어도 안 된다. 높으면 소통이 어렵고, 없으면 존중이 어렵다. 그래서 레바논 출신의 철학자인 칼릴 지브란(Kahlil Gibran)은 소중한 사람일수록 사람과 사람 사이에는 지혜로운 거리가 있어야 한다며 '함께 있되 거리를 두라'고 노래하였다.

함께 있되 거리를 두라
그래서 하늘 바람이 너희 사이에서 춤추게 하라
서로 사랑하라
그러나 사랑으로 구속하지는 말라
그보다 너희 혼과 혼의 두 언덕 사이에 출렁이는 바다를 놓아두라
서로의 잔을 채워주되 한쪽의 잔만을 마시지 말라
서로의 빵을 주되 한쪽의 빵만을 먹지 말라
함께 노래하고 춤추며 즐거워하되 서로는 혼자 있게 하라
마치 현악기의 줄들이 하나의 음악을 울릴지라도 줄은 서로 혼자이듯이

우동기

서로 가슴을 주라. 그러나 서로의 가슴속에 묶어 두지는 말라

오직 큰 생명의 손길만이 너희의 가슴을 간직할 수 있다

함께 서 있어라 그러나 가까이 서 있지는 말라

사원의 기둥들도 서로 떨어져 있고

참나무와 삼나무는 서로의 그늘 속에선 자랄 수 없다

– 칼릴 지브란, 〈함께 있되 거리를 두라〉

05

|

인성과 사회성을
키우는 청년십계명

홍승용
(전 인하대학교 총장)

홍승용 洪承湧

인하대학교 총장, 덕성여자대학교 총장, 중부대
학교 총장, 국가교육과학기술자문회의 부의장,
교육과학기술부 대학구조개혁위원회 위원장, 해
양수산부 차관 등을 역임.

1. 들어가며

자연계의 사계절처럼 우리에게도 인생의 계절이 있다. 청년기는 인생의 봄이다. 인생의 봄은 열매를 만들어가는 인생의 여름, 그 열매를 완성시키는 인생의 가을, 휴식의 계절인 인생의 겨울로 이어지는 첫 디딤돌이다. 임영수 목사는 『인생의 사계절』에서 인생의 봄에 대해 "부정적이지 않고 긍정적이다. 현실적이라기보다는 이상적이다. 끊임없는 변화의 시기이다."로 특성 지운다. 아울러 그는 이 은총의 시기에 내포하는 의미를 세 가지로 요약한다. "첫째, 봄의 시기는 인생의 전부가 아니라 시작이다. 둘째, 이 시기는 인생의 완성된 모범을 보이는 시기가 아니라 연구대상이 될 만한 표본을 보이는 시기다. 셋째, 이 시기는 탐구의 시기다. 탐구는 단지 지적 탐구만이 아닌, 인생 전반에 대해 끊임없이 구하고 찾고 두드려야 한다. 이러한 일을 게을리하면 인생의 계절에 좋은 열매를 내놓을 수 없다."

'인성'과 '사회성'은 청년기에 탐구해야 할 매우 중요한 과제다. '인성'은 마음의 바탕이나 품성이다. 개인을 특성화하는 일련의 생각, 언어, 행동, 태도, 습관이다. 삶의 중요한 자질인 '사회성'은 타인의 관점을 이해하고 협력하면서 나아가 조직체의 공동목표를 이루는 능력이다. 인성과 사회성 교육은 유치원부터 중·고교를 거쳐 대학의 커리큘럼으로 자리매김하고 있다. 기업들은 입사 채용 과정에서 인성과 사회성을 평가한다. 인성과 사회성은 동전의 양면처럼 작용하며, 성인으로서 갖춰야 할 사랑, 책임, 약속, 배려, 협동, 존중, 소통의 근본이다. 우리나라 인구 생태는 베이비붐 세대에 이어 X세대와 Y세대, N세대, 그리고 MZ세대로 연계되고 있다. 디지털 환경에 익숙한 MZ세대는 집단보다는 개인의 행복을, 소유보다는 공유를, 미래보다는 현재를 중시한다.

세대가 바뀌어도 그리고 청년들이 취업, 창업, 학업의 길 어느 곳을 향하더라도 인성과 사회성은 삶의 엔진이다. 인성교육과 사회성교육은 '마태복음 효과'와 같다. '무릇 있는 자는 넉넉하게 되되, 없는 자는 그 있는 것도 빼앗기리라.'(마 13:12)처럼 인성과 사회성은 갖추면 갖출수록 더 풍부해지고, 등한시하면 할수록 나빠진다고 할 수 있다.

2. 인성과 사회성을 키우는 청년들의 십계명

1) 첫째, 기적의 존재인 나 자신을 알자

"너 자신을 알라"는 말은 고대 그리스 철학자 소크라테스가 한 말로 유명하다. 그는 민중들에게 자신의 무지함을 깨닫는 것에서 출발하여 새로운 진리를 찾으라 했다. 삶은 '나는 누구이며, 왜 여기에 있

홍승용

으며, 나의 삶의 목적은 무엇인가?'라는 존재론적 물음에 대해 해답을 찾는 여정이다. 예수의 산상수훈은 행복한 삶을 위해 개인의 태도와 생각이 어떠해야 하는지를 일깨운다. 『성경』에서는 여러 번 "너 자신을 알라"는 내용의 말이 나온다. 그중 대표적인 것은 '어찌하여 형제의 눈 속에 있는 티는 보고 네 눈 속에 있는 들보는 깨닫지 못하느냐'(마 7:3)이다. 부처님 스스로 경전 중의 제일이라고 한 『법화경』에서도 '자신이 누군가의 부모나 자식이 아닌 진정 어떤 존재인지 알게 될 때 비로소 인생을 알게 된다.'라고 설교한다. 철학자 임마누엘 칸트는 '나는 무엇을 알 수 있는가?', '나는 무엇을 해야 하는가?', '나는 무엇을 희망해도 좋은가?' 그리고 세 가지 질문을 포괄한 '인간이란 무엇인가?'가 삶의 화두라고 했다.

　『손자병법』에서도 "적을 알고 나를 알면 백 번 싸워도 위태롭지 않고(지피지기 백전불태 知彼知己 百戰不殆), 적을 모르고 나만 알면 한 번 이기고 한 번 질 것이며, 적을 모르고 나도 모르면 싸울 때마다 위태롭다"라는 말이 유명하다. '지피지기'에서 관건은 '지기(知己)', 나를 아는 데 있다. 일단 나를 잘 파악하여 나를 지지 않을 상황의 위치에 올려놓으면 상대방이 나를 어떻게 할 수가 없다. 나 자신이 나를 모른 채 온갖 방법과 수단을 다 동원하여 상대방을 알려고 해봐야 자칫 상대방의 속임수에 걸리는 경우가 흔하다. 나는 누구인가? 나 자신을 안다는 것은 결코 쉬운 일이 아니다. '나는 나의 민낯을 정직하게 본다'고 말하는 사람들이 있으나, 이런 믿음이야말로 '내로남불' 식 사고에 익숙한 사람의 가장 위험한 자기 속임이다.

　"나 자신을 알자"라는 말은 '나 자신의 분수와 한계를 알라'는 뜻이 아니라, '나 자신의 존재가치(identity)를 발견하고, 정체성과 방향성 있는 삶의 목표를 설정하라'라는 뜻이다. 정체성은 '나는 누구이며', '무엇이어야 하는가'이다. 방향성은 인생의 방향과 목표를 말한다. 오롯한 청년 한 사람 한 사람은 가정의 희망이자, 나라의 희망이기에 국가발전과 직결된다. 『국부론』으로 유명한 영국의 경제학자 애덤 스미스는 저서 『도덕 감정론』에서 우리 삶에서 가장 간절히 원하는 것은 '행복'이며, 행복하게 만드는 '사랑'에 집중하라고 설파했다.

　　"인간은 선천적으로 사랑스러운 사람이 되기를 원한다. 다시 말하면 사랑받을 수밖에 없는 자격을 갖추고 싶어 한다. 또한 인간은 선천적으로 미움받는 사람, 미움받아 마땅한 사람이 될까 봐 두려워한다."

　현재 세계 인구는 77억 명이지만, 신기하게도 같은 지문을 가진 사람은 한 사람도 없다고 한다. 이처럼 한 사람 한 사람은 탄생의 과정에서부터 개성 있는 기적의 존재이다. 최근 청년들은 자신의 정체성과 방향성을 알기 위해 나름대로 여러 가지 심리 테스트 방식을 활용할 수 있다. 가장 간단한 방법 가운데 하나는 'MBTI(Myers-Briggs-Type Indicator) 검사'다. MBTI 검사는 성격 유형 선호 지표이다. MBTI에서는 두 개의 태도 지표(외향 대 내향, 판단 대 인식)와 두 개의 기능지표(감각 대 직관, 사고 대 감정)에 대한 개인의 선호도를 밝혀서 4개의

홍승용

선호 문자로 조합된 16가지 성격 유형 중 개인의 성격 유형을 알려준다. 미래의 진로를 위해 과학적 심리 테스트를 해 보는 것도 유용하지만, 선배와 스승, 그리고 친구들로부터 조언을 듣는 것도 유익하다. 그리고 무엇보다도 자기 자신에 대한 고뇌와 연구를 통해 답을 구하는 것이 중요하다. 자신의 강점과 약점, 위험과 기회를 알아내는 'SWOT 분석'을 통해 자기 자신을 알고, 삶을 살아가는 지혜를 터득하는 것도 한 방법이다.

2) 둘째, 나 자신만의 가치 있는 인생을 선택하자

실존주의 철학으로 유명한 프랑스의 장 폴 사르트르는 "인생은 B와 D 사이의 C이다."라고 설파한 바 있다. B는 태생(Birth)이고, D는 죽음(Death)이며, C는 선택(Choice)이라는 것이다. 인생을 최대치로 활용한다는 것은 인생에서 현명하고 훌륭한 선택을 최대한 많이 한다는 뜻이기도 하다. 인생관, 직업관, 배우자 선택 등에서 어떤 선택을 하는가에 따라 한 인간의 운명이 좌우될 수 있다. 직업은 생계유지와 사회적 역할을 영위하는 데 필수적인 소명이다. 이 시대를 살아갈 청년들의 직업은 크게 세 가지로 대별할 수 있다. 취업·창업·학업의 길 중에서 하나를 선택해야 할 것이다.

하버드대 총장이던 드루 파우스트가 졸업식 훈사에서 졸업생들에게 연설한 '주차장 이론'이다.

"더 가까운 자리를 발견하지 못할 것이라는 걱정으로 원하는 목적지에서 열 블록이나 멀리 떨어진 자리에 성급하게 주차해서는 안 됩니다. 여러분이 원하는 자리를 찾아가세요. 주차장을 크게 한 바퀴 돌다 보면 여러분 자신이 있어야만 할 자리를 발견하게 될 것입니다."

분명 자기가 보다 잘할 수 있는 일이 있음에도 성급히 선택함으로써 나중에는 다시 돌아가지 못하거나 경쟁력이 떨어지면 인생의 낭비라는 것이다.

한국의 많은 젊은 세대들에게 '삼포세대'라는 용어가 유행한다. 높은 생활비 지출, 대학등록금 상환, 그리고 치솟은 집값 등 사회적 압박과 경제적인 문제 때문에 연애, 결혼, 아이 갖는 것 세 가지를 포기한다는 것이다. 오포세대는 삼포세대에 더하여 고용과 주택 소유를 더한다. '십포세대'나 '완포세대'는 삶과 생명을 포기하는 비극적 절정에 이른다. 인생은 가정법 'What if'에 달려있기에 영어단어 '인생(Life)'에는 if가 들어가 있지 않나 하는 해석도 가능하다. 과거의 if는 '후회의 if'로 '공부 열심히 했더라면', '체력 키웠더라면', '참을걸·즐길걸·베풀걸' 등을 예시할 수 있다. 미래의 if는 '희망과 가능성의 if'로 '성공하고 행복하다면', '멋진 사람과 사랑한다면', '돈 번다면' 등을 들 수 있다.

인생의 모든 단계에서 자기 가치관을 가지고 인생을 사는 것이 중요하다. 자기 가치관을 갖고 사는 사람은 문제에 봉착했을 때 자

홍승용

기 자신을 식별하고, 어떻게 대응할지 선택한다. 자기 가치관이 결핍된 사람은 감정에 따라 반응하게 된다. 『성공하는 사람들의 7가지 습관』을 쓴 스티븐 코비 박사는 이를 '주도적인 사람'과 '대응적인 사람'으로 구분했다. 성공하는 사람들의 가치관의 핵심은 사람마다 다르겠지만, 성공한 사람들의 가치관을 보면 크게 세 가지인 '정직, 근면, 겸손'으로 요약할 수 있다. 첫째, 담대함과 용기를 가져오는 '정직', 둘째, 무지, 질병, 가난으로부터 자유함을 얻는 '근면', 셋째, 시각과 청각과 지각을 몇 배 이상 더해주는 '겸손'이다.

흔히 '시간이 돈'이라 하는데 시간은 돈이 아니라 '시간은 인생이다.' 왜냐하면 삶을 이루고 있는 것이 시간이기 때문이다. 시간 낭비는 생명 낭비요, 자기 삶을 허비하는 엄청난 잘못이다. 시간은 한번 지나가면 영원히 돌아오지 않는다. 인간이 가진 것 중 가장 소중한 것은 시간, 즉 삶이며, 우리의 삶 속에서 가장 보람 있게 잘 써야 할 것이 시간이다. 또 중요한 점은 시간이 우리가 선호하는 것들을 바꿔놓기도 하고, 가치관을 새로 형성하는 강력한 힘을 갖고 있다는 사실이다. 청년기의 사람들은 '현재를 역사의 끝으로 착각'하고, '자신이 완성되었다고 잘못 생각'하고 있지만, 인간은 언제나 진행 중인 작품이다. 우리 삶에서 변치 않는 진리는 '모든 것이 변한다.'라는 사실 때문에도 그렇다.

3) 셋째, 건강한 체(體)·인(仁)·지(知)로 크게 꿈을 품고 변화하자

체(體)·인(仁)·지(知)를 바꾸면 인생이 변화한다. 『체인지』의 저자 유영만 교수는 21세기가 원하는 인재는 '따뜻한 지식인'이며, 따뜻한 지식인이 되기 위해서 "온몸으로 체험하면서 얻은 깨달음(體)을 통해 가슴으로 타인의 아픔에 공감(仁)할 때 비로소 탄생하는 지식(知)"을 갖추기를 권한다. 용어와 내용이 비슷하지만, 본 고에서의 체인지는 "'강한 체력(體)'을 바탕으로, '인성(仁)'을 갖추고, 사회생활에 필요한 '지성(知)'을 갖춘 젊은이라야 인생의 변화를 도모할 수 있다"라는 뜻이다. 체력을 단련하는 것은 남이 대신해 줄 수 없다. 자기 자신만의 꿈, 노력, 끈기, 그리고 열정이 있어야 한다. 흥미롭게도 한 하버드 의대 교수는 '허벅지의 굵기와 인생의 성공이 비례한다.'라는 연구논문을 발표한 바 있다. 체력과 인성과 지성은 젊은이들이 갖추어야 할, 선택과목이 아닌 필수과목이다.

카프만 부인의 저서 『광야의 샘』에 나오는 누에고치 이야기다.
"나는 누에고치들을 관찰하고 있었다. 마침 여러 마리의 누에고치가 나비로 탈바꿈을 하는 중이었다. 마침 누에나비 한 마리가 너무도 작은 구멍을 통해 나오려고 긴 시간 동안 온갖 몸부림을 치는 것을 발견했다. 나는 세상에 첫발을 내딛는 그 가엾은 나비를 도와주려고 누에고치를 가위로 오려 큰 탈출 구멍을 내주었다. 나는 참으

홍승용

로 잘한 일이라고 생각했다. 그러는 동안 내가 돕지 못해 좁은 구멍을 비집고 나온 누에나비들은 한 마리 한 마리씩 날개를 치며 공중으로 훨훨 날아올랐다. 그런데 내가 도와 큰 구멍으로 쉽게 나온 나비는 날개를 펴는 듯하더니 얼마 후 힘없이 떨어졌다.

그때 비로소 나는 깨달았다. 작은 구멍에서 고통으로 힘써서 나와야 몸의 영양분을 날개 끝까지 공급하게 되고, 날개가 나올 때 심하게 마찰이 되면서 날아오를 만큼 강건해진다는 것을. 고난은 하나님이 주신 선물이었다."

나비가 누에고치를 자력으로 뚫고 나와야만 하늘을 날아오를 수 있는 것처럼, 사람도 고난을 이겨내야만 무지개 하늘을 마음껏 날 수 있다. 철학자 프리드리히 니체의 말처럼 "왜 살아야 하는지 이유를 아는 사람은 어떤 어려움도 견뎌낼 수 있다."

사람은 평생 꿈을 먹고 산다. 노인은 과거의 꿈에 살고, 중년과 장년의 사람은 현재의 꿈에 살지만, 청년은 미래의 꿈에 산다. 과거의 꿈은 해석에 따라 바뀌며, 현재의 꿈은 지금 행동에 따라 바뀌고, 미래의 꿈은 결정에 따라 바뀐다. 이처럼 사람의 꿈은 일회성으로 한 번 꾸는 것이 아니라 장기지속적으로 품는 것이다. 가령 학생에게 왜 공부하느냐고 질문했다 치자. 첫 번째 학생은 "학점 잘 받기 위해", 두 번째 학생은 "장학금 받기 위해", 세 번째 학생은 "멋진 인생에 도전하기 위해"라고 답했다면 어느 학생이 가장 미래를 꿈꾸고 도전하는가?

차동엽 신부의 저서 『무지개 원리』에 소개된 내용이다. "미국 하버드대학교에서 IQ와 학력, 생활환경이 비슷한 집단을 대상으로 꿈 보유 여부와 25년 후 삶의 실제상황을 실험한 논문을 발표했다. 결과를 요약하면, 꿈과 목표가 없었던 27%는 모두 최하위 수준의 생활을 하고 있었고, 꿈이 희미했던 60%는 중하위층 생활을 했다. 단기적 목표의 꿈을 지녔던 10%는 사회의 중상위층 생활을 하고 있었고, 명확하고 장기적인 꿈을 지녔던 3%는 사회 각계의 최고 인사로 성공했다." 꿈이 있는 자와 꿈이 없는 자의 차이는 이처럼 시작은 미약하지만, 나중은 엄청나게 벌어졌다.

꿈을 꾸는 것과 꿈을 품는 것은 차이가 있다. '꿈을 어떻게 품나?'에 대한 정답은 없지만, 고전 백 권 읽기와 세계적 위인 중에서 벤치마킹을 하는 것은 성공하여 행복한 이들이 권하는 방식 중 공통분모다. 고전을 읽으면서 시간과 공간을 초월한 진리를 발견하고, 위인들의 삶을 통해서 역경 극복과 삶의 가치를 깨닫는 것이다. 영원한 것은 위대하고, 위대한 것은 영원하다. 꿈을 구성하는 내용은 사물의 본질을 꿰뚫어 보는 '통찰력'과 앞을 내다보는 '예견력' 그리고 경험해 보지 못한 것을 그려내는 '상상력'이다. 프랑스 작가 생텍쥐페리의 책 『어린 왕자』에 나오는 말이다.

"당신이 배를 만들고 싶다면 사람들에게 목재를 가져오게 하고 일감을 나눠주지 말라. 대신 그들에게 저 넓은 바다에 대한 동경을 키워줘라."

　　　　　　　　　　　　　　　　　　　　　　　　홍승용

4) 넷째, 삶의 노예가 아닌 삶의 주인이 되자

삶이란 개인에게 주어진 고유한 것이다. 다른 사람 누구도 내 삶을 대신 살아 줄 수는 없다. 자유인에게 개개인의 특성과 개성이 있듯이 결정과 선택의 권리도 각각에 주어진다. 노예란 스스로 선택할 수 있는 자유가 없는 존재다. 그들은 주인이 시키는 것만 한다. 스스로 결정하고 선택하는 일이란 생소하다. 자신의 주체성을 상실한 존재들이기 때문이다. 자유인이라면 자신의 인생을 노예로 살 것인가? 아니면 주인으로 살 것인가? 하는 문제에 대해 자신이 선택할 수 있어야 한다. 군중 속에서 노예로 살기보다는 소수의 주인으로 사는 것이 훨씬 현명한 삶이다. 삶의 과정에서 중요성과 긴급성을 기준으로 해서 선택은 스스로 해야 한다. 긴급성보다는 중요성에 비중을 두고 선택할 수 있는 사람만이 소중한 자신의 삶을 즐길 수 있을 것이다.

살아가는 데 꼭 필요한 것은 시간과 돈과 에너지다. 어릴 때는 시간과 에너지는 많은데 돈이 없고, 젊어서는 돈과 에너지는 있는데 시간이 없고, 늙으면 시간과 돈은 있는데 에너지가 없는 게 우리의 인생이다. 돈은 열심히 일해서 벌면 되고, 에너지는 건강관리로 더 얻을 수도 있지만, 시간만큼은 우리 마음대로 되지 않는다. 우리에게 주어진 시간을 어떻게 쓰는가에 따라 그 사람의 인생이 결정된다. '9988'이란 말이 있다. 99세까지 팔팔하게 산다는 의미다.

99세까지의 삶을 계산해 보면 대략 87만 시간쯤 된다. 우리 인생에 주어진 87만 시간은 엄청나게 길다. 우리는 마음만 먹으면 일생 기간 적어도 몇 가지 분야에서 전문가가 될 수 있다.

주어지는 시간은 똑같으나 사람마다 하루 24시간, 그리고 인생에 주어진 긴 시간을 다르게 사용한다. 평균수명을 80년으로 보았을 때 우리는 평생의 시간을 어떻게 소비하며 지내는 것일까? 문화에 따라 세대에 따라 소비하는 시간의 패턴도 크게 다를 수 있다. 최근 인터넷 유튜브 《지식 스쿨, 2021년 2월 23일》에 소개된 내용이 흥미롭다. 이 내용에 의하면 사람이 평생 일하는 시간은 26년, 잠자는 시간은 25년, 통화 및 스마트 폰 사용 8년, TV 시청 6년, 식사 시간 4년 6개월, 화장실 3년, 운전 2년 9개월, 화내는 시간 2년 2개월, 기다리는 시간 2년, 웃는 시간은 겨우 115일 등이다.

단 일주일만이라도 시간 통계를 내보면 자기 삶을 조금은 객관적으로 볼 수 있을 것이다. 로마제국 시대 철학자 세네카는 말했다. "인생 자체가 짧다는 생각은 틀렸다. 인생은 우리가 사용하는 방법에 따라 짧아지기도 하고 길어지기도 한다." 우리는 우리 인생을 노예처럼 살 것인가? 주인처럼 살 것인가? 선택은 자명하나, 생활인으로 살아가야 하는 젊은이들이 답하기에는 쉽지 않은 문제이다. 다만 삶의 여정을 출발하는 청년기부터 삶의 가치를 고뇌하고 앞으로 맞이할 시간과 공간 계획을 주인 관점에서 세우고 실천할 지혜와 용기를 갖추는 것이 중요하다.

홍승용

5) 다섯째, 좋은 생각, 좋은 습관, 좋은 행동을 길들이자

행복은 삶을 어떻게 바라보느냐의 관점과 상황에 대한 반응에 달려있다. 반응에 해당하는 마음가짐의 출발은 생각이다. "생각이 행동을 결정하고, 행동이 습관을 결정하고, 습관이 성격을 결정하고, 결국 성격이 운명을 결정한다."라는 말이 있다. 인생은 될 대로 되는 것이 아니라, 생각대로 되는 것이다. 조엘 오스틴은 『긍정의 힘』에서 "생각하지 않고 살아가면 살아가는 대로 생각하게 된다."라고 하면서 운명의 첫 단추인 생각과 태도의 중요함을 일깨운다.

세상에서 제일 빠른 것은 '빛의 속도'이다. 그러나 빛보다 더 빠른 것은 '생각의 속도'일 것이다. 사람들이 어떤 일이 닥치면 하루에도 '5만 가지 생각'을 한다고 한다. 놀라운 사실은 대부분의 사람들이 5만 가지 생각 중 4만 9천 가지 이상의 부정적인 생각을 한다는 것이다. "성공은 '할 수 있다'라고 말하는 자를 찾아오고, 실패는 '할 수 없다'라고 말하는 자를 찾아온다."라는 서양 속담이 있다. 영감과 낙관주의를 주는 미국 시인 에드가 게스트의 말이다. "'할 수 없다'라는 말은 세상에서 가장 나쁜 말이다. '할 수 없다'라는 말은 글로 쓰건 말로 하건 세상에서 가장 나쁜 말이다. 그 말은 욕설이나 거짓말보다 더 많은 해를 끼친다."

중국의 삼국지 해석 경영학자인 청쥔이의 책 『유비처럼 경영하고 제갈량처럼 마케팅하라』에 나오는 '스님에게 머리빗 팔기' 이야기다.

"A의 경우 끈질기게 한 스님을 설득하여 한 개의 머리빗을 팔았다. B는 신도들이 헝클어진 머리 모양새로 불공을 드리는 것은 부처님에 대한 불경이니 그들에게 빗이 필요하다 하여 불상 앞에 열 개의 방석을 기준으로 열 개의 머리빗을 팔았다. C는 의미를 주는 전략으로 주지 스님께서 명필로 '적선 빗'이라는 글을 새기면 사찰을 찾는 신도들에게 좋은 선물이 될 것이라고 했다. 그 결과 무려 천 개의 머리빗을 팔 수 있었다."

사물을 관찰하고 추리하며 판단하는 생각의 능력과 크기에 따라 성공이 결정될 수 있다는 예화다.

사람의 몸과 뇌는 단련하는 만큼 강화된다. 운동, 명상, 책 읽기, 글쓰기 등 좋은 습관을 만들자. 성공이라는 큰 그림을 위해서는 행동이라는 수많은 작은 붓질이 필요하다. 좋은 생각, 좋은 습관과 좋은 행동을 길들이면 행복의 길이 보이고, 헌신과 열정의 태도는 성공의 운명을 부른다.

6) 여섯째, 협력하고 경쟁하며 함께 성장할 진짜 친구들을 사귀자

벗의 종류에 관한 공자 말씀이다. "유익한 벗이 셋 있고, 해로운 벗

홍승용

이 셋 있다. 유익한 벗은 곧은 사람, 신용 있는 사람, 견문이 많은 사람이다. 해로운 벗은 편벽한 사람, 아첨 잘하는 사람, 말이 간사한 사람이다." 성경에서는 "성도가 사귀지 말아야 할 자들로 악한 자(욥 34:8), 미련한 자(잠 13:20), 험담하는 자(잠 20:19), 노를 품는 자(잠 22:24), 술을 즐기는 자(잠 23:20), 음행하는 자(고전 5:9-11), 복음에 순종치 않는 자(살후 3:14)" 등을 예시하고 있다. 게으른 사람에겐 재물이 따르지 않고, 변명을 일삼는 사람에겐 성장이 따르지 않는다. 자기만 생각하는 사람에겐 사랑이 따르지 않고, 비교하는 사람에겐 감사가 따르지 않는다. 거짓말하는 사람에겐 희망이 따르지 않고, 간사한 사람에겐 친구가 따르지 않는다.

친구나 회사의 영어단어는 'company'다. 어원을 보면 함께(com), 빵(pany)을 먹는 동료이지만, 더욱 중요한 것은 빵 이상으로 뜻과 소망을 함께 먹고 공유하는 관계라는 것이다. 유비·관우·장비가 복숭아나무 밑에서 형제 결의한 '도원결의'는 삼국지 세계로의 첫 출발이며, 붕우유신(朋友有信, 친구 사이의 도리는 믿음에 있음)의 표상이다. 마이크로소프트사를 세운 빌 게이츠와 스티브 팔머는 하버드 대학교에서 만났고, 구글사를 세운 래리 페이지와 세르게이 브린은 스탠포드 대학교에서 만났다. 가짜 친구는 넘치게 많고, 진짜 친구는 겨자씨만큼 적은 세상이다. 협력과 선의의 경쟁을 하는 진짜 친구 관계가 인생을 성공으로 이끈 이야기들이 아름다운 이유다.

7) 일곱째, 끊임없이 배우고, 우직하게 노력하자

인간을 '호모 아카데미쿠스(Homo Academicus, 공부하는 인간)'라 한다. 혹자는 '나는 공부한다, 고로 존재한다.'라고도 한다. 백세 시대가 되면서 전문가들은 평생 다섯 번에서 여섯 번 직업을 갖게 된다고 예측했다. 따라서 인생에서 '긴 활동(long run)'을 위해서는 '긴 배움(long learn)'이 필요하다. 애플사를 설립하고 스마트 폰 시대를 연 스티브 잡스는 스탠포드 대학교 졸업식 축사에서 "Stay Hungry, Stay Foolish!(끊임없이 갈망하라! 우직하게 노력하라!)"라고 젊은이들에게 청년 정신의 핵심을 설파했다. 도전할 만한 가치 있는 일을 규정하기란 쉽지 않다. 자신이 좋아하는 일이면서 동시에 잘할 수 있는 일이 가치 있는 일이다. 중국 명문대인 칭화대(淸華大)의 교훈은 『주역』에 나오는 '자강부식(自强不息, 스스로 끊임없이 노력하여 강해짐)', '후덕재물(厚德載物, 덕행을 쌓고 관대 하고자 수행함)'이다. 상상력과 창의력이 뛰어난 시기가 대학생 때임에 비추어 시사하는 바가 크다.

한 분야의 전문가가 되기 위해서는 최소한 1만 시간 정도의 우직한 훈련이 필요하다는 '1만 시간의 법칙'이 있다. 1만 시간은 매일 3시간씩 훈련하는 경우 약 10년, 하루 10시간씩 투자 시 3년이다. '1만 시간의 법칙'은 1993년 미국 콜로라도 대학교의 심리학자 앤더스 에릭슨이 발표한 논문에서 처음 등장한 개념이다. 세계적 경영 사상가인 말콤 글래드웰이 저서 『아웃라이어(Outliers)』에서 에릭슨의 연구를 인용하며 대중에게 널리 알려졌다. 2009년 허드슨 강 불시착 사건에서 155명 전원의 목숨을 구한 기적을 이룬 셀렌버그 기장을 비롯해 프로운동선수·피아니스트·벤처사업가들을 분석한 결과 세계적 수준의 전문가가 되기 위해선 '1만 시간의 연습 법칙'이 적용된다는 그의 결론이다.

8) 여덟째, 사회에 대한 봉사와 헌신의 가치를 체험하자

인간은 사회적 동물이다. 인간이 개인으로서 존재하고 있어도 그 개인이 유일적으로 존재하고 있는 것이 아니라, 사회 속에 존재한다. 봉사적인 성품을 지닌 사람은 내적으로 성숙하다. '봉사'는 남과 협조하며 남을 배려하고 남을 위해 헌신하는 성품이다. 봉사를 통해 자신의 존재가치와 재능을 확인함으로써 삶의 보람과 긍지를 얻게 된다. 테레사 수녀는 "섬길 줄 모르는 자는 다스리면 안 된다."라고 말했다. 봉사의 사회적 활동인 자원봉사는 자발, 자주, 자유의지라는 뜻의 라틴어 'voluntas'에서 유래되었다. 자원봉사활동으로 공동체 나눔 정신, 리더십, 가진 자와 못 가진 자 간의 빈부격차 해소 등 더불어 사는 세상에 필요한 소양이나 지식 등을 이해하게 된다. 봉사 과정에서 수평적이고 인격적이며 실용적인 인성과 사회적 인간관계 기술을 습득하는 계기가 마련된다.

국내외 유수 대학들은 '교과목 학점제'와 더불어 '졸업 인증제'를 채택하고 있다. '졸업 인증제' 내용으로 외국어 능력, 컴퓨터 기술과 함께 사회봉사를 중요한 항목으로 포함한다. 세계화 시대를 살아가기 위해서 언어 능력과 컴퓨터 기술 못지않게 인성 교육과 사회성 교육을 중시하기 때문이다. 하버드대 입시요강을 보면, 대입 적성검사인 SAT에서 1600점 만점보다 다양한 봉사 경험을 가진 1200점 학생을 선호한다고 한다. 주요 대학의 입학사정관이 주목하는 봉사는 단기간 몰아치기식으로 한 봉사보다 꾸준한 봉사, 입시 에세이에 담을 만큼 열정적 봉사, 한 조직이나 팀의 회장이나 간부로서 리더십 실천 여부 등이다.

동양인 최초로 아이비리그 명문 다트머스대학교 총장 그리고 세계은행 총재를 역임한 김용 총재의 약력은 화려하다. 김용 총재를 키운 덕목은 '봉사와 헌신'이며, 그 비결은 '부친의 실용성'과 '모친의 헌신하는 삶'을 접목한 가정교육에서 찾을 수 있다. (『당신을 초대한 삶에 충실하라』, 서정명) 첫째, 아버지로부터는 "먼저 세상에서 인정받는 '기술'을 갖춘 후에 좋아하는 일을 하라"는 가르침을 받았다. 둘째, "큰 뜻을 품고 세계를 위해 봉사하라"는 어머니의 가르침이 인생의 길잡이가 되었다고 한다.

홍승용

9) 아홉째, 균형적으로 사고하고 긍정적으로 행동하자

인간관계와 사회생활에서 균형적 사고는 중요하다. 균형적 사고는 어느 한쪽에 기울어지지 않고 중심에 있는 상태이다. 균형적 사고는 '역지사지(易地思之)'처럼 상대편의 처지나 입장에서 먼저 생각해보고 이해한다는 뜻이다. 생각은 진화한다. 과거에는 아무렇지 않던 일들이 현재에는 비난을 받기도 하고, 재조명되고 재정립되기도 한다. 사물이나 현상을 바라보는 시각이 조심스러워지는 것은 바로 이 때문이다. 균형감각을 잃은 생각은 편견의 늪에 빠지게 되고, 편견이 깊어지면 아집에 사로잡혀 점점 더 올바른 판단과 사고의 힘을 잃게 된다. 사자성어나 속담, 명언, 고전에 담긴 지혜와 진리를 학습하고 실천하는 것은 그래서 중요하다. 유가에서 균형적 사고는 '중용(中庸)'이다. 중용은 '중(中, 극단으로 가지 않음)'과 함께 '용(庸, 현실에 벗어나지 않음)'이다. 현실을 벗어나 극단에 빠지지 않으며, 말만 하지 않고 실제 활용할 수 있는 것을 추구함이 바로 '중용'이다.

긍정적인 생각과 행동이 삶을 바꾸고, 긍정적인 사람은 낙천적으로 미래를 설계하고 어려운 환경에서도 놀라운 창의력을 발휘한다. 긍정적 사고방식은 태생적이기도 하지만, 교육과 노력으로 얼마든지 가능하다. 스스로 운이 좋다고 믿는 것은 긍정적 사고의 첫 단초가 될 수 있다. 중국 춘추시대 전략가 손무는 장수(將帥)를 '용장(勇將)', '지장(智將)', '덕장(德將)', '복장(福將)'의 네 가지 유형으로 나눴다. 용장은 지장을 이기지 못하고 지장은 덕장을 이기지 못하며, 덕장은 복장을 이기지 못한다는 것이다. 복장은 곧 '운이 좋은 장수'로 '운장(運將)'을 뜻한다. 성경 구절 중 "믿음은 바라는 것들의 실상이요 보지 못하는 것들의 증거(히11:1)"에서 긍정적 사고의 예시를 볼 수 있다. 뜻이 있는 곳에 길이 있다. 히브리서가 말하는 믿음은 바라는 것, 보지 못하는 것으로 표현되는 '미래'의 영역이지만, 소망이 현실로 될 것이라는 약속의 의미다.

미래를 긍정적으로 보는지, 혹은 미래를 절망적으로 보는지에 따라서 게임의 승패와 사람의 생사가 좌우될 수 있다. 남들이 자신을 긍정적으로 믿어 주면 그 기대에 부응하려고 노력함으로써 긍정적인 결과로 이어지는 것이 '피그말리온 효과'다. 부정적으로 평가해 낙인을 찍게 되면 부정적인 행태를 보이게 되는 경향성이 '스티그마 효과' 또는 '낙인 효과'다. 효과 없는 약도 환자가 약효를 믿으면 병세가 개선되는 현상을 '플라시보 효과'라고 한다. 반대로 진짜 약을 처방해도 그 약이 해롭다고 생각하거나 효과가 없을 것이라는 환자의 부정적인 믿음 때문에 약효가 떨어지는 현상을 '노시보 효과'라 한다.

베트남의 승려이자 시인인 탁닛한 스님은 저서 『살아있는 지금 이 순간이 기적』에서 긍정적 사고방식과 부정적 사고방식 중 어느 채널에 마음을 맞추는가에 따라 인생이 달라진다고 설교한다.

"마음은 수천 개의 채널이 있는 텔레비전과 같다. 그리하여 우리가

홍승용

선택하는 채널대로 순간순간의 우리가 존재하게 된다. 분노를 켜면 우리 자신이 분노가 되고, 평화와 기쁨을 켜면 우리 자신이 평화와 기쁨이 된다."

긍정의 반대말은 부정이며, 부정의 심리상황이 극도에 달한 것이 '공황'이다. 정신병원 의사인 클라우스 베른하르트의 저서 『어느 날 갑자기 공황이 찾아왔다』는 공황장애 극복에 관한 책이다. 기존에는 약물치료가 공황장애 치료에 효과적인 것으로 알려졌지만, 베른하르트는 약물의 도움 대신 뇌 훈련의 변화로 치료가 가능하다고 주장한다.

"긍정적으로 생각하는 사람은 모든 일을 긍정적으로 생각하지만, 공포와 두려움을 잘 느끼는 사람은 뇌가 부정적으로 작용되도록 계속 훈련되었다. 공포의 시작점이자 통로는 청각, 시각, 촉각이다. 시각적, 청각적, 촉각적 공포에서 벗어나는 기술은 공포가 작용하는 패턴을 차단하거나 방향을 틀어주는 원리다. 이 치료법은 부정에서 긍정으로, 우울에서 환희로, 답답함에서 해방감으로 우리의 뇌를 우리가 원하는 방향으로 훈련할 수 있고 더 좋은 방향으로 설계할 수 있다."

심리학자들은 긍정적인 사람이 앞을 내다보는 안목이 밝고 정열적이고, 행복해진다고 한다. 긍정적 사고가 행복에 이르는 첩경이 된다는 말이다.

인생이란 하고 싶은 일을 하기 위해 주어진 시간이다. 좋아하지도 않는 일을 하느라 인생을 낭비할 수는 없다. 자기를 위해 일한다는 것이 행복이다. 행복의 반대말은 불행이 아니라 불만이다. 불행은 한순간에 찾아오지 않는다. 늘 불만을 늘어놓다 보면 나도 모르게 어느새 마치 천천히 늪에 빠지는 것처럼 불행과 친해져 버리는 것이다. '행복해서 웃는 것이 아니라, 웃기 때문에 행복해진다.'라는 말이 있다. 진정으로 행복한 삶을 위해서는 자신이 진정으로 사랑하는 일을 하고, 매사 균형적 사고와 긍정적 행동으로 주변을 배려하는 마음을 가져야 한다.

10) 열째, 인생 마라톤을 희망과 끈기로 끝까지 완주하자

마라톤은 지구력과 정신력을 요구한다. 마라톤을 할 때의 정신력은 육체적, 정신적 환경이 최상인 상태에서 발휘되는 인간의 초인적인 끈기를 의미하기도 한다. "인생은 마라톤"이라는 말은 마라톤과 관련한 가장 유명한 금언이다. 42.195㎞의 거리에서 이뤄지는 마라톤 경기는 대부분 중간 반환점을 두고 전반과 후반으로 이뤄진다. 전반에 아무리 잘 뛰어도 후반 경영에 실패하면 안 되듯이, 후반에 아무리 잘 뛰어도 전반을 망치면 실패한다.

인생도 전반과 후반이 있고, 행복하고 성공하려면 삶의 페이스 조절을 잘해야 한다. 올림픽 경기에서 금메달리스트는 영광을 차지하지만, 최선을 다해 맨 나중에 들어오는 사람은 가장 큰 박수를

홍승용

받는다. 어쩌면 우리 인생은 희망의 끈을 놓지 않고 늦게라도 완주하는 것이 더 값지다고 생각하는 연민의 정 때문일 것이다. 미국의 소설가 마크 트웨인의 말이다.

"당신의 야망을 깔보는 사람을 멀리하라. 하찮은 사람은 항상 남을 깔본다. 하지만 정말 위대한 사람은 남들도 똑같이 위대해질 수 있다는 희망을 심어준다."

사람들은 스스로 시련을 실패라고 생각함으로써 긍정적 해석의 가능성을 미리 차단한다. 시련이 과정이라면 실패는 그 과정의 결과일 뿐이다. 실패를 두려워할 필요는 없다. 꿈이 있기에 실패가 있는 것이다. 당신이 지금 실패했다고 생각한다면, 발명가 에디슨의 말처럼 "꿈이 이루어지지 않는 한 가지 방법을 발견한 것"뿐이다. '실패해 봤다'라는 말은 '배웠다'라는 뜻이기도 하다. 운동경기와 마찬가지로 인생 마라톤은 패배했을 때 끝나는 것이 아니라, 포기했을 때 끝나는 것이다. 인생에서 실패한 사람들은 대부분 그들이 포기하는 그 순간 자신이 얼마나 성공에 다가왔는지 깨닫지 못한다. 인생을 살다 보면 '기회'는 언제나 '공포'와 '두려움' 속에 존재한다. 무엇보다도 가장 큰 실패는 시도해 볼 용기조차 갖지 못하는 것이다. 아무것도 하지 않으면 아무 일도 일어나지 않는다.

영국의 위대한 정치가이자 노벨문학상을 받은 윈스턴 처칠 수상이 남긴 어록은 화려하고 교훈적이다. 1941년 10월 모교인 해로우

스쿨을 방문해서 한 연설의 하이라이트는 백미로 회자된다.

"절대 굴복하지 마십시오(Never Give In). 절대 굴복하지 마십시오. 절대, 절대, 절대, 절대 – 크든 작든, 크든 작든 – 명예와 선의에 대한 신념 외에는 절대 굴복하지 마십시오. 강제로 굴복하지 마십시오. 적의 압도적인 위력에 절대 굴복하지 마십시오."

그는 "비관론자는 모든 기회 속에서 어려움을 찾아내고, 낙관론자는 모든 어려움 속에서 기회를 찾아낸다."라는 어록을 남기기도 했다. 정말 포기하고 싶을 때 되새길 필요가 있는 말이다.

사랑하는 청년 여러분! 원대한 희망을 품되 작은 성취에도 감사하며, 어떠한 난관이 있더라도 포기하지 말고 은근과 끈기로 인생 마라톤을 완주하시기 바랍니다.

홍승용

06

한국 철학의 원형
: 인간 사랑의 옹달샘

이기동
(성균관대학교 명예교수)

이기동 李基東

성균관대학교 명예교수, 일본 츠쿠마대학 대학원 철학사상연구과 졸업, 성균관대학교 유학과 교수, 성균관대학교 유학·동학학부 학부장, 성균관대학교 동아시아학술원 유교문화연구소 소장, 성균관대학교 대학원장 등을 역임.

1. 머리말

오늘날 지구촌의 사람들은 여러 가지로 몸살을 앓고 있다. 양극화 현상과 동서의 이념대결, 강대국의 폭력성, 정신의 황폐와 환경파괴, 기계문명의 발전에 따른 불확실성 등으로 인해 사람들은 불안에 떨고 있다. 오늘날 우리가 위기에 직면하게 된 근본 원인은 서구 근세철학에 기인한다. 서구 근세는 중세의 기독교를 부정하면서 시작되었다. 중세 말기에 나쁜 사람들이 기독교를 장악하여 하나님을 이용하여 부정부패를 저지르자, 이에 반발한 사람들이 기독교를 비판하고 하나님을 부정했다. 중세 말기의 문제는 하나님의 잘못에서 기인한 것이 아니라, 하나님을 이용한 사람들의 잘못에서 기인한 것이었지만, 교회에 등을 돌린 사람들은 이를 부정하기에 이르렀다.

하나님을 인정하면 삶이 간단하게 설명된다. 나는 하나님의 아들 또는 딸이고, 남들도 하나님의 아들 또는 딸이므로, 우리는 모두 형제자매이다. 그러므로 사람은 마땅히 서로 사랑하고 용서하면서 살아야 하는 윤리가 성립한다. 그러나 하나님을 부정하면 나는 하나님의 아들 또는 딸이 아니다. '나는 누구인가?' 아무리 생각해도 알 수 없다. 그리하여 내린 결론이 '나는 생각한다. 고로 나는 존재한다.'라는 것이었다. 내가 하나님의 자녀가 아니므로, 남들은 나의 형제자매가 아니다. 사람이란 모두 남남끼리 살아가는 개체적 존재이다. 이러한 이론에서 개인주의가 성립되었다. 개인주의의 시작이 오늘날 인류의 위기를 불러온 출발점이다. 개인과 개인이 남남이므로 서로 사랑하면 잘못이다. 사람은 모두 남남끼리 살아가므로 서로 싸울 수밖에 없다. 사람은 남과 싸울 때 가장 발전한다. 개인주의가 시작된 서구 근세에 물질문명이 급속도로 발전했다. 무기의 개발 경쟁은 과학의 발달을 가져왔다. 서구인들은 강력한 무기를 가지고 세계를 지배했고, 여타 지역의 사람들은 서구를 따라가기 위해 전력투구하게 되었다.

서구가 세계를 지배하고 난 뒤로 많은 문제점이 나타나고 있다. 하늘마음이 부정되고 삶이 욕심 채우는 것으로 전락함으로써 사람들이 불행의 늪으로 빠져들고 있다.

역사학자 토인비는 사람이 지구촌을 떠나야 할 때가 되면 지구의 것은 다 버리고 가되, 오직 하나 한국의 효도 사상은 가지고 가자고 했다. 이 말을 미루어 보면 한국에 지구를 구하는 무엇인가가 있다는 말로도 해석할 수 있다. 한국인에게는 예로부터 나를 사랑하듯 남을 사랑하는 따뜻한 정이 있다.

지금 한국인의 따뜻한 정이 지구촌 사람들의 얼어붙은 마음을 녹이고 있다. 한국인의 따뜻한 정은 희생정신을 발휘한다. 희생정신은 경쟁하는 정신이 아니다. 지구촌이 경쟁에서 이기기 위해 전력투구할 때의 한국인은 뒤처질 수밖에 없었다. 그러나 지구촌 사람들이 지나친 경쟁으로 마음이 얼어붙은 지금은 상황이 달라졌다. 한국인은 하나 되는 사랑을 한다. 하나가 된 사람은 희생한다. 사랑하는 사람이 위험에 빠지면 사랑하는 사람을 구하기 위해 목숨도 바친다.

이기동

오늘날 사람들은 경쟁에서 이기기 위해 전력투구하다가 마음이 꽁꽁 얼어붙었다. 마음이 얼어붙은 사람들은 한국인의 문화에서 풍기는 따뜻한 향기에 빠져들고 있다. 지금 한국의 문화는 사람들의 얼어붙은 마음을 치료하는 치료제로 등장한다.

이제 궁금해진다. 한국인의 따뜻한 정은 어디에서 나오는 것인가? 한국인의 정을 이해하기 위해서는 한국인의 철학 사상을 알아야 한다.

2. 한국의 하나 철학

여러 형제가 각각 다른 마음과 다른 모습을 하고 있어도 부모의 것을 이어받았다는 공통점이 있으므로, 형제의 공통점을 알기 위해서는 부모를 연구하면 된다. 한국인의 공통점도 마찬가지다. 한국인의 공통점을 알기 위해서는 단군 또는 그 이전의 철학사상을 연구하면 된다. 단군 시대 또는 그 이전의 한국 고대를 대표하는 철학사상은 하나 철학이다. 한국인은 예로부터 줄곧 마음 깊은 곳에 하나 철학이 이어져 내려오고 있다. 한국인의 하나 철학은 태고 때부터 한국인의 마음에 자리 잡았다.

1) 하나 철학의 내용

(1) 존재의 본질은 하나[一]

『천부경』에 다음의 말이 있다.

> 모든 것이 하나에서 시작되지만, 본질에서 보면 시작된 것이 없다.
> —— 하나는 마치지만 마침이 없다. 하나인 본질 그 자체이니까.

물에서 얼음이 얼기 시작하여 얼음덩어리가 되지만, 얼음덩어리의 본질에서 보면 모양만 다를 뿐 여전히 물이기 때문에, 물이라는 본질에서 보면 얼음이 얼기 시작해도 얼기 시작한 것이 없다. 모든 존재도 이와 같다. 우주에 빈틈없이 존재하는 물질의 본질이 뭉쳐져서 형체가 되지만, 본질에서는 변하는 것이 없다. 형체 있는 모든 것은 각각 독립된 개체로 보이지만, 본질에서 보면 모두 하나인 본질 그 자체이다. 얼음덩어리 하나하나는 모두 물이므로, 얼음덩어리가 녹아 없어지는 것 같지만, 본질에서는 녹아 없어진 것이 없는 것처럼, 형체 있는 모든 것은 언젠가 없어지는 것으로 보이지만, 본질에서는 없어지는 것이 없다. 하나인 본질 그 자체이기 때문이다.

(2) 분리의 비분리

모든 것은 각각 분리된 것처럼 보이지만, 본질에서는 하나도 분리된 것이 없다. 한국인들이 끝까지 본질을 놓치지 않는 특징이 다음의

이기동

『천부경(天符經)』의 말에 잘 나타난다.

> 하늘 하나가 첫 번째 생겨나고, 땅 하나가 두 번째 생겨나며, 사람
> 하나가 세 번째 생겨난다.

하나인 본질에서 하늘과 땅과 사람이 생겨난다. 만물이 다 생겨
나지만, 사람으로 대표했다. 하늘과 땅과 사람이 생겨난다고 말하
면, 사람들은 하늘과 땅과 사람이 별개인 것으로 생각하기 쉽다. 그
래서 천부경에서는 하늘이 생겨난다고 하지 않고 하늘 하나가 생겨
난다고 했고, 땅이 생겨난다고 하지 않고 땅 하나가 생겨난다고 했
으며, 사람이 생겨난다고 하지 않고 사람 하나가 생겨난다고 했다.
하늘 하나라고 한 까닭은 하늘이 생겨나도 본질에서는 하늘이 아
니라 여전히 '하나인 본질'이란 뜻이다. 땅과 사람도 마찬가지다. 아
무리 많은 것이 분리되어도 본질에서는 분리된 것이 하나도 없다.
본질을 놓치지 않으면 모든 것을 하나로 볼 수 있다.

(3) 개체의 작용과 재생산
하나인 본질은 구체적인 형태로 분리되면 각각 작용하여 재생산한
다. 각각 작용하는 방식과 재생산하는 방식을 천부경에서는 다음
과 같이 설명한다.

> 하나에서 시작하여 쌓고 열에서 시작하여 덜어, 끝이 없이 진행하며

세 번째 요소를 만든다. 하늘이 두 작용으로 세 번째 요소를 만들고, 땅이 두 작용으로 세 번째 요소를 만들며, 사람이 두 작용으로 세 번째 요소를 만든다.

하늘과 땅과 사람이 각각 음양의 작용을 하여 세 번째 요소를 만들어 복잡한 세상이 되었다. 하늘의 맑은 기운은 위로 올라가 맑고 투명하게 존재하지만, 탁한 기운은 아래로 내려와 뭉쳐져 각종의 별이 만들어지기도 한다.

땅도 마찬가지다. 땅에는 딱딱한 부분과 부드러운 부분이 있다. 부드러운 물에서 딱딱한 산이 솟아오르기도 하고, 산이 물밑으로 꺼지기도 한다. 딱딱한 부분과 부드러운 부분이 작용하여 산, 들판, 계곡, 물 등의 새로운 모습을 계속 만든다. 만들어진 각 개체 또한 확장했다가 위축하면서 새로운 것을 만들어낸다.

사람도 마찬가지다. 사람은 남녀가 어우러져 새로운 생명체를 만들어 생명을 영원하게 이어간다. 인체의 각 기관도 확장했다가 수축하는 작용을 하면서 생명력을 이어간다.

2) 천인일체 사상

(1) 하늘의 영성과 인간
『삼일신고』에서는 천신에 대해서 다음과 같이 설명한다.

이기동

천신은 위없는 첫 자리에 계시어 큰 덕과 큰 지혜와 큰 힘으로 하늘을 내시고, 무수한 세계를 주재하시며, 많고 많은 물상을 만드시되 작은 티끌 하나도 빠트리지 않는다. 밝고 밝으며 영험하고 영험하여 감히 이름 붙이거나 헤아릴 수 없다. 큰 소리로 원하고 빌어도 결코 직접 볼 수가 없다. 본성으로 들어가 그 아들을 찾아보면 너희의 뇌에 내려와 계신다.

위의 인용문은 당시를 대표하는 귀족인 오가에게 내린 훈시에 들어있는 내용이다. 천신은 자연의 생명력으로 이해해도 된다. 이 세상에 존재하는 모든 것은 자연의 생명력에서 벗어나 있지 않다. 천신은 모든 것을 생성하고 유지하지만, 모든 것의 밖에서만 작용하지 않고, 그 안에서도 작용한다. 특히 사람은 천신을 대신할 수 있는 능력이 있으므로, 사람 안에서 작용하는 천신은 사람 밖에서 작용하는 천신과 차이가 없다. 본질에서 사람은 태양 빛과 같은 빛을 내부에서 발한다. 이를 『삼일신고』에서는 천신의 아들이 사람의 뇌에 들어와 있다고 표현했다. 천신과 천신의 아들과 하나이다. 사람의 뇌에 천신이 들어있다는 말은 온전한 천신이 들어있음을 뜻한다. 이러한 사실을 참고하여 근세의 조선 초기에 양촌 권근 선생이 그림으로 표현했다.

그림은 양촌의 『입학도설』이란 저술에 들어있는 〈천인심성합일지도(天人心性合一之圖)〉이다. 그림을 보면, 사람의 모습을 한 그림의 뇌

부분에 하늘이 들어와 있음을 알 수 있다. 아마도 한국의 하나 철학을 받아들이지 않고서는 그릴 수 없는 그림으로 여겨진다.

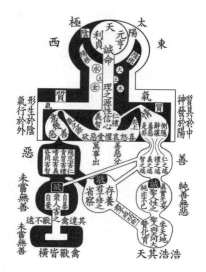

『입학도설』, 천인심성합일지도(天人心性合一之圖)

(2) 하늘의 세 요소

『삼일신고』에서는 하늘에 세 요소가 있는 것으로 설명하고, 그 세 요소를 성(性)·명(命)·정(精)으로 설명한다.

사람과 만물이 함께 세 가지 참된 것을 받았으니, 본성과 목숨과 정기이다.

하늘과 사람이 하나로 이어져 있으므로, 사람은 하늘의 세 요소

이기동

인 성(性)·명(命)·정(精)을 받았다. 하늘의 세 요소는 마음과 작용과 몸이다. 성(性)은 하늘의 마음이고, 명(命)은 하늘의 작용이며, 정(精)은 하늘의 몸이다.

하늘의 마음을 성(性)이라 했다. 성은 '낳고 싶은 마음', '살고 싶은 마음' 또는 '살리고 싶은 마음'을 뜻한다. 하늘의 마음은 만물을 낳고 싶어 하고, 기르고 싶어 하는 마음이므로, 성(性)이 하늘마음을 표현하는 데 가장 적절한 용어임을 알 수 있다.

명(命)은 하늘마음의 작용이다. 하늘마음은 만물이 생겨나도록 작용하고, 자라도록 작용한다. 하늘마음이 작용하는 방식은 장군이 사병들에게 명령하듯 일일이 지시하는 것과 유사하다는 의미에서 명(命)으로 표현했다.

정(精)은 미세하고 정밀하여 빈틈이 없다는 뜻이다. 하늘 몸은 우주에 빈틈없이 존재하는 물질의 본질이다. 우주에 존재하는 모양 있는 물체들은 불규칙하기도 하고 엉성하기도 하지만, 그 재료인 본질은 미세하고 정밀하므로 정(精)으로 표현했다.

하늘의 마음은 착한 마음이기만 하고 악한 마음은 없다. 그래서 성(性)은 착하다고 했다. 사람의 마음에는 착한 마음이 거의 남아 있지 않고, 악한 마음이 가득하므로, 하늘마음을 알기란 참으로 어렵다.

하늘의 명은 맑은 상태로 발휘되기만 하므로 멍청하게 될 때가 없다. 언제나 분명하고 정확하다. 하늘의 명을 이어받은 것이 사람의 기이다. 사람의 기는 맑았다가 흐렸다가 한다. 기에서 일어나는 작용이 느낌이다. 맑은 기를 가진 사람은 느낌이 정확하고 흐린 기를 가진 사람은 느낌이 흐릿하다. 기가 탁한 사람은 맑은 기가 어떤 것인지 잘 알기 어렵지만, 보통의 사람은 기가 맑을 때도 있고 흐릴 때도 있으므로, 하늘의 맑은 명이 어떤 것인지 짐작할 수 있다.

하늘의 정은 만물을 만드는 근본 재료이므로 두터운 것만 있고 얇은 것은 없다. 몸의 상태는 눈에 보이므로 몸의 두텁고 얇음은 누구나 알 수 있다. 두터운 몸은 넉넉해 보이지만, 얇은 몸은 각박해 보인다. 두터운 몸을 유지하기 위한 노력은 누구나 한다. 그러나 그것도 욕심이 많은 사람은 빗나가기 쉽다.

『삼일신고』에서는 이러한 내용을 다음과 같이 설명했다.

> 참된 본성에는 선하고 악함이 없으니, 으뜸으로 밝은 이라야 두루 통한다. 참 목숨은 맑기만 하고 탁함이 없으니, 중간 정도의 밝은 이로서도 잘 지킨다. 참 정기는 두텁기만 하고 척박한 것이 없으니 밝은 정도가 낮은 이로서도 잘 보전한다. 참된 세 요소를 회복하면 한 분인 천신과 하나가 된다.

(3) 사람의 세 요소

하늘과 사람이 본래 하나이므로, 사람의 세 요소도 하늘과 같아야 하지만, 사람이 망령되어 하늘의 세 요소를 유지하지 못했다. 『삼일신고』에서는 사람의 세 요소를 성(性)·명(命)·정(精)으로 설명하지 못

이기동

하고, 심(心) · 기(氣) · 신(身)으로 설명했다.

오직 밝지 못한 사람들은 땅으로 인해 혼미해져서, 망령된 세 요소
가 뿌리를 내리니, 뿌리내린 곳이 마음과 기운과 몸이다.

본질에서 사람은 하늘과 하나이므로, 본질에서 보면 사람의 세 요
소도 성(性) · 명(命) · 정(精)이어야 하지만, 사람이 망령되어 하늘과 같음
을 유지하지 못했으므로, 성 이외에 악한 마음이 끼어들었고, 명 외
에 탁한 기운이 끼어들었으며, 정 이외에 척박한 몸이 끼어들었으므
로, 성과 악한 마음을 합해서 마음(心)이라 하고, 명과 탁한 기운을
합해서 기(氣)라 하며, 정과 척박한 몸을 합해서 몸(身)이라 했다.

3) 사람과 만물

사람과 만물이 본질에서 벗어나 있지 않은 점에서는 차이가 없다.
이를 『삼일신고』에서 다음과 같이 설명한다.

사람과 만물이 함께 세 가지 참된 것을 받았으니, 성과 명과 정이다.

그러나 사람과 만물이 본질에서는 차이가 없지만, 현상적으로
많은 차이가 있다. 이를 『삼일신고』에서는 다음과 같이 설명한다.

사람은 하늘의 세 요소를 온전히 받았고 만물은 치우치게 받았다.

자연의 생명력으로 설명하면 사람에게는 오행이 골고루 갖추어져 있으므로 온전하지만, 만물에는 오행이 치우쳐 있으므로, 온전하지 못하다.

3. 천인 분리의 원인과 결과

1) 천인 분리의 원인

『삼일신고』에서는 사람이 하늘과 하나 됨을 유지하지 못한 원인이 망령되었기 때문이라고 설명한다.

오직 밝지 못한 사람들은 땅으로 인해 혼미해져서, 망령된 세 요소가 뿌리를 내리니, 그 뿌리내린 곳이 마음과 기운과 몸이다.

사람이 하늘과 하나 됨을 유지하지 못하고, 타락한 이유가 망령이고, 망령된 이유는 사람에게 몸이 있기 때문이다. 몸은 땅의 요소이므로 『삼일신고』에서는 땅의 요소로 인해 혼미해졌다고만 설명하고,

　　　　　　　　　　　　　　　　　　　　　이기동

사람이 왜 땅의 요소로 인해 혼미해졌는지는 설명하지 않았다. 아마도 설명하지 않아도 당시의 사람들은 알아들었기 때문일 것이다.

2) 천인 분리의 결과

사람이 본질에서 벗어나는 순간 가상의 세계로 빠져든다. 가상에서의 삶은 온갖 고통을 받는 불행한 삶이 된다. 『삼일신고』에서는 이를 다음과 같이 표현한다.

> 사람의 마음은 하늘의 마음을 따르다가 선한 마음과 악한 마음으로 갈라지는데, 선한 마음을 가지면 복을 받고 악한 마음을 가지면 화를 당한다. 기운은 하늘의 명을 따르다가 맑은 기운과 탁한 기운으로 갈라지는데, 맑은 기운을 가지면 장수하고, 탁한 기운을 가지면 요절한다. 몸은 하늘의 몸을 따르다가 후박(厚朴)한 몸과 잡박한 몸으로 갈라지는데, 후박한 몸을 가지면 귀한 몸이 되고, 잡박한 몸을 가지면 천한 몸이 된다.

본질을 상실한 사람에게도 본질이 완전히 사라지지 않고 일부 남아 있으므로, 선과 악이 교차하고, 맑은 기와 탁한 기가 섞여서 복잡해지며, 귀티와 천티가 섞여서 온갖 인상을 만들어낸다. 이를 『삼일신고』에서는 다음과 같이 말한다.

참된 세 요소와 망령된 세 요소가 대립하면서 세 갈래의 다른 길을 만들어내니, 느낌과 숨과 접촉에서이다. 이 셋이 열여덟 가지의 다른 것을 만들어낸다. 느낌에는 기쁨, 두려움, 슬픔, 화남, 탐욕, 싫음이 있고, 숨에는 향기로운 숨결, 썩은 숨결, 찬 숨결, 더운 숨결, 마른 숨결, 습한 숨결이 있고, 접촉에는 소리, 빛, 냄새, 맛, 탐스러움, 물체의 촉감 등이 있다.

사람의 복잡한 삶의 내용을 『삼일신고』에서는 사람의 세 요소인 마음과 기운과 몸으로 나누어 설명한다. 마음의 작용은 느낌으로 표현되고, 기운의 청탁은 호흡에 달려 있으며, 몸의 특징은 접촉에 있다. 마음에는 수많은 느낌이 있지만, 대표적으로 기쁨, 두려움, 슬픔, 화남, 탐욕, 싫음 등을 들 수 있고, 숨결에도 수많은 종류가 있지만, 대표적으로 향기로운 숨결, 썩은 숨결, 찬 숨결, 더운 숨결, 마른 숨결, 습한 숨결 등을 들 수 있으며, 몸이 접촉하는 접촉의 대상에도 수많은 대상이 있지만, 그중에서도 소리, 형태, 냄새, 맛, 탐스러움, 물체의 촉감 등으로 대표할 수 있다. 소리, 형태, 냄새, 맛, 물체의 촉감 등은 감각기관 각각의 감각 대상이다. 말하자면, 소리는 귀가 느끼는 대상이고, 형태는 눈이 느끼는 대상이며, 냄새는 코가 느끼는 대상이고, 맛은 입이 느끼는 대상이며, 물체의 촉감은 피부가 느끼는 대상이다. 오직 탐스러움은 감각기관 전체에 다 해당한다.

위에서 열거한 마음과 기와 몸에서 일어나는 열여덟 가지 현상이 서로 교차하면서 삶이 복잡해진다. 이 복잡한 삶의 내용을 크

이기동

게 분류하면 어두운 사람과 밝은 사람으로 분류할 수 있다. 어두운 사람들의 삶의 내용을 『삼일신고』에서 다음과 같이 말한다.

> 밝지 못한 사람들은 선악과 청탁과 후박을 뒤섞어 열여덟 가지 다른 길을 좇아 마음대로 달리다가 나고 자라고 늙고 병들어 죽는 고통에 빠진다.

밝지 못한 사람들은 온갖 마음고생을 하고, 병마에 시달리며, 천한 얼굴로 불행하게 살아가지만, 무엇보다도 불행한 것은 나고 자라고 늙고 병들어 죽는 고통에서 벗어나지 못한다는 사실이다. 사람이 나고 자라고 늙고 병들어 죽는 삶의 과정을 피할 수 없는 숙명이라고 생각하지만, 사실은 그렇지 않다. 사람이 본질에서 벗어나지 않으면 그런 삶의 과정이 없다. 태어나는 것도 없고, 죽는 것도 없다. 나고 자라고 늙고 병들어 죽는 삶의 과정은 사람이 본질에서 벗어났기 때문에 받는 고통이다.

사람이 해야 할 가장 중요하고 시급한 것은 본질을 회복하여 참된 사람이 되는 것이다. 이를 가륵단군 때의 신하인 을보륵은 "망령된 것을 고쳐서 참된 것으로 나아가야 한다."라고 했다. 망령된 것을 고쳐서 참된 것으로 나아가는 것이 수양이다.

4. 수양의 내용

참된 사람이 되는 노력이 수양이다. 참된 사람이 되는 것보다 시급하고 중요한 일이 없으므로 삶의 과정에서 수양보다 더 중요한 것이 없다. 삶이 수양의 과정이 되지 않고는 참된 사람이 되기 어렵다. 『환단고기』에서 설명하는 수양의 내용은 일상과 격리되어 몰입하는 집중적인 수양과 일상생활에서 추구하는 수양으로 분류할 수 있다.

1) 집중적 수양

『삼국유사』에는 환웅이 동굴에 사는 곰과 범에게 쑥과 마늘을 주고 햇빛을 보지 않으면서 사람이 되는 노력을 하도록 하는 내용이 나온다. 범은 사람 되는 과정을 견디지 못하고 동굴에서 나갔지만, 곰은 사람 되는 과정을 견뎌내어서 21일 만에 사람이 되었다는 이야기가 나온다. 『삼국유사』에서 곰이 사람이 되었다는 것은 진짜 곰이 사람이 되었다는 뜻으로 한 말이 아니다. 곰을 동굴에 가두어 놓고 쑥과 마늘을 먹게 해도 사람이 될 수는 없다. 곰이 사람이 되었다는 말은 본질을 잃고 짐승이 되어 헛된 삶을 사는 사람이 동굴에서 수련해서 사람의 본래 모습을 회복했다는 것을 뜻한다.

　『환단고기』에서는 수련의 내용을 다음과 같이 설명한다.

　　　　　　　　　　　　　　　　　이기동

밝은 사람들은 느낌을 멈추고, 숨을 고르게 하며, 접촉을 금하여 오로지 한뜻으로 본래의 모습을 회복하는 수행을 하여, 망령됨을 벗어나서 참됨으로 나아가 크게 신령한 자질을 발휘하여, 본성을 통하고 공을 다 이룬다.

위의 인용문들을 통하여 대강 짐작할 수 있는 수련 내용은 다음의 것들이다.

우선 수련에 들어가기 전에 수련에 들어가는 사람들에게 세속에서의 모습을 완전히 바꾸도록 분위기를 쇄신시킨 것으로 보인다. 원문에서 말한 환골이신(換骨移神)은 글자 그대로 번역하면 뼈를 바꾸고 정신을 옮긴다는 말이다. 수련에 임하는 사람들에게 수련에 들어가기 전에 몸의 태도와 마음의 자세를 완전히 바꾸게 한 뒤에 수련에 들어가게 한 것으로 짐작된다.

마늘과 쑥을 먹게 한 것은 수련할 때의 영양 관리를 위한 것일 것이다. 쑥과 마늘에는 신통한 약효가 있으므로 수련할 때 소홀하기 쉬운 영양 섭취에 대비해서 먹게 한 것일 것이다.

정해법(靜解法)은 수련 방법일 것이다. 정해란 고요하게 벗어난다는 뜻이다. 아마도 마음을 고요하게 가라앉혀서 욕심의 굴레에서 벗어나는 것을 의미하는 것으로 볼 수 있다. 구체적인 방법은 삶의 바탕인 기억을 내려놓는 방법과 호흡을 고르게 하는 기 수련이 핵심이었을 것이다. 기억을 내려놓는 방법은 『주역』 박괘(剝卦)에 들어있고, 불교의 수련법에도 들어있다. 수련의 내용은 사람의 세 요소에 따라 정리했다. 마음에 들어있는 악한 마음을 제거하여 착한 마음을 회복하는 것, 몸 안에 있는 탁한 기운을 제거하여 맑은 기운을 회복하는 것, 잡박(雜駁)한 몸을 정화하여 후박(厚朴)한 몸으로 바꾸는 것이다.

느낌을 멈춘다는 말의 뜻은 느낌이 일어나지 않도록 감각 작용을 멈추고, 고요히 마음을 응시하여, 잡념이 일어나기 이전의 마음 상태로 몰입하는 것을 말한다.

기에는 마음이 실려 있으므로 기를 맑게 하는 방법은 먼저 마음을 착하게 유지해야 하고, 다음으로는 몸의 기운 자체를 맑게 하는 방법이 있다. 『삼일신고』에서는 몸 자체의 기운을 맑게 하는 방법으로 숨을 고르게 쉬는 방법인 조식(調息)을 예로 들었다. 조식이란 코로 드나드는 숨의 양을 고르게 하는 방법이다. 코로 숨을 들이쉬고 내쉬는 시간 동안에 공기의 양을 일정하게 들이쉬고 일정하게 내쉬는 것이 조식이다. 조식을 계속하면 호흡의 길이가 차츰 길어진다. 호흡의 길이가 길어질수록 몸의 기가 맑아진다. 조식은 기를 맑게 하는 방법이기도 하지만, 잡념이 일어나지 않도록 의식을 가라앉히는 방법이 되기도 하므로, 좋은 수련법이 된다. 조식 수련을 할 때 주의해야 할 점이 있다. 호흡의 길이가 길어지는 기간을 미리 정해도 안 되고, 호흡의 길이를 억지로 늘어뜨려도 안 된다. 호흡을 자연스럽게 하되 고르게만 하는 데 집중하면 호흡의 길이는 저절로 길어지게 되어 있다. 만약 호흡의 길이를 억지로 늘어뜨리면 뇌에 산소가 부족하여 큰 병이 날 수 있다. 조식 호흡할 때의 마음 자세에 대해 맹자가 자세하게 설명한 것이 있다.

이기동

반드시 일삼되 미리 (언제 언제까지 호흡의 길이를 얼마로 하겠다는 등으로) 작정하지 않아야 하고, 마음에서 잊어버리지 않아야 하며, 호흡의 길이를 억지로 길게 늘어뜨려서 송나라 사람처럼 하지 않아야 한다. 송나라 사람 중에 자기의 곡식 싹이 덜 자란 것을 근심하여 뽑아 올린 한 자가 있었는데, 헐레벌떡 집에 가서 집에 있는 사람에게 말하기를, "나는 오늘 피곤하다. 내가 싹을 도와 자라게 했다." 라고 하자, 그 아들이 좇아가 보았더니 싹이 말라 죽어 있었다.

위의 인용문은 맹자가 호연지기를 기르는 방법으로 설명한 것이다. 호연지기를 기르는 것은 우주의 기운과 몸의 기운이 일체가 되도록 하는 것이다. 그것은 방 밖의 공기와 방 안의 공기를 하나로 통하게 하는 이치와 같다.

접촉을 금한다는 것은 감각기관이 감각 대상에 끌려가지 않도록 감각 대상과의 접촉을 차단하는 것을 말한다. 몸에는 마음이 들어 있고, 기가 운행하고 있으므로, 몸을 후박하게 유지하기 위해서는 마음을 착하게 해야 하고, 기를 맑게 해야 하며, 몸 자체를 더럽히지 않아야 한다. 21일은 마음과 기운과 몸을 바꿀 수 있는 최소한의 기간이다. 21일간 최선을 다해 노력하면 본질을 회복할 수 있다.

2) 생활 속에서의 수양

(1) '어아가'를 통한 마음 수련

참된 본질을 회복하는 노력은 21일간의 집중 수련 기간 외에 일상생활에서도 꾸준히 해야 한다. 고대 단군조선 시대에는 모임이 있을 때 '어아가'라는 노래를 부르며 악한 마음 제거를 다짐했다.

> 어아어아
> 우리들의 큰 할배 크나큰 은덕
> 배달나라 우리 모두
> 천년만년 영원토록 잊지를 말자.
>
> 어아어아
> 착한마음 큰활 되고 악한 마음 과녁 되네
> 백백천천 우리 모두 큰 활줄로 하나 되어
> 착한 마음 곧은 화살 한마음 한뜻
>
> — 후략 —

노래는 마음을 순화하는 좋은 방법이다. 노래를 부르면 사람의 마음이 저절로 순화된다. 노래를 부르는 것 외에 실생활을 통한 구도의 방법에 여러 가지가 있다.

(2) 효도

본질을 회복하는 것은 남과 내가 하나 되는 것이다. 모든 사람이

이기동

원래 나와 하나이지만, 사람이 본질을 잃어버리면서 그것을 모르
게 되었다. 그러나 모두 남으로 느껴지는 사람 중에 남으로 느껴지
지 않는 사람이 있으니 바로 부모다. 부모는 남으로 느껴지지 않으
므로, 남으로 느껴지지 않는 느낌이 확실하게 유지되도록 노력하는
것이 효도이다.

『단군세기』에서는 초대 단군의 훈시를 다음과 같이 기록하고 있다.

> 너희는 부모로 말미암아 태어났고, 부모는 하늘에서 내려왔으므로,
> 오직 너희 부모를 잘 공경해야 하늘을 잘 공경할 수 있고, 온 나라
> 사람을 공경할 수 있다. 그 요체는 오직 충성과 효도이다. 너희가 이
> 도를 잘 터득하면 하늘이 무너져도 반드시 먼저 벗어날 수 있다.

부모는 조부모에서 비롯되었고, 조부모는 증조부모에서 비롯되
었다. 이렇게 계속 거슬러 올라가면 부모는 원초적으로 하늘의 몸
에서 비롯되었음을 알 수 있다. 그러므로 부모에게 효도하는 것과
하늘을 받드는 것은 하나로 통한다. 하늘마음은 마음속 깊은 곳에
있다. 마음속 깊은 곳에 있는 마음이 충이다.

하늘마음은 살리는 마음이다. 효도하는 사람은 하늘마음과 하
나가 되므로, 위기에서 벗어날 수 있다. 하늘은 위험한 곳으로 가지
않도록 지시하므로, 하늘마음을 가진 사람이 위험한 곳에 있으면
있기 싫은 느낌이 들어서 피하게 된다. 이것이 효자가 위험에 빠지
지 않는 이유이다.

(3) 남녀 간의 사랑

부모 이외에도 남 같지 않은 사람이 있으니, 바로 사랑하는 사람이다. 남 같은 느낌이 들지 않는 사람은 나와 하나이다. 나와 하나인 사람에게는 희생한다. 희생하는 사랑을 하는 사람은 사랑하는 사람과 하나가 된 사람이다. 이를 보면 남녀 간의 사랑 또한 본질을 회복하는 출발점이 될 수 있다. 이로써 보면 남녀 간의 하나 되는 사랑은 매우 중요하다. 『단군세기』에 보면 초대 단군은 다음과 같이 훈시한다.

> 짐승들도 짝이 있고, 헌 신도 짝이 있는 법이니, 너희들은 남녀가 잘 화합하여 원망함이 없어야 하고, 질투함이 없어야 하며, 음란함이 없어야 할 것이다.

짐승들도 짝이 있고, 헌 신도 짝이 있듯이, 사람에게도 짝이 있어야 한다. 짝을 맺는 것은 음양의 조화다. 음양의 조화는 자연의 법칙이고 하늘의 뜻이다. 남녀 간에 잘 조화하여 화목한 가정을 이루는 것도 자연의 법칙이고 하늘의 뜻이다.

남녀 문제는 사람의 삶에서 큰 비중을 차지한다. 사람을 분노하게도 만들고 쉽게 타락하게도 만든다. 남녀 관계를 잘 유지하는 것만으로도 진리를 얻을 수 있다. 남녀 관계에서 질투하지 않는 사람은 다른 것에도 질투하지 않을 수 있고, 남녀 관계에서 욕심에 빠지지 않는 사람은 다른 욕심에도 빠지지 않을 수 있기 때문이다.

이기동

그러므로 남녀는 반드시 짝을 이루어 가정을 꾸려야 하지만, 가정에서 질투하지 않고 음란하지 않도록 노력하지 않으면 안 된다. 남녀가 짝을 이루어 화목한 가정을 이루는 것은 행복으로 가는 길이고, 질투하고 음란에 빠지는 것은 불행으로 가는 길이다. 불행으로 가는 길을 차단하고 행복으로 가는 길로 들어서는 것은 진리를 찾는 사람의 몫이다. 그러므로 가정은 도를 닦는 수도장이 되어야 한다. 가정은 그만큼 중요하다.

(4) 성실

하늘은 하는 일을 잠시도 쉬지 않는다. 세월의 흐름이 잠시도 쉬지 않는 것은 그것이 하늘이 하는 일이기 때문이다. 하늘마음은 하나이므로 순수하다. 『단군세기』에는 다음의 말이 있다.

> 하늘의 법은 오직 하나일 뿐이다. 하늘 법을 따르는 문은 둘이 아니다. 너희들은 오직 순수하고 성실하여 너희들의 마음을 한결같이 해야 천국의 조정에 들어갈 수 있다. 하늘의 법은 언제나 하나이고 사람의 마음은 오직 같을 뿐이니 자기 속에 있는 마음을 잘 붙잡아서 다른 사람의 마음을 헤아리도록 하라. 다른 사람의 마음이 하늘마음으로 바뀌면 또한 하늘의 법에 합치되리니, 그렇게 되면 만방을 다스릴 수 있을 것이다.

하늘마음은 하나의 마음이고 하늘이 하는 일은 쉼이 없지만, 사람의 마음에는 욕심이 생겨 마음이 천 갈래, 만 갈래로 갈라진다. 욕심은 몸속에 들어있는 작은 에너지이므로, 욕심으로 일하면 지쳐서 오래가기 어렵다. 하늘마음과 욕심을 분간하여 하늘마음을 따르면 지치지 않고 지속할 수 있다.

그러므로 지치지 않는 일을 찾아 지속하면 하늘마음을 회복하는 좋은 방법이 된다.

(5) 인류애와 인간 존중

하늘마음에서는 모든 인류가 하나이므로 하늘마음은 모든 사람을 사랑하고 모든 사람을 존중한다. 초대 단군은 다음과 같이 말했다.

> 너희들은 열 손가락을 깨물어보라. 큰 손가락이나 작은 손가락 할 것 없이 모두 아플 것이다. 너희들은 서로 사랑하여 서로 헐뜯지 말 것이며, 서로 도와서 해치는 일이 없어야 집안과 나라가 일어날 것이다. 너희들은 소와 말을 보라. 오히려 꼴을 나누어 먹지 않더냐? 너희들은 서로 양보하여 빼앗지 말 것이며, 함께 일하고 훔치지 않아야 나라와 집안이 번영할 것이다. 너희들은 범을 보라. 강포하기만 하고, 신령스럽지 못해, 재앙을 일으키느니라. 너희들은 사납고 급하여 본성을 해치는 일이 없도록 하고, 남에게 상처를 주는 일이 없도록 하라. 항상 하늘의 법을 따라, 만물을 두루 사랑하라. 너희들은 넘어지는 자를 붙잡아 주고, 약한 자를 능멸하지 말 것이며, 불쌍한 사람을 도와주고, 비천한 사람을 무시하지 말라. 너희들이 하늘의 법칙을 어기면, 영원히

이기동

신의 도움을 받지 못하고, 그로 인해 너희 몸과 너희 집이 망할 것이다.

손가락은 각각 다른 것 같이 보이지만 하나의 손바닥으로 이어져 있으므로, 어떤 손가락을 깨물더라도 똑같이 아픔을 느낀다. 사람은 각각 남남인 것 같지만, 보이지 않는 끈으로 다 연결되어 있으므로, 남이 없이 모두 하나다. 그러므로 다른 사람이 다쳐도 하늘마음을 가진 사람은 아픔을 느낀다. 하늘마음을 가진 사람은 남을 사랑하고 돕는다. 남을 미워하고 해치는 사람일수록 억지로라도 남을 사랑하도록 노력하고, 남을 돕기 위해 노력하면 하늘마음이 회복된다.

한국인에게는 약한 자를 동정하는 마음이 있지만, 한편으로는 약한 자를 무시하고 업신여기는 병폐가 있다. 한국인에게 무시당한 자들은 열등감을 해소하기 위해 힘을 기른 뒤에 무자비하게 한국을 공격한다. 한국이 외국으로부터 공격받고 나라가 위축된 이유 중의 많은 부분은 이러한 데 연유한다. 이를 안다면 한국인들은 남을 무시하지 않도록 특히 조심해야 할 것이다. 한국인이 남을 무시하지 않을 수 있는 근본 방법은 하늘마음을 잃지 않고 유지하는 것이다. 하늘마음을 유지하면 남들을 하늘처럼 받들 수 있다.

한국인들이 분열하면 나라를 유지하기 어려워진다. 한국인들이 분열하면 하늘이 도와줄 방법이 없다. 연개소문의 아들인 남생은 당나라의 군사를 이끌고 와서 고구려를 공격했고, 그로 인해 고구려가 멸망했다. 고려 말의 오잠은 원나라의 앞잡이가 되어 원나라에 고려를 멸망시키도록 간청했다. 조선시대의 황사영은 천주교를 지키기 위해 청나라 황제에게 조선을 멸망시키도록 간청하려고 시도하기도 했고, 조선 말의 이완용은 일본의 앞잡이가 되어 일본에 나라를 팔아넘겼다.

한국인들이 해야 할 근본적인 대책은 한마음을 잃지 않고 간직하기 위해 노력하는 것이고, 잃었다면 빨리 회복하기 위해 노력하는 것이다. 그것이 한국을 번성하게 하는 근본 방법이다.

5. 완성된 사람의 실천 내용

1) 개인적 실천

(1) 하나 됨의 사랑 실천

생활 속의 수양 내용과 실천의 내용은 같다. 다만 차이가 있다면 생활 속의 수양은 한마음을 회복하기 위해 억지로 실천하는 것인 데 비해, 수양을 완성한 사람의 실천은 하늘마음을 따라 저절로 실천하게 되는 것이다. 수양을 통해 하늘마음을 회복한 사람은 남과 내가 하나 된 사람이다. 남과 하나 된 사람이 남을 사랑하는 것은 남을 사랑하는 것이 아니라, 하나 됨의 사랑이므로 자기를 사랑하는 것과 같다.

이기동

하늘마음을 가진 사람은 사랑의 화신이다. 그의 몸에서는 사랑이 가득 넘쳐흐른다. 하늘마음을 가진 사람은 하늘이다. 하늘이 보면 사람이 모두 하늘이고, 만물이 모두 하늘이다. 그는 하늘을 받들듯이 사람을 받들고, 하늘을 존중하듯 만물을 존중한다. 그는 남의 의견을 자기의 의견인 것처럼 중시하며 경청한다. 그의 주위에 있는 사람들은 그에게 감화되어 하늘이 된다. 사람을 하늘로 만들어주는 것보다 더 사랑하는 것은 없다. 단군은 이를 다음과 같이 말한다.

> 하늘의 법은 언제나 하나이고 사람의 마음은 오직 같을 뿐이니 자기 속에 있는 마음을 잘 붙잡아서 다른 사람의 마음을 헤아리도록 하라. 다른 사람의 마음이 하늘마음으로 바뀌면 또한 하늘의 법에 합치되리니, 그렇게 되면 만방을 다스릴 수 있을 것이다.

자기 속에 있는 하늘마음을 잘 붙잡으면 하늘마음이 회복된다. 하늘마음을 회복한 사람은 하늘이다. 하늘이 되어 다른 사람을 헤아려서 다른 사람을 하늘처럼 받들면, 다른 사람이 감화를 받아 하늘이 된다. 그렇게 되면 온 세계가 천국이 된다.

(2) 무위자연의 시중(時中)

하늘마음을 회복한 사람은 '나'라는 것이 없어진다. '나'라는 고정관념이 없는 사람은 처하는 상황에 맞게 바로 적응한다. 이를 을보륵 선생은 다음과 같이 설명한다.

아버지 역할을 하려고 하면 바로 아버지 역할을 하게 되고, 임금 역할을 하려고 하면 바로 임금의 역할을 하게 되며, 스승의 역할을 하려고 하면 바로 스승의 역할을 하게 됩니다. 아들의 역할을 하거나 신하의 역할을 하거나 제자의 역할을 하려고 하더라도 바로 아들의 역할을 하게 되고, 신하의 역할을 하게 되며, 제자의 역할을 하게 되는 것입니다.

의식 속에 '나'라는 고정관념을 가진 사람은 고정된 역할만 할 뿐, 바뀐 상황에 대처할 수 있는 유연성이 없다. 이 세상의 모든 것은 변한다. 고정된 것은 하나도 없다. 따라서 고정관념을 가진 사람은 고정된 역할도 제대로 하지 못한다.

하늘마음을 가지면 주어진 상황에 자유자재로 대처할 수 있다. 그 방식은 의식을 통해 찾아내는 것이 아니라, 저절로 찾아진다. 저절로 찾아진다는 의미에서 무위자연이다.

고정관념이 없는 사람의 처신도 그렇다. 고정관념이 없는 사람은 주어진 상황에 저절로 적응한다. 아버지 역할을 해야 하는 상황이 되면 저절로 아버지 역할을 하고, 임금 역할을 해야 하는 상황이 되면 저절로 임금 역할을 하며, 스승 역할을 해야 하는 상황이 되면 저절로 스승 역할을 한다. 아들 역할을 해야 하는 상황이 되면 저절로 아들 역할을 하고, 신하 역할을 해야 하는 상황이 되면 저절로 신하 역할을 하며, 제자 역할을 해야 하는 상황이 되면 저절로 제자 역할을 한다. 상황에 맞게 대처하는 것이 시중(時中)이므로, 고정관념이 없는 사람은 무위자연으로 시중한다.

이기동

고정관념이 없는 사람은 의식에서의 판단을 거치지 않고, 느낌에 따라 바로 움직인다. 느낌으로 움직이는 사람은 생명력이 왕성하고 창의력이 왕성하다. 생명력과 창의력은 하늘마음에서 발휘된다. 하늘마음은 삶으로 인도하는 마음이므로, 하늘마음으로 사는 사람은 생명이 충만한 방향으로 느낌이 작동하고 창의력이 왕성한 방향으로 느낌이 발휘된다.

2) 정치 교육적 실천

정치와 교육은 하나로 통한다. 정치의 역할은 사람을 바르게 만들고 세상을 바르게 만드는 것이다. 바르게 만드는 것은 교육의 영역이므로, 정치가 필요한 까닭은 교육을 제대로 하기 위해서이다. 교육을 제대로 하는 데 중점을 두지 않는 정치는 정치가 아니다. 교육을 제대로 하기 위해서는 경제가 안정되어야 하고, 나라를 철저하게 방위해야 한다.

정치의 목적은 교육을 통해 사람을 참된 사람으로 만들고, 세상을 천국으로 만드는 데 있다. 사람은 원래 하늘과 하나였고, 이 세상 또한 원래 천국이었으므로, 사람을 참된 사람으로 만들고 세상을 천국으로 만드는 일은 원래의 모습을 회복하는 것이다. 한국 고대에는 다스리는 것을 치(治)라 하지 않고 리(理)라 했다. 리(理)란 옥(玉)과 리(里)의 합성어로, 옥에 있는 결을 말한다. 옥에 있는 결은

헝클어지지 않고 질서정연하므로, 다스린다는 의미의 리(理)는 질서
정연한 원래의 모습을 회복하는 것을 말한다.

사람을 바르게 하고 세상을 바르게 하기 위해서는 바른 사람이
나서야 한다. 바르지 않은 사람이 다른 사람을 바르게 할 수는 없
다. 따라서 정치의 성패는 바른 사람의 등장 여부에 달려 있다. 단
군 시대에는 바른 사람을 추대하기 위해 많은 공을 들였다. 을보륵
선생은 정치의 대강을 다음과 같이 설명한다.

> 왕은 바르고 의로운 마음으로 세상을 다스려 각자 타고난 목숨을 편
> 안하게 보존토록 해주시니 왕이 베푸시는 것을 백성들은 모두 복종
> 하여 따르는 것입니다. 종(倧)은 나라에서 선발한 자이고 전(佺)은 백
> 성들이 천거한 자이니, 모두 이레를 한 주기로 삼아 삼신에게 나아가
> 맹세합니다. 세 고을에서 뽑은 사람은 전(佺)이 되고, 구환(九桓)에서
> 뽑은 사람은 종(倧)이 됩니다. 그들이 가르치는 도리는 이렇습니다.
> 아버지 역할을 하려고 하면 바로 아버지 역할을 하게 되고, 임금 역
> 할을 하려 하면 바로 임금의 역할을 하게 되며, 스승의 역할을 하려
> 고 하면 바로 스승의 역할을 하게 됩니다. 아들의 역할을 하거나 신
> 하의 역할을 하거나 제자의 역할을 하려고 하면 역시 곧 아들의 역할
> 을 하게 되고, 신하의 역할을 하게 되며, 제자의 역할을 하게 되는 것
> 입니다. 그러므로 신시시대에 하늘을 여는 도리 또한 신(神)의 도로
> 써 가르쳐, 각자에게 자신의 본질을 알아 자신이 하늘과 하나 되는
> 전체적 존재임을 추구하며, 자기를 비워 만물을 되살리게 함으로써

이기동

인간 세상에 복이 넘치게 할 따름입니다. 천신을 대신하여 세상을 다스릴 때는 도를 넓혀 백성들을 이롭게 하여 한 사람도 본성을 상실함이 없게 해야 하고, 모든 임금을 대신하여 인간을 다스릴 때는 병을 없애고 원한을 풀어주어 미물 하나도 생명을 손상함이 없게 해야 합니다. 나라 사람에게 망령된 삶에서 벗어나 참된 삶으로 나아가는 것을 알게 하고, 21일을 단위로 기일을 정해 사람을 모아 온전한 사람이 되는 계율을 지키게 해야 합니다. 그렇게 한 뒤에는 조정에 종의 가르침이 있고 민간에는 전의 계율이 있어 우주의 정기가 온 누리에 깨끗하게 모이고, 삼신의 광명과 오행의 정기가 모든 사람의 뇌에 응결하여 현묘한 도를 자득하고 광명한 지혜로 세상을 다 건지니 이것이 바로 1세 환웅천황인 거발환(居發桓)의 정신입니다.

위의 인용문을 보면, 을보륵 선생의 정치사상을 잘 알 수 있다.

첫째 정치가의 자격요건이다. 정치를 논할 때 제일 먼저 논의해야 할 것은, 정치가의 자격요건이다. 왕은 하늘마음을 가진 자라야 한다. 정치란 하늘이 하는 일을 대신하는 것이다. 따라서 하늘마음을 가지지 않은 사람은 정치할 자격이 없다.

둘째는 인재 등용에 관해서이다. 정치는 임금 혼자서 하는 것이 아니다. 정치를 할 때 중요한 것은 임금을 보좌할 인재를 찾아내는 일이다. 단군 시대 때는 인재를 두 가지 방법으로 선발했다. 반은 임금이 직접 찾아내고 반은 백성에게 추천하도록 했다. 임금이 찾아낸 인재를 종(倧)이라 하고, 백성이 추천한 인재를 전(佺)이라 했다. 그들은 하늘마음으로 백성을 교화할 수 있는 스승들이다.

셋째는 정치의 내용이다. 정치의 목적은 제대로 된 교육을 통해 백성들에게 하늘마음을 회복하도록 교화하는 데 있다. 사람들에게 베푸는 가장 은혜로운 것은 백성들에게 하늘마음을 가지도록 하는 것이다.

을보륵 선생은 완성된 사람의 실천 내용을 열거하고, 하늘마음을 회복하게 하는 방법에 관해서도 언급했다. 하늘마음을 회복하기 위해서는 먼저 자기에 대해서 알아야 한다. 자기는 본래 하나인 본질이고, 하늘이며, 전체이기 때문에, 남을 사랑하고 용서하며 영원한 생명을 누리는 행복한 존재였지만, 현재는 하늘마음을 잃어버리고 남과 경쟁하면서도 늙어 죽어가는 불행한 존재이다. 을보륵 선생은 백성들에게 이러한 내용을 깨우쳐서, 하나인 본질을 회복하도록 유도했다.

참된 세상에서는 모든 사람이 본성대로 살아가고, 만물이 모두 본래의 모습대로 살아간다. 본래의 모습대로 산다는 것은, 착한 마음으로 맑은 기운과 건강한 몸으로 사는 것이다. 가짜로 사는 것은 망령된 삶이고, 참모습으로 사는 것은 참된 삶이다. 스승의 역할은 사람들을 깨우쳐 망령된 삶에서 벗어나 참된 삶으로 나아가게 하는 것이다. 그 방법으로 을보륵 선생은 21일간의 집단 수련을 제시했다.

위의 내용을 종합하면 정치란 하늘마음을 회복한 사람이 하늘마음을 회복한 스승들과 함께 세상 사람들을 깨우쳐, 세상 사람들이 모두 하늘마음을 회복하여 참되고 행복하게 살도록 하는 것임을 알 수 있다.

이기동

정치의 핵심은 교육이지만, 사람들이 교육을 받을 수 있게 하기 위해서는 경제와 국방이 선행되어야 한다. 정치에서 경제와 국방을 중시하는 이유가 이 때문이다.

6. 맺는말

오늘날 우리들의 유전자 속에 전해지고 있는 한국 고대의 '하나 사상'은 오늘날 인류가 처한 위기를 구할 수 있는 원석으로 남아 있다. 고대의 '하나 사상'은 체계적인 철학으로 정리되지 않은 채 한국인의 삶 속에 녹아서 흘러 내려오고 있다.

한국인의 마음에는 따뜻함이 있다. 한국인의 따뜻한 마음은 마음속 깊은 곳에서 흐르고 있는 '하나 사상'에서 피어나는 향기다. 한국인의 향기는 세상 사람들의 얼어붙은 마음을 녹이기 시작했다. 한국인의 향기는 한국인이 만들어낸 드라마, 노래, 영화 등을 통해서 부분적으로 스며 나온다.

과거 치열하게 경쟁하면서 물질문화가 세상을 휩쓸 때는 한국인들이 향기를 발산하지 못했다. 가을에 피는 국화를 물질문화의 꽃에 비유한다면 봄에 피는 진달래는 정신문화의 꽃에 비유할 수 있다. 가을에는 국화에서 향기가 나지만 진달래는 꽃도 없고 향기도 없다. 그러나 얼어붙은 겨울이 지나고 봄이 오면 달라진다. 국화에서 향기가 사라지고 진달래에서 향기가 피어나기 시작한다. 사람들이 진달래 향기를 좋아하는 것은 봄이 오고 있다는 증거이기 때문이다. 인류의 역사도 사계절처럼 순환한다. 역사의 가을에는 남과의 경쟁에서 이기는 힘을 가진 사람들이 돋보인다. 역사의 가을에 돋보였던 사람들은 서구인들과 일본인이었다. 경쟁을 위주로 하던 시대에는 서구인들과 일본인이 세계를 앞서 나갔다. 그러나 역사의 가을이 지나고 겨울이 오면 달라진다. 겨울은 위기의 계절이다. 역사의 겨울에는 사람들의 마음이 얼어붙는다. 마음이 얼어붙은 사람들은 따뜻한 마음에서 나오는 봄 향기를 그리워한다. 오늘날 한국인이 만들어낸 문화에 사람들이 열광하는 것은 역사가 거대한 전환기를 맞이하고 있다는 신호가 켜진 것이다.

역사의 흐름이 봄으로 전환하면 모든 것이 바뀐다. 사람들의 가치관이 바뀌고, 정치·경제·교육·문화 등 사회 전반에 걸친 삶의 방식이 바뀐다.

이제 한국인들은 사회 전반에 걸친 삶의 방식을 오늘날에 맞게 찾아내어야 한다. 새로운 삶의 방식은 한국인의 '하나 사상'을 바탕으로 해야 찾아질 수 있다.

이기동

07

공동체적 삶에 대한
불교의 가르침

박경준
(동국대학교 명예교수)

박경준 朴京俊

동국대학교 불교학부 명예교수.
동국대학교 중앙도서관장, 불교문화연구원장,
불교학연구회장, 〈불교평론〉 편집위원장,
공직자종교차별자문위원 등을 역임.

1. 들어가면서

낳–실 제 괴로움 다 잊으시고
기르실 제 밤낮으로 애쓰는 마음
진자리 마른자리 갈아 뉘시며
손발이 다 닳도록 고생하시네
하늘 아래 그 무엇이 넓다 하리요
어머님의 희생은 가이없어라!

어려선 안고 업고 얼러 주시고
자라선 문 기대어 기다리는 맘
앓을사 그릇될사 자식 생각에
고우시던 이마 위에 주름이 가득
땅 위에 그 무엇이 높다 하리요
어머님의 정성은 그지없어라!

사람의 마음속에 온 가지 소원
어머님의 마음속에 오직 한 가지
아낌없이 일생을 자녀 위하여
살과 뼈를 깎아서 바치는 마음
인간의 그 무엇이 거룩하리오
어머님의 사랑은 지극하여라!

이것은 조상과 어버이에 대한 은혜를 헤아리고 어른과 노인에 대한 존경을 되새기게 하기 위하여 제정된 '어버이 날'에 우리가 흔히 부르는 노래이다. '어머니의 마음'이라는 제목의 이 노랫말은 양주동 박사가 지은 것으로, 여기에는 불교의 효 사상이 짙게 배어 있음을 알 수 있다. 우리는 오랫동안 이 효의 이념을 바탕으로 아름다운 인간관계를 형성하여 왔다. 무엇보다도 부모는 끝없는 사랑으로 자식을 돌보고 자식은 지극한 효성으로 부모를 섬겨왔다. 하지만 오늘의 우리 사회는 효와는 점점 멀어져 가고 있는 듯하다. 부모 모시기를 기피하고 부모에게 폭력을 휘두르며 부모를 살해하기까지 하는 자식들이 늘어나고 있다. 부모가 어린 자식을 살해하는 일도 적지 않게 발생하는 추세다. 효윤리의 붕괴는 이 시대를 인간성 상실과 도덕적 위기로 몰아가고 있으며 공동체를 파괴시켜 가고 있다.

산업화가 근본원인인 인간성 상실, 인간성의 황폐화 현상은 4차 산업혁명 시대에 접어들어 더욱 심화하여 가고 있다. 신자유주의의 확산으로 국가 간, 계층 간, 개인 간의 빈부 격차는 더욱 커지고 있으며 이기적 개인주의의 벽은 더욱 높아졌다. 지구상의 거의 모든 국가가 겉으로는 평화와 공존을 말하지만 갈등과 분쟁은 그치지 않고 계속된다.

세상의 한편에서는 재물과 권력을 향해 질주하는 사람들이 도덕과 윤리를 망각한 채 갖가지 부정과 비리를 일삼는다. 다른 한편에서는 대중소비문화에 젖어 감각과 쾌락을 추구하는 사람들이 허무주의의 늪에 빠져 알코올과 마약, 폭력과 자살에 호소하고 있다. 핵

박경준

가족화는 더욱 빨라져 전통적인 가족 및 친족 관계가 붕괴되고 있고, 성과급제도 등의 경쟁 시스템 확산으로 직장 안에서의 동료애도 추락하고 있다. 나아가 스승과 제자, 친구와 친구, 이웃이나 지역 주민들 사이의 인간관계도 빠르게 변하고 있다. 이분법적 사고방식과 흑백논리가 확산되면서 갈등구조가 강화되고 정치적·지역적 편 가르기로 인한 국론 분열도 심각한 지경에 이르렀다. 요컨대 현대 산업문명은 우리 사회에 물질만능주의와 과학만능주의, 인간소외와 비인간화, 경쟁의식과 개인주의를 확산시켜 마침내 공동체의 위기를 초래하게 되었다.

2. 왜 공동체적 삶인가

한 인류학자가 아프리카 부족에 대한 연구를 하던 어느 날, 한 무리의 아이들을 모아 놓고 게임을 제안한다. 보기에도 싱싱하고 탐스러운 귀한 과일을 바구니에 담아 놓고, 바구니까지 가장 빨리 뛰어온 사람에게 그 과일을 전부 주겠다는 게임이었다. 그는 출발 신호를 알리면 아이들이 경주를 하듯 우루루 달려나올 것이라고 생각하였다. 하지만 그의 예상은 빗나갔다. 출발 신호를 울렸는데도 아이들은 서로 서로 손을 붙잡고 함께 천천히 달려왔던 것이다. 아이들은 과일 바구니까지 다다르자 함께 둘러앉아 즐겁게 웃으며 과일을 나누어 먹었다. 뜻밖의 상황에 놀란 인류학자가 왜 혼자 뛰지 않고 손을 잡고 함께 달려왔느냐고 물었다. 그러자 아이들은 동시에 '우분투!'라고 소리쳤다. 그리고 그들 가운데 한 아이가 그에게 물었다. "다른 친구들은 다 실망스럽고 슬픈데 어떻게 혼자서만 신나게 과일을 먹을 수 있지요?"

우분투(UBUNTU)란 '네가 있기에 내가 있고 우리가 있기에 내가 있다'는 의미를 지닌 아프리카 반투족의 말이다. 남아프리카 공화국 데스몬드 투투 대주교는 우분투에 대해 다음과 같이 설명한 바 있다.

우리나라에 전해 내려오는 격언 중에는 우분투라는 것이 있습니다. 그것은 인간이 갖추어야 할 기본 조건이지요. 인간은 혼자서는 살 수 없는 존재라는 것이 바로 우분투의 핵심입니다. 우분투는 우리가 서로 얽혀 있다는 점을 강조합니다. 홀로 떨어져 있다면 진정한 의미에서 인간이라고 할 수 없고, 우분투라는 자질을 갖추어야만 비로소 관용을 갖춘 사람으로 인정받을 수 있습니다.

우리는 자신을 다른 사람과 상관없이 존재하는 개인으로 생각할 때가 많습니다. 그러나 우리는 사실 서로 이어져 있으며 우리가 하는 일 하나 하나가 세상 전체에 영향을 미칩니다. 우리가 좋은 일을 하면 그것이 번져 나가 다른 곳에서도 좋은 일이 일어나게 만듭니다. 그러므로 그것은 인간 전체를 위하는 일이 됩니다.

한마디로 우분투는 '나 혼자만 잘 살면 된다'는 이기적 개인주

박경준

의를 지양하고 '우리 모두가 함께 잘 살아가야 한다'는 공동체 의식 또는 공동체 정신을 강조하고 있다고 여겨진다. 노벨평화상을 받은 남아프리카 공화국의 넬슨 만델라 대통령도 이 우분투를 자신의 정치 이념의 주요 덕목으로 삼았다.

나무들이 우거진 밀림은 살벌하다. 말 그대로 약육강식의 싸움터이기 때문이다. 밀림에서는 이빨과 발톱이 강한 자만이 살아남는다. 연약한 동물들은 항상 긴장하고 두려워한다. 힘센 동물들도 언제 어디서 자신보다 더 강한 친구를 만날지 모르므로 불안하기는 마찬가지다. 하여 정글의 법칙이 작동하는 밀림은 한시도 평화로울 수가 없다. 인류는 이러한 이빨과 발톱의 질서를 극복하고 불안과 공포에서 벗어나기 위해 문화를 창조해 왔다.

문화는 무엇보다도 더불어 함께 사는 공동체 사회를 지향한다. 더불어 살기 위해 사람들은 어려서부터 교육을 통해 규칙과 예의범절을 배우고 자제심과 도덕을 익히며 법을 지킨다. 공동체 사회는 사람들이 서로 신뢰하고 협력하며, 사랑하고 배려하고 존중하는 데서부터 비롯된다. 그런데도 사람들이 주변을 둘러보지 않고 자신만의 편의와 자기 가정만의 행복, 자기 나라만의 이익을 추구한다면 갈등과 대립, 다툼과 전쟁이 공동체를 위협하게 될 것이다.

앞에서 예를 든 아프리카 아이들이 '우분투' 정신을 망각하고 각자 자신만의 이기적 욕망을 충족시키기 위해 경주를 했다면 어떤 일이 벌어졌을까. 그랬다면 아마도 같은 또래의 친구들은 곧 친구가 아니라 경쟁자 내지 적이 되고 말았을 것이다. 더 나아가 수단과 방법을 가리지 않고 자신이 꼭 일등을 하여 과일을 독차지하겠다는 고집스런 생각을 버리지 않는다면 상황은 걷잡을 수 없이 나빠지게 될 것이다. 친구를 붙들거나 밀치거나 다리를 걸어 넘어뜨리는 사람이 있다면 더욱 큰 혼란이 일어나게 될 것이다. 그리고 과일 바구니를 서로 뺏으려고 하다가 과일들이 땅 위에 내동댕이쳐진다면 아무도 그것을 못 먹게 될 수도 있을 것이다. 이러한 일이 생긴다면 그것은 비극임에 틀림이 없다.

우리에게 왜 공동체적 삶이 필요한지는 이 비극이 말해주는 메시지 속에 충분한 해답이 담겨 있다고 생각된다.

3. 상호의존의 진리, 연기법

불교의 진리는 한마디로 연기(모든 것은 원인과 조건으로 말미암아 일어남)의 진리, 즉 연기법이라고 할 수 있다. 연기법은 인과법 또는 인연법이라고도 이름하는데, 초기 불교경전에는 연기법에 대한 다음과 같은 가르침이 설해져 있다.

연기법이란 내가 만든 것도 아니고 그렇다고 하여 다른 사람이 만든 것도 아니다. 따라서 그것은 붓다가 세상에 출현하든 출현하지 않든 세상(법계)에 항상 머물러 있는 것이다. 다만 나는 이 연기법을 스스로

박경준

깨달은 이후에 모든 중생의 이익과 안락을 위해 말하고 드러내 보일 뿐이다.

이것을 해석해 보면, 붓다가 깨달은 연기법은 결국 이 세상의 보편적 진리라고 할 수 있다. 붓다는 그 진리를 깨달아 사람들에게 설할 뿐이다. 연기법의 기본공식이라고 할 수 있는 가르침은 다음과 같다.

이것이 있으므로 저것이 있고
이것이 일어나므로 저것이 일어난다.
이것이 없으므로 저것이 없고
이것이 사라지므로 저것이 사라진다.

이것은 이른바 12연기법을 압축하여 공식화한 것으로, 그 요점은 인간이 겪는 모든 괴로움(늙음, 죽음, 근심, 슬픔, 괴로움, 번뇌)은 운명적인 것이거나 절대적인 것이 아니라 반드시 어떤 원인으로 말미암아 일어난다는 것이다. 그 원인의 핵심 내용은 무명(진리에 대한 무지)과 탐욕이다. 결국 인간의 모든 괴로움은 무명과 탐욕으로 인하여 일어나는 것이고, 또한 무명과 탐욕이 사라지면 인간의 모든 괴로움도 사라지게 된다. 불교의 최고선이자 궁극적 목표인 열반은 '괴로움의 소멸'을 그 기본 개념으로 하는 바, 연기법은 결국 우리에게 열반의 희망을 알려주고 있다 할 것이다. 그것은 붓다가 연기법을 깨달은 후, "나는 모든 고통의 속박에서 벗어났노라. 나는 불사(죽지 않음)를 얻었노라."라고 한 선언 속에도 잘 드러난다.

이처럼 초기불교 연기법의 의의는 사람들이 모든 고통에서 벗어나 열반을 성취할 수 있다는 희망의 메시지를 전하는 데 있다고 할 수 있다. 그러나 이 연기법은 시간이 흐르면서 그 사상적·철학적 내용과 깊이를 더해가며 마침내 법계연기 사상으로까지 나아간다.

법계연기는 불교 대승경전의 하나인 『화엄경』의 주요 사상으로, 삼라만상 일체만유는 서로 인과 관계에 있고 상호의존 관계를 이룬다고 보며 전 우주의 조화와 통일을 역설한다. 법계연기에 따르면, 한 사물은 독립적이고 개별적인 존재가 아니라 전체와 연결되어 있으며 중생과 부처, 번뇌와 보리(깨달음), 생사와 열반 등은 서로 대립하는 것이 아니라 걸림 없이 상통한다(원융무애). 법계연기 사상은 흔히 인드라(Indra)망의 비유를 통해 설명된다.

인드라는 여러 하늘 중의 하나인 제석천을 가리키는바, 인드라망은 제석천 궁전을 장엄하는 그물이다. 그 그물의 모든 그물코에는 보배 구슬이 박혀 있는데 이 보배구슬들은 서로가 서로를 비추며 장관을 이룬다. 즉 하나의 구슬에는 다른 모든 구슬의 그림자가 비친다. 다른 모든 구슬 하나하나에도 역시 또 다른 모든 구슬의 그림자가 비치는 것은 물론이다. 또한 하나의 구슬에 비치는 다른 모든 구슬들 속에는 각각의 구슬에 비쳐진 또 다른 모든 구슬의 그림자까지도 되비쳐 더욱 장관을 이루게 된다. 이 그림자는 삼중, 사중, 오중으로 내지는 무한히 겹쳐지게 될 것인바, 이를 일컬어 중중무진(重重無盡)이라고 한다. 이처럼 일체 만물은 끝없이 상호 융합(相

박경준

卽)하고 상호 침투(相入)한다.

이 법계연기의 진리를 신라의 의상 스님은 『법성게(法性偈)』에서 다음과 같이 설파한다.

> 한 먼지 티끌 속에 온 우주가 담겨 있나니
> 모든 티끌 또한 이와 같도다.
> 억겁의 길고도 긴 시간이 한 찰나이고
> 한 찰나의 짧은 시간이 곧 영겁이도다.

이러한 법계연기 사상은 오늘의 분열과 갈등 사회를 향하여 크나큰 메시지를 던져준다. 사람들은 흔히 '나는 나이고 너는 너일 뿐이다'라고 생각하며 각자의 나에 한없이 집착한다. 그러나 법계연기의 진리에 따르면, 너와 나는 그렇게 명확하게 둘로 구분할 수가 없다. '너' 속에 바로 '나'가 있고 나 속에 너가 있기 때문이다. 티베트의 지도자 달라이라마 스님은 종종 '나는 나 아닌 것으로 이루어진다'라고 말한다. 나는 나라고 할 만한 실체가 없는 '경계 없는 경계'이기 때문이다. 생각건대 나는 근본적으로 나의 부모를 떠나 존재할 수가 없다. 부모 또한 조부모와 외조부모를 떠나 존재할 수 없다. 그렇게 소급해 올라가 보면, 나 속에는 내가 있는 것이 아니라 부모님을 비롯하여 조부모님과 외조부모님, 그리고 무수한 조상님들이 존재한다. 무수한 조상님들의 연결고리 가운데 하나의 고리라도 끊어졌다면 나는 존재할 수가 없다. 뿐만 아니라 나는 세상 사람들의 도움과 은혜가 없이는 살아갈 수가 없다. 또한 나는 태양이 없다면, 물이 없다면, 땅이 없다면, 공기가 없다면 한 순간도 존재할 수가 없다. 나 속에는 내가 아니라 이미 우주 자연이 함께 자리하고 있는 것이다.

이렇듯 너와 나는 모두 '경계 없는 경계'들이다. 독립된 존재(being)가 아니라 끝없는 상호 관계와 상호 작용에 의한 상호생성자(interbecoming)일 뿐이다. 이러한 인식과 깨달음 위에서 비로소 너와 나의 경계는 무너지고 관계는 회복된다. 오늘날 우리 사회의 모든 갈등과 다툼의 해결은 바로 '닫힌 나'가 아니라 '열린 나'로부터 시작 되어야 한다.

4. 공동체적 삶을 향하여

1) 생명에 대한 존중

우주에는 대략 1천억 개의 은하가 있고 하나의 은하에는 1천억(또는 2천억) 개의 별이 있다고 한다. 지구에서 태양까지는 빛의 속도로 8분 20초, 지구에서 북극성까지는 400광년 거리이다. 태양계가 있는 우리 은하에서 가장 가까운 안드로메다 은하까지는 210만 광년이다.

박경준

이 몇 가지 사실만으로도 우리는 우주가 참으로 광활하다는 것을 짐작할 수 있다. 또한 우주의 역사는 약 136억(또는 137억) 년으로 추정되며 지구의 역사는 46억 년이고 70억 년 후에는 지구도 태양계도 사라질 것이라고 한다. 광활한 우주적 관점에서 본다면 우리가 살고 있는 지구는 한 점 먼지티끌에 지나지 않고, 인간이 사는 100년의 시간도 한 찰나에 지나지 않는다.

이렇게 생각해 본다면 인간 생명을 비롯한 모든 생명은 참으로 신비하고 존엄한 존재다. 생명만이 아니라 흙 한 줌, 모래 한 알, 물 한 방울, 나아가 우주 자체가 경이롭다고 해야 할 것이다. 초기불교 경전에는 인간 생명의 경이를 비유하는 이른바 '맹구우목'의 비유가 나온다. 맹구우목(盲龜遇木)이란 눈먼 거북이가 나무를 만난다는 의미인데, 그 비유를 간략히 소개해 본다.

망망대해의 깊은 곳에 눈먼 거북이가 살고 있는데 백 년에 한 번씩 숨을 쉬기 위해 바다 표면 위로 올라온다. 그런데 그때 마침 나무판자, 그것도 구멍이 뚫린 판자와 조우하여 그 구멍에 머리를 내밀고 숨을 쉰다. 이런 조우는 거의 기적에 가까운 일이다. 우리 인간이 생명을 얻는다는 것도 실로 이와 같이 기적 같은 일이라는 비유다.

또한 『법원주림』이라는 문헌에는 '바늘귀(針孔)'의 비유가 나온다. 어떤 사람이 회오리바람이 세차게 부는 날 평지에 바늘을 세워놓고, 실오라기 하나를 들고 세상에서 가장 높은 수미산에 오른다. 수미산 정상에 서서 그는 실오라기를 평지의 바늘을 향해 던진다.

그 실오라기가 바늘귀에 꿰일 확률은 얼마나 될까? 사람이 생명을
얻어 사람의 몸으로 태어난다는 것은 바람에 날린 실오라기가 바
늘귀에 꿰이는 것만큼 희귀한 일이라는 비유이다. 사람의 생명을
얼마나 소중하고 귀하게 여겼기에 이러한 비유를 생각해 낸 것인지
그저 놀라울 뿐이다.

그럼에도 오늘날 우리 사회에는 사람의 생명을 경시하는 풍조가
만연해 있다. 하루에도 수많은 살인 사건이 일어나고 수많은 사람
들이 스스로 목숨을 끊기도 한다. 이런 인명 경시의 풍조 속에서는
건강한 공동체 정신도 유지되기 어렵다. 공동체적 삶은 생명에 대
한 존중으로부터 시작되기 때문이다.

2) 자비와 사랑의 실천

인간의 생명을 비롯한 모든 생명이 참으로 소중하고 경이로운 것임
을 아는 사람은 자신의 생명은 물론 타인의 생명까지도 사랑하지
않을 수 없을 것이다. 불교 초기경전인 『숫따니빠따』에는 다음과 같
은 가르침이 설해져 있다.

> "마치 어머니가 목숨을 걸고 외아들을 아끼듯이 모든 살아 있는 것
> 에 대해서 한량없는 자비심을 내라."(149송)
> "온 세계에 대해서 한량없는 자비를 행하라. 위로 아래로 또는 옆으

로 장애와 원한과 적의가 없는 자비를 행하라."(150송)

"서 있을 때나 길을 갈 때나 앉아 있을 때나 누워서 잠들지 않는 한 이 자비심을 굳게 가지라."(151송)

　어머니가 외아들을 아끼듯 모든 생명에 대해 자비를 행하라는 초기불교의 가르침은 그대로 대승불교에 계승된다.

　예컨대 『범망경』에서는 모든 중생이 다 부모로 간주된다. 그것은 곧 "모든 남자는 다 나의 아버지이고 모든 여자는 다 나의 어머니이니, 내가 태어날 적마다 그들을 의지하여 났을 것이기 때문이다. 그러므로 육도(六道)의 중생들이 다 나의 부모이니라."라는 구절을 통해 알 수 있다. 『유마경』에서는 이른바 동체대비(同體大悲)의 사상이 발견된다. "내 병은 무명으로부터 애착이 일어나 생겼고, 일체중생이 아프므로 나도 아픕니다. 만약 중생의 병이 없어지면 나의 병도 곧 사라질 것입니다."라는 가르침이 그것이다. 나아가 『지장경』에서는 "제가 미래세가 다하도록 헤아릴 수 없는 겁에 저 육도의 죄고(罪苦) 중생을 위해서 널리 방편을 베풀어 다 해탈하게 한 후에라야, 제가 비로소 불도를 이루오리다."라고 하면서 극심한 고통에 시달리는 지옥 중생이 모두 사라진 후에야 자신은 성불하겠노라고 굳게 서원한다.

　이러한 지극한 사랑과 자비는 때로는 상대방에 대한 '배려'의 형태와 방식으로 표출되기도 한다. 붓다와 시하장군 사이의 다음 일화에서 우리는 진정한 배려가 무엇인지 깨닫게 된다.

자이나교도인 시하 장군이 붓다의 설법을 듣고 큰 감명을 받는다. 장군은 붓다에게 자신을 제자로 받아줄 것을 요청한다. 그러나 붓다는 "시하 장군, 다시 한번 잘 생각해 보시오. 당신처럼 명망 있는 사람은 신중하게 행동해야 합니다."라고 말했다. 장군은 놀랐다. 다른 종교 지도자였다면 깃발을 들고 시내를 돌아다니며 자신의 개종 사실을 선전했을 것이기 때문이다. 더욱 깊은 존경심으로 뜻을 굽히지 않는 장군을 붓다는 조건부로 받아들일 수밖에 없었다. "시하 장군, 하지만 앞으로도 계속해서 자이나교 교단에 보시하고 자이나교 수행승들에게도 예전과 똑같이 공양해야 하오."

고타마 붓다 당시 인도 사회는 수많은 종교와 사상으로 큰 혼란을 겪고 있었고 종교 간의 갈등도 심했던 것으로 전한다. 붓다는 불교 교단의 확장보다는 사회적 안정과 화합을 더 중요시하였고 그리하여 자이나교에 대한 배려를 몸소 실천한 것이다. 우리에게는 오랫동안 어른에 대한 공경이라든가 이웃에 대한 배려의 아름다운 전통과 미풍양속이 있어 왔다. 하지만 근래 특히 서울과 같은 거대한 익명사회에서는 갈수록 이기적이고 자기중심적인 무례한 행동과 거친 말들이 횡행하고 있다. 우리는 공동체를 향한 소통과 화합은 작은 에티켓과 배려로부터 시작된다는 것을 잊어서는 안 된다.

박경준

3) 입장 바꿔 생각하기

공동체 사회를 만들어 가는 데는 구성원 간의 사랑이 밑바탕이 되어야 하지만 상호 간의 깊은 이해도 반드시 필요한 필수조건이다.

꽤 오래 전부터 아파트 생활이 일반화되면서 우리나라에서는 이런저런 문제들이 발생하고 있다. 특히 층간 소음 문제는 아파트의 구조적 특성상 피하기 어려운 난제가 되어 있다. 위층 아래층에 살고 있는 이웃끼리 소음 문제로 언성을 높이고 폭력까지 휘두르는 모습은 안타깝기 그지없다. 이웃사촌이라는 말이 무색할 정도다. 소음 문제에 대처하기 위해서는 평상시 이웃 간에 소통과 대화가 이루어져야 하며 무엇보다도 상대방을 이해하려고 노력해야 한다. 그러기 위해서는 상대방의 입장에 서서 생각하는 습관을 길러야 한다.

이를 위해 중국 화엄종에서 말하는 일월삼주(一月三舟)의 비유를 생각해 보기로 한다.

휘영청 달 밝은 밤, 가을 호수에 작은 배 세 척이 떠 있다고 하자. 한 사람(갑)은 멈춰선 배에 조용히 앉아 달을 보고, 한 사람(을)은 배를 저어 동쪽으로 가면서 달을 보고, 또 한 사람(병)은 서쪽으로 노 저어 가면서 달을 바라본다고 하자. 이때 갑에게 달은 정지해 있는 것으로 보이고, 을에게는 달이 동쪽으로 이동하는 것으로 보이고, 병에게는 서쪽으로 이동하는 것으로 보일 것이다. 그리하여, 달은 분명 하나인데도, 갑은 달이 정지해 있다고 하고, 을은 달이 동쪽으로 이동한다고 말하고, 병은 달이 서쪽으로 이동 중이라고 주장할 것이다. 객관적인 입장에서 볼 때 세 사람의 주장은 다 이해가 되지만, 갑과 을과 병은 서로가 자기 말이 맞다고 주장하며 우길 것이다. 경우에 따라서 이렇게 서로 다른 주장은 큰 싸움으로 비화하기도 한다. 이것은 어리석은 인간세상의 축소판이기도 하다.

하지만 만약에 갑이 자기 입장에서만 생각하지 않고 동쪽으로 노 저어 가는 을의 입장을 생각한다면 어떻게 될까. 을이 자기 입장만 고집하지 않고 서쪽으로 노를 저어가고 있는 병의 입장을 인정한다면 어떻게 될까. 그러면 서로가 서로를 이해하고 인정하게 되어, 언성을 높일 필요도 싸울 필요도 없게 될 것이다. 다시 말해 사람들이 서로의 입장을 바꿔서 생각하는 능력을 기른다면 서로를 이해하게 되고 싸우지 않게 될 것이다.

층간 소음의 문제도 일월삼주의 교훈을 적용하면 어렵지 않게 풀릴 수 있다고 본다. 층간소음 문제는 실제 매우 복잡한 양상을 띠고 있지만 여기서는 논의의 편의상 상황을 단순화시켜 이야기해 보기로 한다. 어느 날 위층에서 사람들이 시끄럽게 떠드는 소리가 들리고 아이들이 쿵쿵거리는 소리가 들린다고 하자. 소음이 금방 잦아들지 않고 계속되면 아마도 짜증이 나고 견디기 힘들어질 것이다. 하지만 화를 내기 전에 위층의 상황을 파악하기 위해 노력해야 한다. 사실 위층에는 그 집안 어른의 제사를 모시기 위해 사람들이 많이 모여 시끄러울 수밖에 없는 상황이다. 아래층에 사는 사람이 이 상황을 이해한다면 어느 정도 소음을 참을 수도 있게 될 것이다. 위층 주인도 아래층 주인에게 미리 오늘은 집안 어른의 제삿날임을 알리고 양해를 구해야 한다. 서로의 입장을 이해하고 서로의 입장을 바꿔서 생각한다면 충간 소음 문제도 어느 정도는 해결이 가능할 것으로 본다.

나아가 상대를 이해하기 위해서는 지금 눈앞에 벌어진 상황의 단면만을 보고 속단할 것이 아니라 전체적인 상황과 맥락을 파악하도록 해야 한다. '군맹무상(群盲撫象)'의 비유가 그것을 잘 깨우쳐준다.

군맹무상이란 '여러 시각장애인들의 코끼리 만지기'라는 뜻이다. 시각장애인들이 코끼리를 구경하기 위해 코끼리 주인의 안내를 받아 코끼리를 만지게 된다. 어떤 사람은 코끼리 다리를 만지고서 코끼리가 기둥 같다고 하고, 어떤 사람은 코끼리의 귀를 만지고서 코끼리가 방석 같다고 말한다. 꼬리를 만진 사람과 등을 만진 사람들의 이야기도 제각각 다르다. 하지만 그 사람들의 주장이 부분적으로는 다 맞을지라도, 코끼리 전체의 모습을 드러내지는 못한다.

불교 경전에 나오는 이 군맹무상의 비유는 사람들이 자기가 경험한 진리의 편린들만을 이야기하지 온전한 진리, 전체적인 진리를 깨닫지는 못하고 있음을 꼬집고 있다.

우리는 세상을 살아가면서 수많은 상황과 마주치게 된다. 상황 전체의 모습을 보지 못하고 단편적인 상황에 매몰된다면 큰 어려움을 겪게 될 것이다. 상황을 전체적으로 파악하고 종합적으로 판단하도록 힘써야 한다.

4) 공업설의 관점

공동체의 이론적 근거로서 우리는 불교의 공업(共業)사상에 주목할
필요가 있다.

불교의 업설은 개개인의 운명과 세계 변화의 제일 원인을 중생의
업(karma, deed)으로 본다. 업설은 사람들 개개인의 다양하고 상이한
행위(업)가 각각의 운명을 결정한다는 이른바 인과응보의 가르침이
다. 하지만 '선인선과 악인악과'의 인과응보 법칙은 종종 현실과 어
긋나는 것처럼 보일 때가 있다. 착하게 열심히 노력하는 사람은 어
렵게 사는 반면, 게으르고 나쁜 짓만 하는 사람은 잘 사는 경우가
있기 때문이다. 이러한 모순을 해결해 주는 가르침이 이른바 과거
세와 현재세와 미래세에 걸쳐 윤회한다는 삼세(三世)윤회설이다. 즉
착하게 사는 사람이 못사는 것은 과거생의 악업 때문이거나 혹은
미래생에 좋은 과보를 받을 것이기 때문이요, 나쁜 짓을 하는 사람
이 잘 사는 것은 과거생의 선업 때문이거나 혹은 미래생에서 나쁜
과보를 받을 것이기 때문이라는 주장이다.

그러나 과연 도덕적 인과법칙인 삼세윤회설로써 개인적인 운명
을 비롯한 이 세상의 모든 현상을 설명할 수 있는 것일까. 모든 현
상이 과연 개인적인 선악의 행동과 필연적인 관련이 있는 것일까.
이러한 문제점을 해소하기 위해 나타난 개념이 바로 공업(共業)이라
는 개념이다. 한 불교 문헌에서는 불공업(不共業)이란 중생 개개인의
업이 쌓여 이루어진 업이고, 공업이란 '일체중생의 업이 쌓여 이루

박경준

어진 업'이라고 공업을 정의하고 있다.

한마디로 공업은 공동의 업이요 집단적인 업이라는 의미다. 공업에 상대되는 개념은 물론 '별업(別業)' 또는 '불공업(不共業)'이다. 별업은 개별적인 업, 불공업은 공통되지 않는 업이라는 의미이다. 불교 문헌에서는 일반적으로 불공업은 각각의 중생(중생세간)을 규정하고 공업은 자연환경 또는 세계(기세간)를 규정한다고 설한다. 이와 관련하여 대승 『열반경』에는 매우 흥미로운 가르침이 설해져 있다.

> "일체중생이 현재에 사대(四大: 땅, 물, 불, 바람)와 시절과 토지와 인민들로 인하여 고통과 안락을 받는다. 이런 이유로 나는 일체중생이 모두 과거의 근본업만을 인하여 고통과 안락을 받는 것이 아니라고 설하느니라."

이 내용 속에는 업설에 대한 발상의 일대 전환이 나타나 있다. 사람들이 괴롭거나 안락한 것은 자신들이 과거에 지은 근본적인 업(本業) 때문만이 아니라, 사대, 시절, 토지, 인민의 원인들 때문이기도 하다는 것이다. 이 네 가지 원인은 모두 공업의 규정을 받는 기세간의 범주에 포함시킬 수 있다. 즉 사대와 토지는 자연환경에, 시절과 인민은 사회(역사)환경에 포함시킬 수 있는 것이다. 이 『열반경』의 가르침은 개인의 안락과 행복은 개인적인 업만으로는 성취할 수 없으며, 공동의 업과 노력이 보완되어야 한다는 메시지를 전하고 있다. 이 공업의 진리는 결국 우리의 운명은 우리의 개별적인 노력뿐만 아니라 이상적인 공동체의 완성을 통해 향상될 수 있다는 것을 역설하고 있다. 이기적 욕망과 그로 인한 분열과 갈등으로 공동체가 와해된 상황에서는 개개인의 행복은 불가능하다. 여기에 바로 공동체의 구현이 요청되는 까닭이 있는 것이다.

이러한 공업사상을 바탕으로 불교에서는 공동체 구현을 위한 구체적인 여섯 가지 실천 덕목을 제시한다. 이른바 육화경(六和敬)이다. 육화경이란 서로 화합하고 공경하는 여섯 가지 덕목이다. 그 여섯 가지는 몸과 말과 뜻에 있어서의 화경, 그리고 견해와 계율과 분배에 있어서의 화경 등 여섯이다.

본래 육화경은 출가수행자들이 같은 수행 공간에 머물면서 함께 행하는 실천덕목이지만 여러 공동체의 구성원들이 깊이 생각해 볼 필요가 있는 행동지침이라 할 수 있다. 또한 불교에서는 여러 사람들의 의견을 수렴하는 과정과 절차를 매우 중시한다. 불교적 대중공사의 전통은 만장일치 방식을 원칙으로 하지만 다수결의 원칙도 수용할 수 있다고 본다. 이 원칙에 비추어 본다면 국가적인 정책을 결정함에 있어서도 밀실행정이 아니라 공개적인 대화와 토론을 통한 사회적 합의를 이끌어내도록 해야 할 것이다. 요컨대 결론과 결과도 중요하지만 그에 못지않게 과정과 절차도 중요하다는 점을 공동체의 구성원들은 기억해야 한다.

박경준

5) 욕망의 절제와 감사

공동체 사회를 이루어 나가기 위해서는 합리적인 사회 구조와 시스템이 마련되어야 하지만, 구성원 개개인의 이기적 욕망도 적절히 통제되지 않으면 안 된다. 공동체의 갈등과 균열은 대체적으로 사람들의 욕망과 욕망이 충돌하는 데서 일어나기 때문이다. 그렇다면 불교에서는 이 욕망을 어떤 관점에서 바라보고 어떻게 인식하고 있는 것일까?

불교경전에서는 욕망을 매우 부정적인 것으로 바라보며, 경계하고 회피해야 할 대상으로 인식한다. 예컨대 한 경전에서는 욕망을 일곱 가지 사물에 비유한다. 즉, 욕망은 먹을 수 없는 뼈다귀, 싸움의 원인이 되는 고깃덩어리, 마른 풀로 만든 횃불, 뜨거운 불구덩이, 부질없는 꿈, 되돌려주어야 할 빌린 물건, 사람을 해치는 나무 위의 열매와 같다고 설명한다. 욕망은 모두 부질없고 위험하며 사람들에게 결국 피해를 가져다준다는 것이다. 성립이 가장 오래된 경전 중의 하나인 『숫따니빠따』에서도 올바른 생각으로 피안에 도달하려는 사람은, 뱀의 머리를 밟지 않으려고 조심하듯 혹은 배에 스며든 물을 퍼내듯 욕망을 극복해야 한다고 설한다.

다음으로, 붓다는 여러 경전을 통해 욕망을 끝이 없는 것이라고 강조한다. "히말라야 산만큼이나 거대한 순금덩어리를 어떤 사람이 가지고 쓴다 해도 오히려 만족을 느끼지 못하리라."는 가르침은 『잡아함경』에 나오는 내용이고, "소나기처럼 쏟아지는 많은 금에 의해서도 욕망은 충족되지 않는다. 욕망의 즐거움은 적고 욕망은 고통을 낳는다는 것을 아는 사람은 현명하다."는 가르침은 『법구경』의 말씀이다. 요컨대 인간의 욕망은 바다가 계속해서 강물을 삼키는 것처럼 끝이 없고, 바닷물을 마시면 마실수록 갈증이 심해지는 것처럼 점점 더 커진다는 것이다.

이처럼 인간의 욕망은 그 끝이 없어서 욕망의 충족이 원래 불가능한 것이라면, 욕망을 좇기보다 차라리 욕망을 줄이고 현재의 상태에 만족하는 것이 더 지혜로울 수도 있다. 경전에 자주 등장하는 '욕심을 적게 하고 만족함을 안다'는 의미의 소욕지족(少欲知足)이라는 말은 이러한 맥락에서 이해하면 좋을 것이다. 그러나 욕망은 무한정한 본성을 가지고 있음을 생각한다면 욕망을 줄이는 것만으로는 아직 부족하다 할 것이다. 그리하여 붓다는 "나무를 아무리 잘라 내어도 뿌리가 견고하면 그 나무는 다시 자라나는 것처럼, 욕망의 뿌리를 잘라내지 않으면 괴로움은 자꾸자꾸 생기게 된다."라고 설하는 것이다.

욕망이 모든 고통과 끝없는 생사윤회의 근본원인이기 때문에 욕망을 다스리고 극복해야 한다는 가르침은 여러 경전 속에서 발견된다. 그리고 욕망에 대한 이러한 일반적 입장은 단순한 교훈의 차원을 넘어 불교 교리를 구성하고 있다. 그것은 무엇보다도 불교의 근본교리인 사성제(四聖諦)의 내용을 통해 잘 알 수 있다.

아무튼 소욕지족은 욕망에 대한 불교의 일관된 입장이라고 할 수 있다. 소욕지족은 무엇보다도 모든 것에 감사할 줄 아는 데서부

박경준

터 시작된다. 다시 말해서 모든 것에 감사한 마음을 갖게 되면 우리는 욕심을 줄이고 만족할 줄도 알게 된다.

우리는 평상시에 태양과 땅과 물과 공기에 대해 감사함을 모르고 살고 있다. 너무나 당연한 것이라고 생각하기 때문이다. 하지만 태양이 없다면 우리는 존재할 수 있을까. 땅과 물과 공기가 없다면 우리는 과연 살아갈 수 있는 것일까. 그것들이 없다면 우리의 삶은 곧 정지되고 말 것이다. 그러므로 우리는 언제 어디서나 그것들에 대해 감사한 마음을 가져야 한다.

그뿐만이 아니다. 우리가 입는 옷과 먹는 음식에 대해 생각해 보자. 우리는 손수 옷감을 생산하고 교복을 만들어 입을 수는 없다. 우리들은 직접 농사를 짓고 밥과 반찬을 만들어 먹으면서 살아갈 수도 없다. 수많은 사람들의 노력과 도움이 있기에 비로소 우리는 옷을 입을 수 있고 음식을 먹을 수 있는 것이다. 집 한 채를 짓는 데도 많은 사람들의 도움이 필요하다. 목재상, 목수, 미장이, 유리 가게, 석공, 전기공, 배관공, 도배공 등등 직간접적으로 수많은 사람들과 기술자들의 협력이 없으면 집은 지어질 수가 없다.

이렇게 가만히 생각해 보면 우리들 하루하루의 삶은 한없는 자연의 은혜와 수많은 사람들의 도움 속에서 유지되고 있음을 알 수 있다. 이러한 은혜와 도움에 대한 감사의 마음을 잊지 않는다면 우리는 만족을 알게 되고 지나친 욕심의 유혹도 이겨낼 수 있을 것이다.

5. 나오면서

오랜 역사를 통해 우리 인류는 자유와 평등의 이상을 실현하기 위해 끊임없이 노력해 왔다. 하지만 아직도 가야 할 길은 멀다. 사람과 사람들 사이의 갈등은 말 그대로 칡덩굴과 등나무 덩굴처럼 얽히고설켜 풀기가 쉽지 않다. 나아가 단체와 단체, 국가와 국가 사이의 첨예한 대립과 긴장도 그치지 않고 있다.

이러한 갈등과 대립을 극복하기 위해 우리는 더욱 합리적이고 공정한 국가적. 국제적 시스템을 만들어 가지 않으면 안 된다. 뿐만 아니라 세계시민 개개인은 사람과 생명에 대한 깊은 존중과 사랑을 바탕으로 서로 이해하고 협력하고 용서해 가야 한다. 아무리 힘든 일이라 하더라도 '한 사람의 열 걸음보다 열 사람의 한 걸음'의 자세로 함께 나아간다면 정의와 평화의 세상은 마침내 열릴 것이다.

불교는 연기의 진리를 바탕으로 모든 중생이 물과 우유처럼 서로 화합하고 협력할 것을 가르친다. 강가의 모래들은 뿔뿔이 흩어져 있지만 시멘트로 뭉치면 건물도 짓고 도로도 만들 수가 있다. 인류는 희망의 공동체를 이루어 가기 위해 함께 손잡고 나아가야 한다. 이웃에 대한 따뜻한 사랑과 자비는 이웃과 세상을 이롭게 할 뿐만 아니라 결국에는 스스로에게도 큰 보람과 이로움을 가져다줄 것이다.

박경준

08

—

정의로운 사회란
무엇인가?

성창원

(고려대학교 철학과 교수)

성창원 成暢原

현 고려대학교 철학과 교수.
고려대학교 철학과 졸업.
미국 하버드대학교 대학원 철학과 박사.

1. 들어가면서

우리 사회에서 정의에 관해 많이 얘기를 하곤 한다. 또한 공정이라
는 말도 많이 사용되고 있다. 아마도 정의, 공정, 공평 등 비슷하면
서도 다른 말들이 마치 같은 것을 의미하는 것처럼 사용되는 것 같
기도 하다. 하지만 이런 개념들은 철학적인 관점에서 더 면밀하게 이
해되고 사용될 필요가 있다. 이 글의 목적은 철학자들이 사용하는
정의 개념과 그 주변부의 다른 개념들의 관계를 이해하기 쉽게 설명
해 보려는 것이다. 그래서 독자들이 그런 개념을 더 정확히 사용하
게 되고 나중에 다른 사람들과 사회 문제에 대해 토론할 때에도 유
용하게 이용하기를 기대해 본다. 또한 철학자들이 실질적으로 정의
와 공정 개념에 대해 어떤 얘기를 하고 있는지도 살펴볼 예정이다.

　"정의"라는 단어는 보통 사회나 제도의 도덕적 성격을 드러내기
위해 사용된다. 예를 들어 우리는 "정의로운 국가", "정의로운 사회"
라는 표현을 흔히 사용한다. 그런데 "그른 국가"나 "그른 사회"라는
말은 어색하게 들린다. 보통 철학에서 "옳음"과 "그름"은 행위의 도
덕적 성격을 드러낼 때 사용한다. 예를 들어, "그른 행위" 또는 "옳
은 행위"라고 말하고는 한다.

　다음으로 생각해 볼 것은 정의가 도덕과 어떻게 관련되느냐이다.
우선 정의라는 구체적인 가치는 도덕이라는 넓은 가치의 한 부분이
라고 해도 무방하다. 정의로운 제도나 정의로운 사회라면 "도덕적인"
의미에서 정당화가 가능한 제도나 국가라고 할 수 있다. 다시 말해,

정의로운 제도라면 최소한 도덕적 의미에서 볼 때 절대로 문제가 있어서는 안 되는 그런 제도여야 한다는 것이다. 여기서도 볼 수 있듯이 정의라는 개념은 다소간 주의 깊게 사용될 필요가 있겠다.

이미 앞에서 강조한 바 있지만, 우리가 정의에 관련된 물음들을 던질 때 우리의 관심은 개인들에게서 사회로 옮겨간다고 할 수 있다. 다시 말해 우리는 특정한 개인들의 행위가 도덕적으로 어떠한 지를 물어보는 것이 아니라 어떤 제도나 사회의 도덕성에 대해 물어보는 것이고 바로 이것이 정의에 관한 물음이 되는 것이다. 철학에서는 보통 개인적 행위의 도덕성에 관한 탐구는 윤리학(ethics)의 영역으로, 그리고 제도의 도덕성에 대한 탐구는 정치철학(political philosophy)의 영역으로 본다. 윤리학과 정치철학은 철학의 한 분과이며, 철학에는 인식론(epistemology)과 형이상학(metaphysics) 등 보다 이론적인 물음을 탐구하는 분과도 있다.

그런데 이 지점에서 한 가지 궁금한 것이 생길 수 있다. "만약 한 사회에 속한 많은 개인들이 도덕적으로 옳게 행동한다면 그 사회도 정의롭게 되는 것 아닌가?" 아니면 그 반대의 질문도 가능하다. "만약 한 사회가 정의롭다면, 그곳에 속한 개인들은 그대로 도덕적으로 옳은 방식으로 행위하고 있다고 할 수 있는가?" 하지만 이 두 물음에 대한 답은 모두 "아니오"라고 할 수 있겠다. 한 사회에 속한 개인들이 정의에 관심이 없음에도 불구하고, 그들이 속한 사회 자체는 정의롭게 작동할 수 있는 가능성이 충분히 있기 때문이다. 예를 들어, 정의로운 제도가 부여하는 여러 요구 조건을 따르면서도

성창원

마음속으로는 마지못해서 그렇게 하는 사람이 충분히 가능하기 때문이다. 결국 사회정의는 제도의 문제이고, 제도는 법과 규칙의 체계이기 때문에 그런 가능성이 충분히 생기게 되는 것이다.

이제 조금 더 어려운 문제를 다루어보도록 하자. 철학자들이 어떤 제도가 어떻게 정의로울 수 있는가라는 문제를 다룰 때 그들은 특정한 원칙, 이른바 '정의의 원칙(principles of justice)'을 제공하거나 정당화하기를 원한다. 만약 주어진 제도가 그 원칙을 잘 따르게 되면 그 제도는 정의롭다고 말할 수 있다는 것이다. 독자들도 익히 들어서 알고 있는 철학자 롤즈(John Rawls)의 예를 들어보자. 롤즈는 그의 유명한 저서 『정의론(A Theory of Justice)』에서 정의에 관한 두 가지 원칙을 제시한다. 그 두 원칙은 '평등한 자유의 원칙'과 '공정한 기회균등의 원칙'이다. 그리고 어떤 제도이든 간에 이런 롤즈적 정의 원칙을 준수하고 있는 제도라면 그것은 바로 정의로운 제도가 된다. 여기서 말한 내용은 사실 그렇게 복잡한 것은 아니다. 예를 들어, 우리는 어떤 행위가 왜 옳은지를 알고 싶어 할 때 이를 보통 옳고 그름에 대한 도덕 원칙의 문제로 소급한다. 즉 주어진 행위가 어떤 도덕 원칙과 부합한다면 그것은 옳은 행위가 되는 것이다. 예를 들어, 최대 다수의 최대행복이라는 공리주의의 기본 원칙에 부합하는 행위는 도덕적인 의미에서 옳은 행위가 된다. 결국 행위의 도덕성이든 제도의 정의이든 모두 해당 원칙을 어떻게 정당화하느냐가 가장 중요한 문제가 되는 것이다.

2. 정의와 평등의 관계

지금까지 정의라는 개념이 어떻게 사용되는지 주로 설명했다. 이제 과연 정의가 무엇인지 살펴보자. 이는 단지 정의라는 단어의 사전적 정의에 관한 것이 아니다. 우리가 알고 싶은 것은 정의라는 가치의 본질에 대한 철학적 설명이다.

우리가 어떤 제도가 정의롭다고 말할 때 그 제도는 보통 어떤 특징을 가지고 있을까? 아마 정의로운 제도 내에서는 평등이라는 가치가 잘 실현되고 있을 것이다. 복잡하게 생각할 것 없이, 평등하지 못한 제도가 정의로운 제도일 수 있을까? 만약 아니라면 분명 정의와 평등은 밀접하게 관련되는 것이라 하겠다. 그래서 평등은 정의로운 사회나 제도라면 반드시 관심을 두고 실현해야 할 이상이라고 말해도 큰 무리는 없다.

하지만 여전히 다른 물음이 남아 있다. 그럼 도대체 평등은 무엇인가? 이 물음에 대해 철학자들은 몇 가지 답을 제시한다. 먼저 우리는 이른바 '도덕적 평등'에 대해 말할 수 있다. 도덕적 평등은 어려운 개념이 아니다. 인간이면 누구나 다 평등하다고 할 때의 평등이 바로 도덕적 평등을 의미한다. 즉 이성적 능력을 지닌 존재라면 모두 다 동등하게 중요한 가치를 가진다는 것이 바로 도덕적 평등의 의미이다. 물론 어떤 철학자들은 동물과 같은 비이성적인 존재도 인간과 동등한 가치를 가진다고 주장한다. 이런 주장에 일리가 있지만, 이 글에서 다루는 주제와 어긋나는 것이므로 더 자세히 언급하지는 않겠다.

성창원

다음으로 넘어가서 '경제적 평등'에 대해 생각해 보자. 아마도 이런 의미에서의 평등이 '평등'이라는 말이 사용될 때 대부분의 사람들이 암묵적으로 의미하는 것이라 하겠다. 사람들은 보통 '경제적'이라는 수식을 붙이지 않으면서도 '평등'이라는 말을 경제적 평등을 의미하는 것으로 사용한다. 경제적 평등은 어떤 사회에 속한 다양한 개인들의 부가 평등하게 분배될 때 실현된다. 물론 평등한 분배에 대해서도 여러 얘기가 가능하겠지만, 일반적인 의미에서 볼 때 경제적 평등이라는 말은 그렇게 복잡하게 이해될 필요는 없다.

그런데 경제적 평등의 실현이 사회정의의 가장 중요한 부분이라고 생각하는 사람들도 있다. 즉 한 사회가 정의로운 것이 되기 위해서는 그 안에 반드시 경제적 평등이 실현되어야 한다는 것이다. 이런 사람들은 경제적 평등을 이렇게 사회정의의 필요조건으로 여긴다고 할 수 있다.

이제 평등의 세 번째 경우로 넘어가서, 이른바 '사회적 평등'에 관해 살펴보자. 사회적 평등은 도덕적 평등에서 파생된 것으로 단순히 이성적 존재자 일반을 지칭하는 것이 아니라 한 사회나 제도에 속한 시민들에 적용되는 개념이다. 즉 이 평등 개념은 자연적 존재로서의 인간이 아니라 제도에 속한 인위적 존재로서의 인간에게 적용된다고 하겠다. 사회적 평등 개념에 따르면 한 사회에 속한 모든 시민들은 동등한 존재로 간주되어야 하며 어떤 한 사람도 다른 사람보다 우월하거나 열등한 존재로 간주되어서는 안 된다. 다시 말해, 사회적 평등은 지위(status)에서의 평등을 실현하여 상대적 우월감과 열등감을 제거하는 것에 큰 관심을 둔다.

예를 들어 설명해 보자. 미국에는 인종차별이 여전한 것으로 알려져 있다. 물론 법적, 제도적 측면에서 흑인에 대한 차별은 없어졌다. 하지만 여전히 흑인 집단에 대한 선입견이 존재한다. 예를 들어 흑인은 자기계발에 대한 의지가 빈약하다던가 아니면 다른 의미에서 백인보다 열등하다는 인식 말이다. 이런 인식은 사실 아무런 근거가 없는 잘못된 것이다. 이런 상대적 열등감과 우월감이 한 사회에 팽배하게 되면 이는 사회적 의미에서의 평등과 배치되는 결과를 가져온다. 아까 말한 것처럼 한 사회에 속한 모든 시민들이 동등하게 간주될 때 사회적 평등이 실현되기 때문이다. 그렇다면 사회적 평등의 실현은 단순히 제도개혁의 문제로만 소급될 수는 없고, 시민들의 의식개혁과도 밀접히 관련된다고 하겠다.

이제 사회적 평등과 경제적 평등의 관계에 대해 살펴보자. 이 두 평등 개념은 보통 같이 가는 경우가 많다. 경제적 평등이 실현되면 사회적 평등도 잘 실현될 가능성이 높다는 것이다. 예를 들어 다양한 개인들이 비슷한 수준의 부를 누리고 있을 때에는 굉장히 부자인 사람이 가난한 사람을 함부로 대하거나 무시하는 일은 일어나기 어려울 것이다. 하지만 꼭 그렇지만은 않다. 경제적 평등이 잘 실현되어 있더라도 특정 집단에 속한 사람은 여전히 차별을 받을 수 있기 때문이다. 인종차별이 좋은 예가 된다. 특정 인종에 속하는 사람이 경제적인 부를 잘 누리고 있더라도 여전히 그 인종에 속한다는 이유로 열등하게 낙인찍힐 수 있는 가능성이 있기 때문이다.

성창원

그럼에도 불구하고 경제적 불평등이 있을 경우 사회적 불평등은 심화될 가능성이 높다. 부의 극대화는 한 사회에서 거의 대부분의 사람들이 엄청난 중요성을 부여하는 가치라고 할 수 있다. 경제적인 풍요에 대한 열망은 비난받을 만한 일이 전혀 아니며 사람이면 누구나 추구하고자 하는 것이다. 그런데 한 사회에서 부자들이 '고급스러운 삶'을 영위하면서 이러한 삶의 형태를 그 사회의 지배적인 규범으로 설정할 수 있는 가능성이 있다. 이렇게 되면 그러한 삶의 형태를 누리지 못하는 사람들이 '낙오자'로 인식될 가능성이 생긴다. 즉 그런 삶을 누리지 못하는 집단을 열등하게 여기게 되는 ^(또는 스스로 자신을 열등하게 여기게 되는) 사회적 해악이 일어나는 것이다. 결국 이는 사회적인 낙인효과를 유발하고 앞에서 말한 지위에서의 평등을 심각하게 훼손하게 된다.

지금까지 살펴본 것처럼 사회적 불평등이 야기하는 해악은 바로 상대적인 열등감과 우월감으로 인한 사회적 연대(solidarity)의 손상이라고 할 수 있다. 그렇다면 우리는 어떤 방식으로 사회적 평등을 실현할 수 있을까? 먼저 한 사회에서 좋은 삶이나 성공의 지배적인 척도로 간주되는 가치를 다변화하는 것을 생각해 볼 수 있다. 예를 들어 돈을 많이 벌거나 좋은 대학에 가는 것 말고 다른 종류의 가치를 실현하는 것도 개인적 성취의 중요한 지표로 간주될 수 있도록 사회의 분위기를 바꾸는 것이다. 이를테면, 공동체에 헌신하고 시민적 덕과 봉사정신을 발휘하는 것도 인생의 중요한 목표가 될 수 있다. 비록 돈을 많이 버는 인생은 아니더라도 도덕적으로 훌륭한 사람으로 인정받음으로써 불필요한 사회적 낙인효과를 방지할 수 있다.

　하지만 문제는 도덕적 훌륭함을 이루는 것이 사람들이 추구하는 '지배적' 가치(부의 극대화와 같은 가치)가 될 수 있는가이다. 예를 들어, 누군가가 "당신은 부자가 되고 싶습니까, 아니면 가난하더라도 훌륭한 시민이 되고 싶습니까?"라고 물어온다면, 많은 사람들은 쉽게 대답하기를 주저할 것이다. 도덕적으로 훌륭한 것도 좋지만 경제적인 부분에서 어려움을 겪게 되는 것도 사람들이 원하는 것은 아니기 때문이다. 결국 기존의 지배적 가치에 필적하는 새로운 대안적 가치를 설정하는 것은 실질적으로는 어려운 일이 된다.

　어떤 이들은 이를 해결하기 위해 국가가 간섭하여 시민들의 가치관을 바꾸도록 노력해야 한다고 주장할지도 모른다. 하지만 이런 전략 또한 큰 문제에 직면한다. 최소한 우리가 살아가고 있는 자유주의 사회의 기본 전제는 개인의 사생활, 또는 사적 부분에서 개인이 어떤 것을 추구하는지에 대해서는 국가나 제도가 간섭해서는 안 된다는 점에 있다. 시민으로서의 책임과 의무를 잘 수행하기만 하면 한 개인이 사적인 영역에서 무엇을 추구하는지에 관해서는 국가가 함부로 개입해서는 안 된다는 것이다. 하지만 위에서 말한 가치의 다변화 전략이 제도적 개입을 통해 이루어진다면 이는 이런 자유주의의 핵심 요소를 위반하는 결과를 가져올 가능성이 있다. 결국 사회적 평등을 실현하는 것이 상당히 어려운 문제임을 다시 한번 알 수 있다.

　　　　　　　　　　　　　　　　　　　　　　성창원

이번 장에서 살펴본 것처럼 우리는 평등에 대해서 다양한 측면에서 접근할 수 있다. 도덕적, 경제적, 사회적 평등의 의미와 그 관계에 대해 독자들이 잘 이해하게 된다면, 그런 평등 개념 위에서 작동하는 정의에 대해서도 여러분이 더 풍부한 얘기를 할 수 있게 될 것이다.

3. 경제적 평등에 관한 다양한 입장들

철학자들은 경제적 평등에 대해서도 많은 얘기를 한 바 있다. 이 장에서는 그것에 대해 간략히 살펴보도록 한다.

1. 롤즈의 우선주의

널리 알려진 롤즈의 정의론은 한 사회의 분배 정의가 최소수혜자 (the least advantaged)의 몫을 가장 최대화할 수 있을 때, 다시 말해 최소수혜자를 우선적으로 대우할 때 달성된다고 주장한다. 롤즈적 의미에서의 최소수혜자는 경제적 자원은 물론 정치적 자유와 권리까지 포함하는 개념이기에 경제적인 측면에만 국한된 것은 아니다. 그럼에도 불구하고 편의상 최소수혜자를 경제적으로 가장 취약한 계층으로 이해하겠다. 한 사회의 최소수혜자의 기대치를 가장 높일 수 있기 위해서 롤즈적 사회 체계 내에서는 생산력이 높은 계층의 역할이 매우 중요하다. 왜냐하면 이 계층이 더 많은 것을 만들어낼 때 그 남은 몫이 최소수혜자에게 돌아갈 수 있기 때문이다. 바로 이러한 방식으로 최소수혜자의 기대치가 향상되는 것이다. 하지만 생산성이 높은 계층은 적절한 보상이 없으면 열심히 일을 하지 않을 것이기에, 롤즈는 기본적으로 사유재산권 및 노력에 대한 보상에 대해 상당히 호의적인 입장을 취한다고 하겠다.

하지만 이러한 롤즈의 입장에 대해 여러 철학자들이 반론을 제기한 바 있다. 롤즈의 이론은 정의로운 사회를 지향하는데, 정작 그 안에서 살아가는 사람들은 정의의 문제에 관심이 없는 존재로 가정된다는 것이다. 즉 그들은, 코언(G. A. Cohen)이 말한 바, '평등주의적 에토스(the egalitarian ethos)'를 결여하고 있다는 것이다. 정의에 관심을 둔 사람이라면 적절한 보상이 없더라도 최소수혜자의 처지를 향상시키기 위해 노력해야 하는 것 아닌가라는 생각이다. 롤즈적 체계에서는 비록 제도적으로는 분배 정의가 실현될 수 있겠지만, 이는 개인들 간의 지나친 경쟁에 대한 욕구를 허용함으로써 결국 사회적인 의미에서의 평등을 구현하지 못한 체계가 아닌가라는 물음도 가능하다.

이러한 반론은 상당 부분 그럴듯하지만, 응수가 불가능한 것은 아니다. 우선 최소수혜자의 처지와 운명에 대한 관심을 요구하는 것은 적절한 제한 없이는 지나친 도덕주의적 주장이 될 수 있다.

성창원

'가난한' 사람에 대한 관심을 상대방에게 강요할 수 있을까? 사실 이는 이른바 호혜의 의무(the duty of beneficence)의 정당화에 관련된 복잡한 이슈를 가져다준다. 어려운 처지에 놓인 사람을 돕는 것은 의무인가, 아니면 개인의 선택사항인가?

사실 중요한 문제는 결국 그들의 처지를 향상시키는 것이라고 말할 수도 있다. 왜 여기에 평등주의적 에토스 같은 '훌륭한' 도덕적 동기가 꼭 필요한가라는 의문을 표할 수 있다는 것이다. 최소수혜자의 처지에 대한 동조나 적극적인 관심 없이도 우리가 일종의 제도적 강제를 통해 그들을 온전한 시민으로 만드는 데 기여할 수 있다면 이는 가장 나쁜 선택지는 아니라고 할 수 있다. 여기서는 롤즈적 경제적 평등과 사회적 평등 간에 모종의 긴장관계가 있을 수 있음을 이해하는 것만으로도 충분하다.

2. 단순평등

경제적 평등에 대한 가장 직관적인 관점은 바로 단순 평등이라고 할 수 있다. 한 사회의 모든 구성원들이 동일한 몫을 갖도록 분배구조를 재편하는 것이 단순평등의 목적이다. 이 관점은 경제적 평등 자체에 본질적인 가치가 있다고 주장한다. 만약 두 분배구조 중에서 하나는 경제적 평등을 실현하고 다른 하나는 그렇게 하지 못할 경우, 우리는 '무조건' 전자를 선택해야 한다는 것이다. 그래서 이러한 체계에서는 부자와 빈자의 간극을 최소화하는 것이 가장 중요한 과제로 부상한다. 하지만 이런 분배 체계는 이른바 '하향평준화반론(the levelling down objection)'에 취약한 것으로 알려져 있다. 예를 들어, 분배구조(가)와 분배구조(나)를 고려해 보자. (가)에서는 모든 사람이 거의 비슷한 몫을 가지고 있는데 각자의 양이 매우 적다. 반면 (나)에서는 사람들의 분배 몫에 다소간 차이가 있으나, 각자의 몫이 (가)에 비해 훨씬 크다. 단순평등을 주장하는 사람들은 (나) 대신 (가)를 선택해야 한다고 주장하겠지만, (나)가 (가)보다 특별히 더 나쁜 분배구조인지는 논쟁의 여지가 있다. 약간의 불평등이 있지만 각자의 몫에 대한 기대치가 훨씬 높은 분배구조를 선택하는 것이 그렇게 잘못된 것일까?

3. 충분주의

충분주의는 경제적 평등의 문제를 단순히 상대적이고 비교적인 개념으로 보지 않는다는 점에서 위의 두 입장과는 구별된다. 즉 경제적 평등은 최소수혜자의 우선성에 대한 관심도 그리고 단순한 분배 구조(즉 상대방에 대해 내가 얼마나 갖고 있는가에 주목하는 구조)에 대한 관심도 아니라는 것이다. 오히려 경제적 평등의 문제는 사람들이 성공적이고 의미 있는 삶을 영위하는 데 필요한 충분한 몫을 갖도록 해주는 데 있다는 것이다. 물론 충분주의적 체계 아래에서도 사람들은 동

성창원

일한 양의 몫을 가질 수 있다. 하지만 이는 우연에 불과할 뿐, 중요한 것은 그 동일한 양의 몫이 각자의 의미 있는 삶의 실현에 충분하냐는 것이다.

충분주의에 크게 두 가지 비판이 가능하다. 첫 번째 비판은 충분성의 수준을 어떻게 결정할 것인가이다. 서로 다른 사람들은 각기 다른 취향, 능력 등을 가지고 있는데, 이 모두에 적용 가능한 충분성의 수준이 있는가라는 물음이다. 만약 그런 것이 없다면, 충분주의는 실제로는 광범위한 불평등과 양립 가능할 수도 있다. 왜냐하면 적은 몫을 가지고도 의미 있는 삶을 누릴 수 있는 사람이 가능하기 때문이다. 두 번째 비판은 의미 있는 삶의 내용과 관련된다. 의미 있는 삶이란 무엇일까? 이는 주관적 판단과 조건의 문제는 아닌가? 그렇다면 여전히 충분주의는 경제적 불평등을 용인하는 것이 아닐까?

이러한 문제점에도 불구하고 충분주의의 지향점은 위에서 살펴본 다른 두 입장보다 사회적 평등의 이상에 더 가깝다고 하겠다. 왜냐하면 충분주의는 사회적 평등의 기본 입장과 마찬가지로 분배에만 집중하지 않기 때문이다. 그렇지만 사회적 평등의 포인트는 도덕적으로 동등한 존재로 인정받는 것에 있지 의미 있는 삶의 영위에는 있지 않기 때문에, 충분주의도 사회적 평등의 실현을 위한 최선의 대안이라고는 할 수 없다.

4. 경제적 평등과 개인의 책임 문제

경제적 평등과 분배의 문제에 있어 다음으로 생각해 봐야 하는 것은 개인적 책임의 문제이다. 경제적 불평등의 문제는 사람들이 지니고 있는 부의 수준에 큰 차이가 있는 것과 다름이 없다. 그런데 왜 이런 차이가 생기게 되었는지를 살펴보는 것이 중요하다. 예를 들어 보자. 갑돌이는 열심히 저축하고 투자를 하여 큰 부를 이룬 반면, 갑순이는 저축은커녕 도박을 하여 가지고 있던 재산을 탕진하고 만다. 이 경우에 갑순이가 자신의 처지가 좋지 않다는 이유로 국가에 경제적 도움을 요청할 수 있을까? 즉 갑순이의 처지를 좋게 만들어 주는 것이 경제적 정의를 실현함에 있어 매우 시급한 문제가 될 수 있을까?

아마도 대부분의 사람들은 그렇지 않다고 대답할 것이다. 왜 그럴까? 우리는 스스로의 실수와 방종으로 인해 안 좋은 상황에 놓이게 된 사람을 굳이 도와줄 필요가 없다고 생각하기 때문이다. 아마도 이런 생각은 우리의 직관에 상당히 부합하는 것 같다. 여하튼 만약 독자들이 이런 입장에 동의한다면, 여러분은 경제적 평등의 실현에서 개인적 책임이 매우 중요한 전제조건으로 작동하고 있음을 믿는 것이다. 이를 달리 설명해 보면, 결국 사람들이 어떤 상황에서 자유로운 선택을 할 수 있었냐가 중요하고, 이런 자유로운 선택에 의한 결과에 대해서는 오직 스스로 책임을 진다는 것으로 요약될 수 있겠다. 자유로운 선택과 개인적 책임을 중심으로 하는 분배정의론은 보통 '운평등주의(luck egalitarianism)'로 알려져 있다.

성창원

이런 입장을 왜 운평등주의라고 하는가? 이를 설명하기 위해 먼저 자유로운 선택과 그렇지 않은 선택이 어떻게 다른지 생각해 보자. 우리는 태어나면서 어떤 조건을 가지게 된다. 예를 들어 성별, 피부 색깔, 가정의 경제 환경 등이 그러하다. 그런데 이런 조건들은 우리가 선택할 수 있는 대상이 아니다. 어느 누구도 자신의 성별을 '선택'할 수 없다. 그래서 이런 경우에는 자유로운 선택이라는 개념이 들어올 수 없다. 다시 말해 우리가 어떤 성별을 가지게 되는가는 순전히 운(혹은 '우연')의 문제라는 것이다.

하지만 여러분이 어떤 대학을 갈 것인지, 어떤 배우자를 만날 것인지, 아니면 어떤 직업을 선택할 것인지 등은 보통 자유로운 선택의 문제로 간주된다. 누구가가 강요만 하지 않는다면 여러분은 이런 문제에 있어 스스로 자유롭게 판단하고 결정하게 된다고 할 수 있다.

하지만 이런 주장도 전적으로 옳은 것은 아니다. 왜냐하면 완전한 의미에서 자유로운 선택이 불가능하다고 보는 사람들도 있기 때문이다. 예를 들어, 여러분이 어떤 직업을 가질지의 문제는 여러분이 태어나고 자란 가정환경의 영향을 크게 받을 수 있는데, 이런 가정환경은 사실 우연의 문제인 것이다. 게다가 여러분의 사고 작용과 기타 여러 능력은 여러분이 선택하지 않은 유전적 요인의 영향을 받기 때문에, 여러분이 자유로운 선택이라고 했던 것이 실상은 그렇지 않을 가능성이 얼마든지 있다. 그래서 철학자들 사이에서도 자유로운 선택 개념에 대해서는 논란이 많다.

다시 경제적 평등의 문제로 돌아가서 운평등주의를 떠올려보자. 운평등주의를 주장하는 사람들은, 운의 요소로 인한 부의 불균형은 정의의 이름으로 보상을 해주어야 하지만 선택으로 인한 부의 불균형은 부정의를 야기하지 않는다고 주장한다. 하지만 앞에서 언급한 것처럼 자유로운 선택과 그렇지 않은 선택을 구분하는 것이 어려운 문제이므로 운평등주의의 전제 자체가 여전히 논란의 대상이 될 수 있다. 이런 운평등주의적 입장에 대해서는 다음 장에서 공정한 경쟁에 관해 설명할 때 더 언급할 예정이다.

마지막으로 한 가지 덧붙이겠다. 운평등주의는 겉으로 보기에는 강한 평등주의적 이상을 지향하고 있다. 그러나 그 이면에는 자유로운 선택을 중심으로 하는 개인의 사생활에는 국가가 간섭하지 않는다는 강한 개인주의적, 혹은 고전적 자유주의적 생각이 놓여 있다. 이런 다소간 보수적인 생각이 상당히 진보적인 색채를 지니고 있는 평등이라는 이념과 운평등주의 내에서 함께 작동하고 있는 것이다. 한 이론체계 내에서 이렇게 서로 갈등하는 이념들이 정합적으로 작동 가능한지에 대해서도 한번쯤 고민해 볼 필요가 있겠다.

5. 공정한 경쟁과 사회정의

우리 사회에서 지금 공정이라는 개념도 많이 언급되고 있다. 더 구

성창원

체적으로 말하면 공정한 경쟁이란 무엇인가에 대해서 여러 가지 말들이 오가고 있는 것이다. 정의를 다루는 이 글에서 공정은 어떻게 연결되는 것일까? 평등과 정의의 관계에 대해 말했던 것과 마찬가지로 공정도 정의를 이루는 중요한 부분이라고 하겠다. 즉 정의로운 제도가 공정하지 않을 수는 없다는 것이다.

자 그러면 공정이란 무엇일까? 아마도 공정은 다른 말로 하면 공평성(impartiality)을 의미한다고 할 수 있다. 우리가 어떤 의사결정을 할때 공평한 관점을 가지게 되면 우리는 그 상황에 관련된 사람들의 권리, 주장, 요구 등을 최대한 동등하게 고려하게 된다. 이런 공평한 관점은 매우 중요한 도덕적 가치라고 할 수 있는데, 우리가 이런 관점을 취하게 되면 우리의 의사결정에서 다른 사람이 나와 어떤 특별한 관계에 있는지는 중요하지 않게 된다. 예를 들어, 물에 두 사람이 빠져 있는데 어느 한쪽만 구할 수 있고, 둘 중 어느 누구도 나와 특별한 관계에 있지 않다고 해보자. 이런 경우 우리는 동전던지기 같은 가장 공평한 방식을 통해 의사결정을 해야 할 것이다.

하지만 공평성이 극단적으로 발현될 경우 인간 삶의 중요한 가치가 훼손될 수 있다. 윌리엄스(Bernard Williams)라는 철학자가 말한 것처럼, 원래 예에서 물에 빠진 사람 중 한 명이 우리의 가족이면 어떻게 해야 할까? 대부분의 사람들은 그냥 가족을 구하는 것이 옳은 일이라고 생각할 것이다. 결론적으로, 공평성은 중요한 도덕적 가치이지만 일상적인 인간의 삶에서 부정하기 힘든 편향성(partiality)이 작동하고 있음을 인정할 필요가 있다.

위에서 말한 예는 사실 사적인, 혹은 비제도적 분야에 관련된 공평성이었고, 이제 제도적 분야에 적용되는 공평성에 대해 생각해 보자. 아마도 이런 분야에서는 아주 엄격한 수준에서의 공평성이 요구되는 것 같다. 특히 어떤 경쟁이 문제되고 있을 때 공평성은 중요한 기준이 된다. 예를 들어, 회사의 취직이나 대학입시를 생각해 보자. 이런 종류의 경쟁에서 공평성이 훼손된다면 그런 제도 자체의 기반이 흔들리게 될 것이다. 많은 사람들이 공통의 재화를 얻기 위해서 노력하고 있는데 그 재화의 양이 한정적이라면 당연히 공정한 경쟁이 요청되어야 할 것이다.

이런 맥락에서 우리는 공정한 기회균등의 원칙에 대해 살펴볼 필요가 있다. 먼저 공정한 기회균등 원칙에 따르면 형식적 부분에서의 차별이 절대 있어서는 안 된다. 예를 들어 특정 인종이나 성별을 가진 사람이 어떤 직종에 지원하는 것을 금지하는 것은 명백한 의미에서의 차별이라고 할 수 있다.

하지만 이런 형식적 차별의 철폐는 공정한 기회균등을 위한 최소한의 장치에 불과하다. 우리가 이런 차별을 겪지 않고 어떤 경쟁 과정에 들어갔다고 해보자. 자 이제 어떤 조건이 추가로 필요할까? 일단 경쟁 과정이 시작되면 거기에 참여하는 모든 사람들은 동일한 조건의 제약을 받아야 한다. 예를 들어, 백인은 10점을 받아야 통과하고 흑인은 15점을 받아야 통과하는 것은 공정한 조건이라는 원칙에 위배된다.

그런데 이처럼 경쟁을 제약하는 조건들 자체는 어떻게 정당화될

성창원

수 있을까? 예를 들어, 달리기 경주를 생각해 보자. 이런 종류의 경쟁에서는 가장 먼저 결승선에 들어오는 사람이 금메달을 따게 된다. 혹은 일등만 상을 받게 된다. 즉 '결승선에 가장 먼저 들어오기'라는 조건이 달리기 경주에 참여하는 모든 사람들이 따라야 하는 제약조건이 되는 것이다. 이런 종류의 조건은 최소한의 수준에서 능력주의 (meritocracy)와 관련될 수밖에 없다. 즉 주어진 조건을 가장 잘 충족시키는 사람만이 상을 받을 수 있는데, 이런 충족의 문제는 개인의 능력(혹은 '실력')의 문제라는 것이다. 다시 말해, 어떤 경쟁이든 간에 최소한의 수준에서의 능력주의는 반드시 작동하게 되어 있다.

하지만 모든 공정한 경쟁이 문제되는 경우에 순수하게 능력주의 만으로 공정성이 확보된다는 주장에는 문제가 있다. 아무리 개인의 능력을 기반으로 상을 준다고 해도, 거기에는 보이지 않는 불공정의 요소가 개입될 수 있기 때문이다. 달리기 경주의 예를 다시 생각해 보자. 가장 먼저 결승선에 들어오는 사람이 상을 받게 되겠지만, 이 사람이 그런 '능력'을 어떻게 가지게 되었을까? 예를 들어, 이 사람은 아버지가 육상선수여서 천부적으로 달리기 재능을 가지고 있다. 또는 이 사람은 재능은 평범했지만 경제적으로 여유로운 아버지가 어렸을 때부터 좋은 훈련을 많이 시켜주어서 후천적으로 능력을 개발했다. 이 두 가지 경우 모두 우연 혹은 운의 요소라고 할 수 있다. 우리의 천부적 재능은 우리의 선택과 무관하고, 부자 아버지를 만나게 된 것도 우리의 선택과 무관한 것이다. 즉 능력주의의 기반이 되는 능력의 함양은 어떤 식으로든 운의 요소에 영향을 받게 되어 있다. 앞에서 말한 운 평등주의를 떠올리면 이 문제가 얼마나 중요한 것인지 독자들도 알게 될 것이다.

추가로 우연적 요소에 대해 잠시 살펴보고자 한다. 우리는 자연적 우연성의 영향 아래 있다. 즉 신체적 능력, 지능, 피부색 등이 그러하다. 반면 내가 태어난 가정의 경제적 수준 같은 사회적 우연성도 있다. 그런데 이런 다양한 우연적 요소에 대한 우리의 반응에는 다소 차이가 있는 것 같다. 예를 들어, '머리가 좋아서' 대학에 간 사람과 '경제적으로 풍부한 가정'에서 태어나 사교육을 잘 받아 대학에 간 사람을 비교해 보자. 우리는 보통 후자에 대해 더 부정적으로 반응하는 것 같다. 그런데 왜 그러한 것일까? 이 문제는 독자 스스로 생각해 보도록 남겨두려고 한다.

원래의 논의로 돌아가서, 공정한 경쟁에 대한 얘기를 마무리하겠다. 공정한 경쟁이 중요하기는 해도 자연적 우연성을 완전히 제거하는 것은 불가능하다. 반면 사회적 우연성의 영향은 어느 정도 제거가 가능하다. 이는 어떤 경쟁이 일어나고 있는 배경으로서의 제도나 사회의 정의를 전반적으로 실현함으로써 가능할 것이다. 예를 들어, 롤즈는 경쟁의 결과로서 얻게 되는 경제적 부를 특정한 정의원칙을 통해 재분배함으로써 간접적으로 기회균등의 이상을 실현할 수 있다고 생각한다. 즉 경쟁 과정에 들어가기 전에 사람들이 노출되어 있는 사회적 우연의 영향을 간접적인 방식으로 최소화하자는 것이다. 결론적으로 공정한 기회균등의 문제는 결국 사회 정의의 문제로 환원되며, 그 자체로서 독립적인 문제는 아니라고 할 것이다.

성창원

6. 나오면서

지금까지 이 글에서는 정의의 문제와 관련해서 철학자들이 어떤 주장을 하는지 다각도로 살펴보았다. 정의와 평등의 관계, 경제적 평등의 의미, 정의와 개인적 책임, 그리고 정의와 공정의 관계 등이 우리가 구체적으로 살펴본 주제들이다. 각 주제와 관련된 주장은 모두 복잡한 논증을 통해 제공되고 있고 현재도 다양한 학문적 토론의 대상이 되고 있기에 독자들에게 모든 것을 자세히 소개하지는 못했다. 그럼에도 불구하고, 이 글을 통해 사회정의화를 위시한 골치 아픈 문제들을 독자 스스로 고민해 볼 수 있는 작은 기회가 마련되었기를 바라본다.[1]

---

[1] 이 글은 윤인진 외, 『한국의 사회정의와 사회적 약자/소수자의 인권문제와 개선을 위한 인문융·복합 연구』, 경제, 인문사회연구회 편, 2017, 2장의 일부 내용을 담고 있다. 해당 챕터는 필자가 홀로 작성하였다.

더불어 사는
삶을 향하여

-고통에 대한 현실적 대안으로서
이기적 공동체주의를 제안하며-

정재현
(연세대학교 교수)

연세대학교 종교철학 교수, 연세대학교 철학과
문학사, 미국 에모리대학교 일반대학원 종교학부
Ph.D, 한국종교학회 종교철학분과위원장, 한국
종교철학회장 등을 역임.

〈초록〉

우리가 현실에서 당하게 되는 고통에 대해 인류는 끊임없이 이유를 물으면서 설명해 왔다. 그런 설명은 나름대로 의미를 지니고 역할도 해 왔다. 그러나 역기능이 적지 않았다. 고통의 이유를 물으면서 원인에 주목한 입장은 앞서 나쁜 원인이 있어 나쁜 결과로 고통당한다고 함으로써 고통을 정당화하고 합리화하면서 받아들일 만한 것으로 만들어주는 듯했다. 그러나 동시에 정죄하고 저주하는 숙명주의를 부추겨왔다. 이에 비해 고통의 이유를 목적에서 찾는 입장은 더 좋은 목적을 위한 수단으로서 고통을 당한다고 정당화해 왔다. 더 좋은 목적을 내세우니 위로하는 역할을 하기는 했는데 보장 없는 위로이니 결국 무책임한 기만이 되기도 했다. 나름대로 의미가 있었지만 이면에 숨겨진 부정적인 차원이 고통을 더욱 고통스럽게 만들었다.

따라서 고통에 대해 보다 바람직한 접근이 필요하다. 우리는 여기서 고통의 이유를 묻는 접근으로는 위와 같은 문제를 피할 길이 없기 때문에 방향을 전환해야 한다는 점에 착안한다. 즉 고통에 대해 현실적인 대책을 세워야 한다는 것이다. 그리고 여기서 함께 고통을 대면하고 겪으면서 극복하는 방향을 지향하는 것을 '더불어 사는 삶'으로 설정하고 이를 위한 현실적인 방법을 탐구하고자 한다. 구체적으로, 모든 인간이 지니고 있는 자기보존본능에 의한 이기심을 당연한 전제로 받아들이면서, 동시에 함께 상생할 길로 공동체 구성을 도모하고자 한다. 언뜻 반대방향으로 보이는 이기심과 공동체성을 한데 엮어내는 역설적 통찰이 이 글의 핵심이다. 작금의 팬데믹 상황을 극복하기 위해서라도 이를 국가와 국제사회에도 적용하자는 제안까지 포함한다.

1. 고통의 현실과 우리의 물음

모든 살아있는 것들은 고통을 당한다. 새삼스럽게 강조할 필요도 없이 고통은 태어나면서부터 죽음에 이르기까지 삶의 모든 과정에 깔려 있다. 평생 동안 아무런 문제없이 지낼 수 있다 하더라도 이 삶을 마감해야 하는 죽음이라는 고통을 피할 수 없다면 고통은 그 정도와 모양은 다양할지라도 어느 누구에게도 예외를 허용하지 않는다.

그러나 우리가 고통을 겪는 방식은 매우 다양하다. 우선 육체적 통증(pain)이라는 고통이 있다. 물론 육체적 고통은 그 자체로서 나쁘기만 한 것은 아니다. 그러한 통증은 우리 몸에 무엇인가 이상이 있다는 경고이기 때문이다. 이렇게 본다면 육체적 통증은 인간에게 유익할 뿐 아니라 필요하기까지 하다. 그렇지만 모든 육체적 고통이 그런 것은 아니다. 회복 불가능한 난치병으로 당하게 되는 고통은 유익하지도 않을 뿐 아니라 차라리 안락사를 생각하게 할 만큼 잔인하기까지 하다.

정재현

또한 인간의 고통은 육체적 차원에만 머무르지 않는다. 우리들은 정신적 차원에서도 고뇌(anguish)를 겪는다. 먼저 개인적인 차원에서 고통을 겪는데 공포, 불안, 절망이 아무런 의미도 없는 듯이 마구 쳐들어온다. 또한 사회적인 차원에서는 정치적 억압이나 경제적 착취, 계층적 차별, 문화적 소외, 그리고 종교적 박해와 같은 것들을 들 수 있다. 이렇게 본다면 우리들은 육체적으로뿐 아니라 정신적으로도 끊임없이 고통 속에서 살고 있다. 아마도 산다는 것은 고통과의 싸움이라고 해도 과언이 아니다.

문자 그대로 고통이란 괴로움과 아픔이다. 굳이 정신적인 괴로움과 육체적인 아픔으로 나누더라도 이는 어디까지나 논의를 위한 구분일 뿐 인간이 육체와 정신의 분리불가적인 단일체라면 괴로움과 아픔의 구별은 별다른 뜻을 지니지 않을 만큼 고통은 그야말로 전인적인 차원에 이른다. 그래서 '고통받는 인간'(homo patiens)이라고 한다.

그러나 제아무리 고통이 무엇인가를 밝힌다고 하더라도 그것이 고통이라는 문제를 해결할 수는 없다. 다음의 일화는 고통이라는 문제는 '무엇'이냐는 물음만으로는 너무도 불충분하다는 것을 단적으로 드러내 준다:

아프리카의 오지에서 의료선교를 하고 있는 의사이자 선교사인 사람에게 어떤 아주머니가 자기의 아이를 데리고 왔다. 그러고는 "왜 내 아이가 이렇게 열이 나고 죽을 지경이 되었습니까?" 하고 물었다. 그러자 그 의사는 "말라리아균을 갖고 있는 모기에게 물려서 그렇다"라고 대답해 주었다. 그러나 그 아이의 어머니는 그 대답으로 만족할 수 없었다. "아니 하필이면 왜 내 아이가 말라리아모기에게 물려서 그 몹쓸 열병에 걸리게 되었습니까?"라고 다시 물었다.

물론 고통이라는 문제가 나에게 직접적으로 닥치기 전까지는 고통의 정체를 밝히면서 따뜻하게 위로해 주는 것이 마땅하다고 생각한다. 하지만 막상 나에게 고통이 닥치게 되면 이야기는 전혀 달라진다. 사랑하는 사람들을 잃게 되었을 때 죽음의 원인을 안다고 해도, 또한 질병이나 억압으로 인한 고통에서도 그 원인을 안다고 해도, '왜'라는 물음을 잠재울 수는 없다. 도대체 왜 나에게, 내가 사랑하는 사람에게, 아니 그렇게도 착하게 살고 있는 사람들에게 이토록 어려운 고통이 따르는가? 분노하고 절규하면서 되묻게 된다.

2. 왜 고통당하는가?

그렇다면 도대체 인간은 왜 고통을 겪어야만 하는가? 이렇게 '왜'라고 묻게 되면 '이유'를 가리킨다. 고통이란 그냥 당하는 것이 아니라 그만한 이유가 있어 이로부터 비롯된 것이라고 보는 것이다. 그리고 그러한 이유는 이를 일으키는 원인으로부터 나중에 이루어질 목적을 위해서라는 것에 이르기까지 폭넓은 뜻을 지닌다. 물론 니체가

정재현

『도덕의 계보』에서 절규했던 것처럼 고통의 '의미'에 대한 반론도 만만치 않으니 고통이 언제나 의미를 지닐 것이라고 전제할 수는 없다:

> 인간은 물론 다른 방법으로도 고통을 당했다. 인간은 주로 병든 동물이다. 그러나 그의 문제는 고통 그 자체가 아니라 '왜 우리가 고통을 당하나' 하는 절실한 질문에 대해 대답이 없다는 사실이다. 가장 용감한 동물인 인간, 그러나 무엇보다도 확실하게 고통을 당하게 되어 있는 인간은 고통을 그 자체로 부인하지 않는다. 그 고통의 의미가 분명하다면, 즉, 고통의 목적이 드러난다면 그는 고통을 바라고 심지어는 추구할 것이다. 그러나 고통 그 자체가 아니라 고통의 의미 없음이… 인류 위에 내려진 저주였다.

그럼에도 불구하고 우리는 여전히 고통의 의미에 대한 물음을 포기할 수는 없다. 죽음 너머가 잡힐 수는 없더라도 내뻗기를 포기할 수 없는 것과 마찬가지로, 고통의 의미는 대답될 수 없더라도 묻지 않을 수 없기 때문이다. 삶이 요구하기 때문이다.

그런데 '왜'가 드러내는 이유를 좀 더 일반적으로 새긴다면 앞서도 말한 바와 같이 '때문에'로 풀이되는 원인과 '위하여'로 풀이되는 목적으로 나눌 수 있다. 물론 여기서 이유를 그렇게 가르는 것은 임의의 선택이 아니라 어떤 상황에 접근하는 대조적 방법에 의한 것이다. 그 방법은 시제를 근거로 나눌 수 있다. 일반적으로 현상을 분석하기 위해 원인과 결과의 관계에 주목하는 관점은 현재 눈앞에 펼쳐지는 상황을 이에 앞선 과거의 원인 '때문에' 벌어진 결과로 본다. 반면에, 벌어지는 현상에 대해 목적과 수단의 관계로 엮으려는 관점은 현재의 사태를 미래의 목적을 '위하여' 취해진 수단으로 간주한다. 다시 말하면 원인-결과 관계는 '이미 있었던 과거'가 '있는 중인 현재'를 지배한다는 법칙이니 인과율(causality)이라고 한다면, 목적-수단 관계는 '아직 없는 미래'가 '있는 중인 현재'를 이끌어간다는 '추론'이기에 목적론(teleology)이라고 한다. 그런데 이렇게 대조적인 관점은 이제 살펴보고자 하는 바와 같이 고통의 이유를 드러내는 데에 나름대로 역할을 해왔으면서도 동시에 왜곡이라는 한계를 지니고 있었다. 그래서 여기서는 그러한 왜곡이 고통에 대한 오해를 자아냄으로써 그렇지 않아도 겪어가기 어려운 고통을 더욱 힘들게 해 왔다는 점에 주목하고 이를 분석하고 비판하며 고통과 마주하는 보다 적절한 대안을 모색하고자 한다.

3. '때문에' 당하는 고통 : 합리화하면서 정죄하는 문제

먼저 고통에 대한 가장 일반적인 관점은 고통이란 '원인 때문에 벌어지는 결과'라고 보는 태도이다. 이때, 고통은 사람들이 싫어하니만큼 나쁜 원인으로부터 비롯된 나쁜 결과로 본다. 말하자면 악업을 쌓았

정재현

거나 죄를 지었기 때문에 그에 대한 결과로 벌이 주어지는데 그 벌이 바로 고통이라는 것이다. 즉 고통을 '죄에 대한 벌'로 간주한다. 물론 이러한 '때문에'의 관점은 고통당하는 사람에게는 모욕적으로 들릴 수도 있다. 그러나 지금 당하고 있는 고통이 황당한 불행이 아니라 죄에 대한 마땅한 대가라고 새김으로써 당하는 고통을 합리화하면서 견디어낼 수 있게 하는 방법으로 널리 받아들여지고 있다. 고통을 벌로 보고 그 벌의 원인으로서 죄를 찾으려 하니 심지어 태어나면서부터 당하는 고통마저도 전생의 악업에 대한 벌이라고 새기는 환생적 인과율을 말하는 불교를 포함한 동양종교의 전통에서 좋은 사례들을 찾을 수 있다. 이러한 종교들은 인과응보적으로 정의를 실현한다는 신념을 토대로 스스로를 위로하고 현재의 고통을 견뎌야 한다고 가르친다. 그런가 하면, 서구사상사를 배경으로 한 그리스도교 역사에서도 악과 고통으로부터 신의 책임을 면제하기 위해서 죄와 벌 사이의 인과율을 설정하고 이를 인간에게 돌리는 관점이 지배적이었다. 결국 동양종교들뿐 아니라 유태교를 모태로 하는 종교들도 이러한 '때문에'의 고통 이해로 넘쳐나고 있다.

먼저 유태교와 그리스도교가 공유하는 구약 성서를 보자. 성서는 유감스럽게도 고통이 인간이 범한 죄 때문에 당하는 벌이라는 관점을 기본으로 하고 있다. 말하자면 죄는 악한 것이므로 이에 마땅한 벌을 받아야 하는데 그것이 바로 고통으로 체험된다는 '때문에'의 고리를 철저하게 전제하고 있다. 심지어 이러한 '때문에'는 선조들이 죄의 대가를 치르지 못했다면 후손들로 이어져 고통을 당해 대가를 치른다는 연좌제적인 세습의 고리로까지 이어진다. 구약 성서 안에서 고통의 문제를 생각하면 가장 먼저 떠오르는 욥기에서 엘리바스의 이야기야말로 이러한 이해의 절정이라고 할 수 있다:

> 죄 없이 망한 이가 어디 있으며
> 마음을 바로 쓰고 비명에 죽은 이가 어디 있는가?
> 내가 보니, 땅을 갈아 악을 심고
> 불행의 씨를 뿌리는 자는 모두 심은 대로 거두더군(욥 4:7–8).

욥의 친구인 엘리바스가 이렇게 비아냥거리듯이 조롱하는데 욥이 가만히 있을 수가 없어 절규한다. 죄지은 악인의 고통은 당연한 것이지만 죄 없는 의인의 고통은 부당한데 어떻게 나에게 이런 일이 일어날 수 있는가 하고 말이다:

> 나 비록 죄가 없다고 하여도
> 그는 나에게 죄가 있다고 하시겠고
> 나 비록 흠이 없다고 하여도
> 그는 나의 마음 바탕이 틀렸다고 하실 것일세.
> ……
> 땅을 악인의 손에 넘기셨으니
> 재판관의 눈을 가리신 이가
> 그분 아니고 누구시겠는가? (욥 9:20, 24)

정재현

욥은 친구의 조롱에 대해 이렇게 스스로 항변했다. 욥 자신도 역시 고통이란 죄 때문에 당하는 벌이라고 생각한다. 다만 자신은 죄가 없는데 고통을 당하니 '재판관의 눈이 가리어졌다고밖에 볼 수 없다'고 하소연하고 있을 뿐이다. 이런 식의 절규는 욥기뿐 아니라 구약성서의 다른 곳에서도 얼마든지 찾아볼 수 있다. 하바꾹에서는 죄와 벌 사이의 '때문에'라는 고리는 준엄한 원칙인데도 불구하고 현실에서는 이것이 잘 지켜지지 않는다고 절규한다:

주께서는 눈이 맑으시어
남을 못살게 구는 못된 자들을
그대로 보아 넘기지 않으시면서
어찌 배신자들을 못 본 체하십니까?
나쁜 자들이 착한 사람들을 때려잡는데
어찌 잠자코 계십니까? (하바꾹 1:13)

그런가 하면 전도서의 기자는 그러한 인과율이 아예 뒤집혀 작동한다고 탄식한다:

아무리 죄를 지어도 당장 벌을 받지 않기 때문에 사람들은 나쁜 일을 할 생각밖에 없다. 백 번 죄를 짓고도 버젓하게 살아 있더구나. 하느님 두려운 줄 알아서 하느님 앞에서 조심하며 살아가는 사람은 잘 되어야 하고 하느님 두려운 줄 몰라 하느님 앞에서 함부로 사는 악인은 하루살이처럼 사라져야 될 줄은 나도 확신하지만 땅 위에서 되어 가는 꼴을 보면 모두가 헛된 일이다. 나쁜 사람이 받아야 할 벌을 착한 사람이 받는가 하면 착한 사람이 받아야 할 보상을 나쁜 사람이 받는다. 그래서 나는 이 또한 헛되다고 한 것이다. (전도서 8:11-14)

그러나 고통의 이러한 무차별성에 대한 절규도 결국 죄와 벌 사이를 '때문에'로 이으려는 신념에 철저하게 뿌리를 두고 있다. 그런데 신약성서의 요한복음서가 전해 주는 기사에서도 고통에 대한 '때문에'는 철저히 고수되고 있다:

예수께서 길을 가시다가 태어나면서부터 눈먼 소경을 만나셨는데 제자들이 예수께 "선생님, 저 사람이 소경으로 태어난 것은 누구의 죄 때문입니까? 자기 죄 때문입니까? 그 부모의 죄 때문입니까?" 하고 물었다. (요한복음 9:1-2)

시각장애의 고통은 의심할 여지없이 죄의 대가인데 자기의 '죄 때문'인가 물어보니 태어나면서부터 시각장애자라면 자신의 죄가 아니다. 그렇다면 어디론가 거슬러 올라가서 고통의 원인을 찾아야 하겠으니 부모의 '죄 때문'인가라고 묻지 않을 수 없었다. 이처럼 고통을 '죄 때문에 받는 벌'로 보는 태도는 우리가 살면서 당하게 되는 고통이라는 것이 최소한 막무가내가 아니라는 것으로 받아들이게 한다. 더 나아가서 '그러니까 착하게 살라'는 권선징악과 같은

정재현

숭고한 뜻을 지니고 있기도 하다. 말하자면, 합리화하면서도 동시에 윤리적 동기를 부여한다는 장점이 있다. 그러나 우리가 앞서 살펴본 대로 구약성서의 선지자들이 죄와 벌이 공정하게 이루어지는 것처럼 보이지 않는 현실을 절규했던 것처럼, '때문에'라는 것은 현실을 설명하고 해결책을 제시하기보다는, 마땅히 그러해야 한다는 주장에 머무르고 있다. 게다가 이러한 '때문에'의 고통관이 특히 '못 가진 자들'에 대한 '가진 자들'의 억압을 정당화시켜 주어 폐습의 역사를 지녀오기도 했으며, 나아가 못 가진 자들에 대해서는 고통을 합리화하면서 숙명에 대한 체념을 부추겨오기도 했다.

그럼에도 불구하고 도대체 왜 '때문에'의 고통관이 이토록 오랫동안 집요하게 고수되었는가? 그것은 눈앞에서 확인할 수 없음에도 불구하고 '콩 심은 데 콩 나고 팥 심은 데 팥 난다'는 것처럼, 원인과 결과 사이에 반드시 연결고리가 있다는 원리를 통해 미래를 예측할 수 있고 따라서 불안을 극복할 수 있게 해 줄 것이라고 믿기 때문이었다. 아울러 '그러니까 착하게 살아라'라는 방식으로 권선징악의 교훈을 전달할 수 있게 해 주는 적절한 이념이라는 점도 한몫했을 것이다. 그럼에도 불구하고 현실은 엄연히 그러하지 않으니, 그러한 착각과 욕구가 불행하게도 우리를 억누르고 있다. 나아가 보다 심각한 문제는, 세계의 모든 사건들은 이미 앞서 주어진 원인으로부터 결정되어 있으며 따라서 인간의 삶은 숙명에 지배된다는 관점이 팽배하게 됨으로써 자유가 끼어들 여지가 없다는 데에 있다. 인간의 자유는 물론이거니와 하느님의 자유도 이러한 '때문에'의 고리 안에서는 개입하고 역사할 공간이 없다. 결국 '때문에'의 고통관은 죄에 대한 벌을 집행하는 힘에 대해 노예적으로 종속되는 저주를 초래하거나 고통의 무의미를 절규하는 허무주의적 자조로 이어질 가능성을 강하게 지니고 있다. 현재 당하고 있는 고통이 과거에 이미 저질러놓은 죄에 대한 대가로 꼼짝없이 치러야 할 벌이라 하니 당하는 고통의 숙명적인 무게를 가늠 길이 없기 때문이다. 또한 죄와 벌 사이의 꼼짝달싹할 수 없는 '때문에'가 과도한 죄의식이나 징벌에 대한 끝없는 두려움을 자아낼 수밖에 없다. 나아가 그러한 '때문에'와 충돌하는 현실의 예측할 수 없는 고통으로부터 어떤 의미도 끌어낼 수 없을 것이기 때문이다. 따라서 우리는 '때문에'의 고통관이 빠질 수도 있는 억압과 허무를 조장하는 무의미를 극복할 방도를 찾지 않으면 안 된다. 그리고 이 대목에서 앞서도 언급했던 '위하여'로 풀이되는 목적론의 관점이 등장한다.

4. '위하여' 당하는 고통 : 위로하지만 기만하는 문제

'때문에'의 고통관은 원인과 결과 사이에 아귀를 맞추어주니 억울하고 황당해 보이는 고통을 합리적으로 받아들일 수 있게 해 주는 매우 위력적인 길잡이가 될 수 있었다. 그러나 이러한 관점은 죄와 벌 사이의 폐쇄적 고리로 인하여 결국 꼼짝할 수 없는 노예의식으로까

정재현

지 이어지는 억압적 구조를 지녀왔다. 말하자면 그 설명이 합리적으로 보이기는 하지만, 아니 오히려 바로 그렇기 때문에, 공포적인 신의 이미지를 포함한 억압적인 분위기를 지닐 수밖에 없었다.

그러나 앞서도 언급한 요한복음서의 기사에서 곧 이어지는 예수의 말씀은 억압성과 공포심을 씻어주기에 충분한 해방선언이라고 하겠다:

> 예수께서는 이렇게 대답하셨다. "자기 죄 때문도 아니고 부모의 죄 때문도 아니다. 다만 저 사람에게서 하느님의 놀라운 일을 드러내기 위한 것이다(요한복음 9:3).

예수의 이러한 선언은 고통이라는 것이 죄 때문에 받아야 하는 벌이라는, 감히 항거할 수 없을 것 같은 억압적인 고리의 개념을 끊어내는 혁명적인 선언이다. 그러나 예수의 선포는 여기에만 머무르지 않는다. 그는 더 나아가서 "다만 저 사람에게서 하느님의 놀라운 일을 드러내기 위한 것이다"라고 단언한다. 말하자면 '때문에'라는 고리를 넘어서 '위하여'가 선포된다. '태어나면서부터 눈먼 시각장애자'라고 할지라도 '하느님의 하시는 일을 나타내기 위하여' 의미 있는 존재로서의 가치를 지니고 고통을 겪는다는 것이다. 이처럼 '때문에'와는 달리 '위하여'에서는 고통은 죄와의 연관성에서 벗어나 선한 목적을 위한 수단으로 사용될 수 있게 된다. 이런 점에서 '위하여'의 고통관은 '때문에'의 고통관이 지니는 억압을 극복하는 해방선언으로서 소중한 의미를 지니고 있다.

구체적으로, 이러한 '위하여'의 고통관에서는 고통은 더 이상 선과 악을 분별할 도덕성이나 의인과 죄인을 구별할 인격성을 요구받지 않는다. 선과 악은 윤리적 가치판단의 상대적 요소들일 뿐 아니라 고통도 그 자체로는 선악판단의 눈을 갖고 있지 않은 자연적인 현상일 따름이다. 만일 그렇지 않고 고통이 선악판단의 눈을 갖고 있다면, 인간은 그런 고통 현상에 대한 공포로 노예가 될 수밖에 없겠다. 따라서 고통은 그런 눈이 없이 맹목적이고 무차별적이어야 한다. 그래야 세계에서 인간에게 자유가 허용될 수 있으며, 고통이 선한 목적을 위한 수단으로 사용될 가능성이 보장되기 때문이다. 이러한 '위하여'의 고통관은 부정적인 사건 안에서 긍정적인 차원을 일구어내려는 낙관주의적 역사관에 의해서도 옹호되어 왔다. 그리고 이러한 점은 우리가 고통을 당하게 되면 우선 원인을 찾으려 하지만 도대체 어떠한 원인도 더듬을 수 없을 것 같은 경우에는 그 의미를 찾기 위해 원인보다는 목적에 관심을 기울이게 된다는 점에서도 확인된다.

그런데 '위하여'의 고통관이 이처럼 '때문에'의 고통관이 지니는 폐쇄성과 억압성을 넘어서는 해방적 차원을 제시하는 것은 분명하지만, 그럼에도 불구하고 그 자체로 한계를 지니고 있다는 것을 덮어둘 수는 없다. 왜냐하면 앞에서 언급된 예수의 선언을 다시 읽는다면 '하느님의 놀라운 일을 드러내기 위해서', '태어나면서부터 눈먼 시각장애자'라는 고통은 수단이 되는 것으로 보일 수도 있기 때문이다. 다시 말해서, 하느님의 일을 위해서 인간의 고통이 언제든지, 그리고 얼마든지 수단으로 사용될 수 있다는 식의 이야기가 되어 버린다. 숙명주의의 저주로 치달을 수밖에 없는 듯이 보이는 '때문에'라는 답답한 고리로부터 애써 벗어났음에도 불구하고 '위하여'의 고통관은 이제 좋은 목적이라는 포장 안에서 기껏 꼭두각시놀음이나 해야 할 만큼 인간을 수단으로 전락시킬 수도 있는 것이다. 그러나 아무리 해방과 구원이라는 좋은 목적을 위한 것이더라도 인간이 고통이라는 수단을 거쳐야만 한다면 너무도 잔인한 기만일 뿐이지 않은가? '위하여'의 고통관이 '때문에'의 고통관보다 조금은 나은 듯이 보이지만 고통 자체의 비극적인 차원을 직시하기보다는 '훨씬 아름답고 고상한 목적'이라는 포장 안에서 '허울 좋은 수단'으로서 고통의 비참함을 은폐할 수도 있다는 맹점을 지닐 수도 있으니 말이다.

그러나 고통은 어떠한 경우에도, 심지어 고통의 극복을 위해서조차도 수단이 될 수 없고 되어서도 안 된다. 만일 그렇게 된다면 그것은 신이 꾸며낸 우주적 각본에 의한 신의 인간희롱일 뿐이라는 비판을 벗어날 수 없기 때문이다. 게다가 '위하여'의 고통관은 '가진 자'와 '못 가진 자'로 갈라지는 인간들 사이에서도 못 가진 자가 현실에서 당하는 고통을 미래의 보상에 대한 투자라는 수단으로 포장하는 유토피아적 환상을 그려낼 수도 있다. 그리고 이로써 한편 지배층의 영달에 대한 정당화나 억압체제의 현상 유지에 도용되기도 하고, 다른 한편 피지배층으로 하여금 아무런 저항이나 개혁의지 없이 고통을 견디도록 마취시키는 데 악용되기도 한다. 말하자면, '천국에 가서 잘 먹고 잘 살 것이니 현재의 고통을 조신하게 겪으라'는 것이다. 그러나 마취란 일시적인 것이며 그렇지 않다면 죽음을 뜻한다. 말하자면 목적을 향한 희망을 말하지만 그러한 희망이 무책임하게 살포될 가능성이 뿌리 깊이 도사리고 있다. 이처럼 '위하여'의 고통관은 열린 태도에도 불구하고 유토피아적 허위의식을 거쳐 기만으로 전락할 가능성에서 벗어날 수 없다.

게다가 우리 현실에서는 '때문에'와 '위하여'가 따로 움직이기보다는 오히려 서로 얽혀서 사실상 문제를 더욱 심각하게 증폭시키기도 한다. 고통의 현실이라는 현재를 과거나 미래로 끌고 가서 희석하려 한다는 점에서 '때문에'의 파행에 의한 저주와 '위하여'의 왜곡에 의한 기만은 사실상 동전의 앞뒤와 같은 관계에 있기 때문이다. 그리고 그런 증거를 우리 현실에서 무수하게 볼 수 있다.

5. 어떻게 해야 하나? : 이기주의와 공동체주의의 얽힘으로써 '더불어'로

지금까지 살핀 대로, 고통에 대해 던진 '왜'라는 물음이 가리키는 이유는 원인이든 목적이든 저주나 기만으로 인하여 고통을 오히려 더욱 가중시킬 수밖에 없었다. 여기서 '왜'라는 물음이 나름대로 역할함에도 불구하고 고통을 더욱 가중시킨다는 것은 그 물음이 고통에 대해서는 결국 부적절하다는 것을 가리킨다. 즉, '왜'라는 물음을 통해

정재현

정체를 규명하고 해결을 모색하는 이유 분석은 중요한 것이기는 하지만, 고통에 대해서만큼은 미흡하다는 점을 지적하지 않을 수 없다. 이것은 고통과 밀접하게 연관되어 있는 죽음에 대해서 '왜'를 던지는 물음이 그러한 것과 마찬가지이다. 물론 고통이나 죽음에 대한 이론적 성찰이 결코 무의미하지 않을뿐더러 그러한 성찰 안에서 '왜'라는 물음이 그저 부당하기만 한 것은 아니다. 고통이나 죽음에 관한 한, 이론적인 성찰은 여전히 그렇게 아프거나 괴롭거나 슬프지 않다. 그렇기 때문에 우리는 고통이나 죽음에 관한 한 문제의 현실에서 시작하고 언제나 현실로 되돌아오도록 모색해야 한다.

그렇다면 어떻게 해야 하는가? 물음을 고쳐 물어야 한다. 어떻게 고쳐야 하나? '왜' 물음에 대한 대답인 '때문에'는 고통의 현실 시제인 현재를 과거로 돌리고, 또 다른 대답인 '위하여'는 미래로 돌리니 결국 현실을 회피하게 한다. 따라서 현실의 시제인 현재에 주목하기 위해 고통에 대해서는 '어떻게'로 가야 한다. '어떻게'라는 방법 물음은 다른 물음들보다도 가장 직접적으로 현실로 끌고 들어가기 때문이다. 그리고 '어떻게' 물음에 대한 대답으로서 '더불어'로 풀어질 수 있는 상관성(co-relatedness)을 제안하고자 한다. 고통당하는 모든 피조물이 고통 자체와의 진솔한 대면을 통해 이를 함께 나누는 상관성이 현실적인 대안이라고 보기 때문이다. 상관성의 '더불어'는 당할 수밖에 없는 고통에 대해 인간이 연대하여 함께 대처하자는 것이다.

그렇다면 '더불어'는 '때문에'나 '위하여'와 비교하여 구체적으로 무엇이 어떻게 다른가? '더불어'는 고통이 '죄 때문에 받는 벌'이라거나 '더 좋은 보상을 위하여 취해진 수단'이라는 식으로 고통 이외의 다른 것과 연결시킴으로써 호도하는 것을 단연코 거부한다. 오히려 윤리라는 것이 '고통을 극복하려는 인간의 자기보존본능이 공동적 이기주의로 표현된 것'이라는 통찰을 이 대목에서 되새겨 볼 일이다. 이기주의와 공동체주의가 공존한다는 것은 겉보기에는 모순이지만, 고통을 겪을 수밖에 없는 인간들이 바로 그 고통과 대면하여 해결책을 모색하기 위해 자신들을 지켜내려는 이기주의를 이와 충돌할 것처럼 보이는 공동체적인 방식으로 구현함으로써 오히려 현실적 효과를 증폭시킬 수 있다는 역설적인 전략이다. 말하자면, 모순으로 보였던 이기주의와 공동체주의가 오직 자신만 옳다는 '주의'의 모습을 넘어 서로 얽힘으로써 '이기적 공동체성'으로 나가자는 것이다. 그러니 '더불어'는 무슨 대단히 숭고한 성인군자의 도를 말하는 것이 아니라 개인의 이기심을 보장함으로써 현실성을 확보하고 이를 실현하기 위한 방안으로 이기주의의 갈등과 충돌을 조정할 연대성을 도모하는 타협의 윤리로 제안된다. '기쁨은 나누는 만큼 커지고 고통은 나누는 만큼 작아진다'는 삶의 격언도 이 맥락에 연관될 수 있다.

돌이키건대, 역사 안에서 '가진 자들'은 언제나 그들의 기득권에 대한 현상 유지를 위하여 근거규명을 명분으로 한 '때문에'의 저주나 사실 호도에 불과할 '위하여'의 기만을 일삼아왔었다. 그러기에 그동안 너무도 당연한 '더불어'의 연대가 적절한 대안으로 등장할 계기를 갖지 못했었다. 그러나 이제 '못 가진 자들'의 절규가 이 시대에

정재현

다름의 논리로 전면에 등장하게 된 마당에, 더욱이 생태위기가 인류의 존망을 위협하는 지경에 이르게 된 상황에서, '더불어'의 현실적 연대는 재론의 여지가 없는 마땅한 대안이다. 실제로 고통을 함께 당하는 경우라 하더라도 고통 그 자체는 서로 다를 수밖에 없다는 점도 '더불어'를 절실히 필요로 한다는 것을 오히려 웅변해 준다.

엄밀히 본다면, '때문에'나 '위하여'는 자기에게는 결코 적용하지 않는 태도로서 타자에 대한, 타자를 향한, 언어일 뿐이다. 이와 견주어 '더불어'는 비록 이기주의가 기본적인 동기라고 하더라도 타협을 통해 공동체를 도모하는 일이니 자기와 타자의 관계가 사뭇 달라질 수밖에 없다. 사실 자기와 타자는 우리가 통상 생각하는 것처럼 그렇게 선명하게 나누어지지 않는다. 자기와 타자란 확연하게 구별되고 분리되기보다는 관계(relatio)라는 근본 뿌리로부터 비롯된 피관계체(relata)들이다. 흔히 자기를 같음으로 보고 타인을 다름으로 간주하여 대비하고는, 자기의 같음은 옳음이고 타자의 다름을 그름으로 보아온 관습이 지배적이었었다. 그러나 이는 동일성의 신화를 옹립하던 고전시대의 구습일 뿐이다. 그러한 구습은 가진 자들과 지배자들에게는 당연하고 편리한 것이었지만, 다름들이 아우성치는 우리 시대에는 더 이상 적절한 논리도, 윤리도 아니다. 자기의 같음이 언제나 옳음이 아닐뿐더러 타자의 다름이 그름이기만 하지 않다는 것을 겪으면서 자기만을 중심으로 하는 이기주의는 그 이기주의마저도 지탱할 수 없는 비현실적 주장이라는 것이 만천하에 폭로되었다.

더 나아가 자기가 같음으로만 이루어진 것이 아니라 자기 안에 무수한 다름들이 이글거리고 있다는 것을 발견하게 된 오늘날 개인 (the individual)은 더 이상 쪼개어질 수 없는 것(the indivisible)이 아니니 더 이상 정체성(identity)을 동일성(identity)에서만 구할 수는 없게 된 것도 좋은 증거이다. 오묘하게도 정체성과 동일성이 영어단어에서도 같다 보니 정체성은 언제나 동일한 것으로 생각하지만 이는 대단한 착각이다. 그런 착각에 머물러 있는 한 다른 사람들과의 관계는 부차적인 것이며 공동체적 연대와 같은 '더불어'는 꿈도 꿀 수 없을 것이다. 그러나 우리 인간은 그렇게 동일한 정체성으로 이루어진 자기가 아니다. 나 안에 다름이 무수하게 이글거리고 있으니 이제는 인간을 '비동일적 정체성'(non-identical identity)이라 해야 한다. 한 개인이 이미 '더불어'의 산물이기 때문이다. 삶이 이미 '더불어'를 생리로 하기 때문이다. 태어남이 결정적인 증거이고 죽음도 이를 보여준다. 삶의 생리가 이토록 역설적이기도 한 '더불어'라면 삶의 마땅한 길로서의 윤리도 그러해야 한다. 이러한 '더불어'의 역설은 전통적으로 대립으로 간주되었던 관계가 일방성의 논리에 의해 더 벌어져 왔었음을 고발하고 상관성을 회복할 것을 주장하고 있다. 결국 '더불어'는 자기와 타자의 관계를 포함하여 온 세계를 관통하는 원리일 뿐 아니라 가장 근본적으로는 자기라는 인간을 엮어내는 생리이기도 하다. 따라서 고통의 문제에 대해서도 이토록 근본적으로 '더불어'의 윤리가 보다 맞갖은 대안이 될 수 있다. '더불어'는 그저 이론적으로 고상한 선택이라기보다는 이 시대의 마땅하고 절박한 현실적 대안이다.

정재현

이제 그러한 '더불어'가 '어떻게'라는 물음에 대한 대답이라면 이 대답은 우리를 '누가 고통당하는가?'라는 물음으로 이끌고 간다. 그리고 '누가'는 앞서 논했던 자기와 타자의 관계가 그렇게 구별될 수 없다는 통찰을 다시금 확인해 준다. 왜냐하면 누구나 고통당하는 '누가'가 될 수 있기 때문이다. 그리고 여기에는 어떤 예외도 허락되지 않는다. 고통을 당하기 전까지 자기는 아니라고 착각하면서 살아가지만 '더불어'가 끌어낸 '누가'는 그 착각이 어리석음이라고 가르쳐준다. 이기주의를 공동체적으로 엮어야 하는 이유가 바로 여기에 있다. 이런 맥락에서 돌이켜 새긴다면, '왜 고통당하는가?'라는 물음은 결국 대답될 수 없는 물음이다. 왜냐하면 고통이란 삶에서 일어나고 겪게 되는 것이라기보다는 삶 자체가 곧 고통이라면 삶이 달리 이유가 없듯이(Leben ohne Warum) 고통이라는 것도 그 근거를 밝힐 수 없을 것이기 때문이다. 많은 사람들이 고통을 '신비'라고 하는 것도 이러한 통찰과 무관하지 않다. 그리고 '더불어'는 그 신비를 삶에서 체험하게 하는 길이기도 하다. 고통의 신비 그 자체를 알 수는 없다고 하더라도 이를 대면하는 현실의 '더불어'는 이기주의와 공동체성이 모순을 넘어 절묘하게 역설적으로 얽히는 신비로 우리를 이끌어가기 때문이다.

그러나 '더불어'의 고통관이라는 우리의 제안과 연관하여 다음과 같은 의문을 제기하지 않을 수 없다. 즉, 실제로 고통을 당하는 경우 고통을 유발시킨 하나의 사건에 함께 연관되어 있더라도 고통 그 자체는 서로 다를 수밖에 없는데 이러한 사실이 고통을 오히려 더욱 고통스럽게 한다면 고통에서의 '더불어'란 과연 무엇을 뜻하며 어디까지 어떻게 가능할 것인가? 나아가 더욱 근본적으로 우리의 자기의식이란 일반적으로는 남의 존재와 관련하여 주어진다고 하지만 고통이야말로 굳이 남을 떠올리지 않고 심지어 나를 부인하려고 해도 어쩔 수 없이 나를 뚜렷하게 느끼고 경험하게 해 주는 결정적인 계기라면, 고통에서의 '더불어'란 과연 그러한 나에 대해서 어떠한 의미를 지니는가?

물론 이러한 물음의 답을 위한 실마리를 고통에 대한 우리의 반응에 주목함으로써 더듬어 볼 수 있겠다. 즉, 남을 떠올리지 않더라도 나를 나로 등장시키는 지극히 주관적이고 개인적인 고통이 오히려 그 어느 것보다 더 공개적으로 증명받고자 하는 충동을 지니고 있는 것으로 보이기 때문이다. 그렇다면 우리는 고통을 어떻게 공개적으로 만드는가? 타인에게 전달하는 가장 기본적인 수단으로 언어를 떠올릴 수 있다. 그러나 모든 고통이 다 언어로 표현될 수 있는 것은 아니니 언어도 고통에 관한 한 부득이 한계를 지닐 수밖에 없다. 그럼에도 불구하고 언어가 한계를 지닌다 하여 고통의 표출이 불가능하거나 무의미하게 되는 것은 아니다. 오히려 고통이야말로 지극히 주관적인 체험과 객관적인 표현의 만남이 이루어지는 장이라고 한다면 우리는 여전히 고통에서의 '더불어'를 주장할 수 있는 현실적인 근거를 말할 수 있다.

이제 '더불어'는 고통당하는 이웃에게 정죄의 저주 대신에, 그리고 보장 없는 위로 대신에, 함께 아파하도록 우리를 이끈다. 또한

정재현

고통은 이웃이라는 타자만 당하는 것이 아니라 나도 당할 수 있으니 내가 고통당할 때 '더불어'는 부질없는 죄의식으로 나 자신에게 강박을 씌우지 않으며 헛된 보상에 대한 기대로 자신을 자학적으로 채찍질하지도 않게 한다. 신약성서가 전해주는 바와 같이 예수도 친구의 죽음에 찾아가서 가장 먼저 한 행동은 '함께 울음을 나눈 것'이었다. '우는 자와 함께 울라'는 말씀처럼 이것밖에 우리가 할 것은 없다. 이제 우리는 마땅히 '때문에'의 저주와 '위하여'의 기만을 넘어서 이러한 '더불어'의 상관적 연대로 고통당하는 뭇 생명들과 만남으로써 전 우주의 생태적 연대로 나아가야 할 것이다. 이것이 바로 이웃이 고통당할 때 우리가 살아야 할 삶이고 또한 우리가 고통당할 때 이웃에게 기대해 마땅한 믿음일 것이다.

6. 이기적 공동체성의 적용 사례로서 국가의 의미와 종교의 역할

이 대목에서 이기적 공동체성을 적용하기를 제안하는 좋은 사례로서 국가를 논하는 것도 의미 있겠다. 인구밀도가 그리 높지 않았던 시대에는 굳이 '사회'라는 개념을 떠올릴 필요가 없었다. 그러나 과학의 발달이 영아 사망률을 줄이고 평균 수명을 늘이면서 인구폭발을 경험하게 된 근대 후기 이래 사회가 중요한 범주가 되었다. 견주어 '개인'이 대조적 범주로 등장하니 개인과 사회 중 무엇이 먼저인가 하는 시비가 일어났다. 인간이 자연 상태에서 이미 개인이면서도 생존을 위해 집단을 형성했으니 어느 단계에서는 개인과 사회가 밀고 당기는 긴장 관계를 형성했기 때문이었다. 좋은 증거로 기독교윤리학자인 라인홀트 니부어가 쓴 『도덕적 개인과 비도덕적 사회』라는 제목의 책이 있다. 개인으로서 얼굴이 드러나면 도덕적인 체라도 하는데 집단 안에서 익명성을 보장받으면 욕망대로 움직인다는 것이다. 인간을 탓할 수도 없다. 이미 그렇게 생겨먹었으니 말이다.

하여튼 그런 명분으로 형성된 사회의 효율성을 보다 확장하는 체제로서 국가라는 것이 나타났다. 이는 사실 자연에다가 경계를 짓는 일이었으니 개인 보호를 명분으로 하지만 결국은 통제를 통한 전체 지배로까지 확장되었다. 그리고 그렇게 등장한 국가는 그 체제가 무엇이든 대체로 전체주의를 지향해 왔다. 역사가 증명하니 재론의 여지가 없다. 특히 다른 나라들과 긴장 관계로 들어간다든지 심지어 전쟁이라도 할라치면 전체주의라는 이념은 거의 '구원의 복음'으로 군림한다. 이런 과정을 거치면서 국가는 이에 속한 구성원을 의도적이든 비의도적이든 노예로 만든다. 그런데 구성원인 국민들이 이를 모르지 않는다. 그럼에도 불구하고 기꺼이 노예가 되려고도 하니 노예성은 안전과 편리를 제공해 주기 때문이다. 때로 쾌감도 선물로 주어진다. 이것이 바로 정치뿐 아니라 종교에서도 작동하는 피학적 쾌감이라는 오묘한 생리이다.

이러한 생리 덕분에 국가는 구성원인 개인들을 보호한다는 구실

정재현

로 존재하지만 그러한 명분은 대부분 해방과 억압이라는 이중적인 모순으로 나타난다. 현실적으로, 그리고 역사적으로, 국가는 신화적인 형태의 비합리적인 상징을 거의 예외 없이 갖고 있다. 말하자면 무조건적이다 못해 맹목적인 복종이 가능한 체제를 영위한다. 종교에서의 순교와 비슷하게 국가를 위한 순국이라는 것도 이런 맥락에 닿아 있다. 그러나 과연 어찌 인간보다 종교가 중요할 것이며, 어찌 개인보다 국가가 더 소중할 수 있는가? 그럼에도 이런 이념들이 권장되어 왔다. 그리고 우리들은 이에 기만당해 왔다.

그렇다고 무정부주의를 예찬할 일도 아니다. 무정부주의는 원시적인 자연을 보장할 수도 있지만 현실에서는 약육강식이 될 가능성이 더 크니 말이다. 개인의 자유를 과도하게 강조하면서 일어나는 불평등으로 인해 인간으로서의 최소한의 존엄이 지켜지지 못하는 경우 이를 보장해 주는 장치로서 국가가 존재해야 할 이유를 지닌다. 불가피하게도 자유를 제한해야 하는 책무를 감당하는 체제로서 국가는 필요악일 수도 있다.

필요악이라고 했는데 민주주의도 마찬가지다. 모든 권력은 국민으로부터 나온다고 하지만 국민은 권력을 행사해 본 적이 거의 없다. 그나마 선거권을 행사할 때도 온갖 여론조작과 술책으로 기만당하니 제대로 된 권력행사라고 할 수 없다. 국민으로부터 나온다는 권력은 언뜻 국민을 신성시하는 듯하지만 이는 최면술에 의한 우상일 가능성이 많다. 그렇다고 통치권이 군주나 국가원수에게 있는 것도 아니다. 어쩌다가 그런 경우가 있기는 하지만 대부분 기득

권의 카르텔 안에서 끊임없이 순환하고 세습될 뿐이다. 그런데 대다수 국민은 그런 줄 모르니 노예가 되는 것이다. 그것도 기꺼이 그렇게 되고 있으니 안타까울 노릇이다.

이를 꿰뚫어 본 유태-기독교 전통에서는 '하느님 나라'라는 독특한 세계관을 발전시켰다. 인간에 대한 인간의 지배를 거부하는 사상 말이다. 이스라엘 사람들이 왕을 세워달라고 집요하게 요청했을 때 거부했던 하느님에 대한 그림이다. 필시 타락하고 왜곡될 수밖에 없는 인간 본성에 대한 깊은 성찰이니 정치권력의 폐부를 꿰뚫어본 종교적 통찰이 담긴 신상(神象)이라고 하겠다. 당시 로마제국의 식민지로 지배받던 이스라엘에서 예수도 이를 설파하다가 민중들을 선동하여 독립운동을 한다는 죄목으로 로마법정에 고발되었다. 그럼에도 현실은 언제나 뒤틀려왔다. 필요악에서 필요는 없어지고 악이 더 크게 부각되는 현실이다.

이런 국가가 무엇을 해야 하는가? 민주주의는 어떻게 작동해야 하는가? 답하기 위해 온 인류가 씨름하고 있는 현 상황을 살펴보자. 작금 코로나19에 대한 백신이 개발되면서 예상되었던 백신국가주의가 국제사회를 지배한다. 나부터 먼저 살겠다는 자국민 이기주의인데 어쩔 수 없는 것처럼 보인다. 그러나 여기서 차라리 해법을 찾을 수도 있겠다. 개인이나 한 나라의 이기심을 당연한 것으로 전제하되 이를 지속적으로 충족시키기 위해서라도 더불어 사는 공동체의 필수성에 주목하자는 것이다. 혼자만 살겠다고 해서는 결국전 세계가 큰 혼란에 빠지니 이렇듯 이기주의를 지향하는 사람들

정재현

이나 나라들도 계속해서 버틸 수는 없겠기 때문이다. 그러니 이를 사회로, 국가로, 나아가 국제관계로 확장하자는 것이다. 말하자면, 반대 방향으로 달리는 두 마리 토끼처럼 보이는 이기주의와 공동체주의를 엮어서 '이기적 공동체성'을 구현하는 것이다. 작금과 같은 온 인류의 고통에서도 '더불어'가 결국 각자의 살 길이기 때문이다. 이제 국가는 그 실현을 지상과제로 삼을 때 개인을 위해 국가가 존재할 이유를 찾을 수 있다. 정치(政治)라는 것도 풀자면 '바로잡기 위해 다스리기'인데 그렇게 뒤틀려 왔었다면 앞서 살펴본 대로 인간에 대한 연민을 아직도 간직하고 있는 '으뜸가르침'인 종교(宗敎)가 이기주의를 싸안으면서 공동체성과의 역설적 얽힘을 위해 어떤 역할이라도 해야 하지 않을까 자문해 본다. 물론 종교의 '바로잡기'부터 먼저 해야 하지만 말이다.

10
|

좋은 인간관계를 맺기 위하여
: 진실성, 우정, 배려, 존중

홍석영
(경상국립대학교 교수)

홍석영 洪錫榮

경상국립대학교 사범대학 윤리교육과 교수, 한
국생명윤리학회장 등을 역임.

우리는 살아가면서 다양한 인간관계를 맺는다. 생의 출발에서는 부모와 형제자매 등 가족을 만나고, 조금 성장하면 친구와 선생님, 그리고 직업을 갖게 되면 직장 동료와 상사 등을 만난다. 이러한 인간관계는 내가 한 인간으로서 성장해 감에 있어 매우 소중하다. 그래서 우리는 다른 사람들과 좋은 인간관계를 맺기 바란다.

그런데 인간관계 때문에 불편함과 고통을 느끼기도 한다. 가깝고 친하다고 생각했던 사람이 나에게 마음의 상처를 주기도 하고, 경우에 따라서는 나도 내 주변의 사람들에게 상처를 주기도 한다. 물론 이러한 상처가 없으면 좋겠지만, 어찌 보면 상처를 주고받음 역시 인간관계의 한 단면이라 할 수 있다.

이러한 상황에서도 우리는 내가 만나는 사람들과 좋은 관계를 맺고 싶어 하고 또 그 관계를 유지하고 싶어 한다. 그렇다면 좋은 인간관계를 맺고 유지하기 위해서는 어떤 마음의 자세와 노력이 필요할까? 이 글에서는 동서양의 가르침과 현대의 몇몇 사례들을 활용하여 이에 대해 이야기해 보고자 한다.

1. 진실성과 재치

1) 진실성

말이나 행동 또는 어떤 주장을 할 때 진실을 추구하는 사람과 거짓을 꾸미는 사람이 있다. 거짓을 꾸미는 사람의 예로는 허풍을 떠는 사람과 겸손을 가장하는 사람을 들 수 있다. 허풍을 떠는 사람은 사람들이 좋게 생각하는 것을 자신이 갖고 있지도 않으면서 마치 그것을 갖고 있는 척하거나 또는 실제로 가진 것보다 더 많이 가진 것처럼 행동한다. 과대광고, 과장선전 등이 허풍의 예가 될 수 있다. 이와 반대로 겸손을 가장하는 사람도 있다. 그는 자기가 가진 것을 아예 부정하거나 낮추어 말한다. "지나친 공손은 예가 아니다(과공비례(過恭非禮))"라는 말이 있듯이, 겸손을 가장하는 것 역시 진실되지 못한 행동이다.

말이나 행동에서 자신이 가진 것만을 자기 것이라고 말하고 그 이상도 그 이하도 자기 것으로 내세우지 않는 사람은 진실성이 있는 사람이다. 고대 그리스의 철학자 아리스토텔레스는 자신의 책 『니코마코스 윤리학』에서 타인과의 관계에서 진실성 있는 사람은 칭찬받을 만하지만, 허풍을 떨거나 겸손을 가장하는 사람은 비난을 받아 마땅하다고 말한다. 왜냐하면 거짓은 그 자체로 비열하고 비난할 만한 것이며, 진실은 그 자체로 고귀하고 칭찬할 만한 것이기 때문이다.

진실성 있는 사람에 대한 아리스토텔레스의 이야기를 조금 더 살펴보자. 아리스토텔레스는 진실성을 자신이 맺은 약속이나 계약을 얼마나 충실하게 지키느냐의 문제뿐만 아니라 자신과 아무 상관없는 일들에서도 얼마나 공정하게 행동하는가와 관계 짓는다. 왜냐하

홍석영

면 자신의 운명에 아무런 영향을 주지 않는 경우에도 진실하게 행동하는 사람이면, 다른 어떤 중대한 일이 생겼을 경우 더욱 진실하게 행동할 것이기 때문이다. 물론 진실성 있는 사람은 허위 그 자체를 싫어하기 때문에 자신의 운명이 좌우되는 중요한 순간에는 더욱더 명확하게 그러한 허위를 피할 것이다. 진실성 있는 사람은 진실을 말할 때에도 약간 소극적으로 말하는 경향이 있는데, 이렇게 하는 것이 오히려 더 속이 깊어 보인다.

여러분이 만나는 사람들과 좋은 인간관계를 맺기를 바란다면, 자신이 만나는 사람들 앞에서 내가 진실된 사람인가, 허풍을 떠는 사람인가 아니면 겸손을 가장하는 사람인가를 잠시 생각해 볼 필요가 있다. 그리고 만약 허풍을 떨거나 겸손을 가장하는 행동을 하는 경우가 있다면 이러한 행동에서 멀어지도록 노력해야 할 것이다. 그리고 당신과 만나는 사람들 중 진실되게 행동하는 사람과 그렇지 않은 사람을 조심스럽게 구분해 볼 수도 있다. 만약 이러한 구분이 가능하다면, 진실되게 행동하는 사람과의 인간관계를 더욱 오래 유지할 수 있을 것이다.

2) 재치

우리의 삶은 일과 휴식 즉, 학생의 경우는 학업과 휴식, 직업을 가진 경우는 노동과 휴식으로 이루어진다. 주5일제 노동을 한다면 일주일 중 5일을 일하고, 이틀을 휴식을 취한다. 물론 하루 안에도 일하는 시간과 쉬는 시간이 모여 있다. 특히 현대 사회에서는 휴식을 매우 중요시 여긴다. 휴식 중에 우리는 다른 사람들과 사귀면서 위안을 얻기도 한다. 그런데 사람을 사귀고 서로 대화하는 과정에서도 필요한 덕이 있다. 아리스토텔레스는 재치를 중요한 덕으로 제시하고 있다.

다른 사람과 대화하는 과정에서 지나치게 익살을 부리는 사람이 있다. 이런 사람은 무턱대고 익살을 부려 다른 사람들을 웃기려고만 하며, 무엇이 그 자리에 적합한지, 또는 웃음거리가 되고 있는 사람에게 고통을 주지는 않는지에 대해 조금도 관심을 기울이지 않는다. 익살꾼은 어찌 보면 자기 해학의 노예라 할 수 있다. 그는 남을 웃길 수만 있다면 자신이나 남을 신경 쓰지 않는다. 심지어는 교양 있는 사람이라면 절대로 입에 올리거나 귀 기울이지 않을 말까지도 한다.

이와는 반대로 대화를 나누면서 농담을 할 줄도 모르고 다른 사람의 농담을 참고 들어줄 줄도 모르는 무뚝뚝한 사람이 있다. 무뚝뚝한 사람은 사교에 기여하는 바가 전혀 없다.

반면에 멋들어진 농담을 할 줄 아는 사람이 있는데, 이런 사람을 우리는 재치 있는 사람이라 부른다. 재치 있는 사람은 대화에 참여한 사람들에게 즐거움을 준다. 그는 의젓한 사람 또는 점잖은 사람이며, 좋은 교육을 받은 사람답게 말한다.

미국의 루스벨트(Franklin Roosevelt) 대통령은 세련된 유머를 잘 구사한 것으로 기억되고 있다. 특히 초조해하거나 낙담한 모습을 보

홍석영

이지 않고 여유 있게 받아치는 유머로 유명했다고 한다. 하루는 한 신문기자가 루스벨트에게 이렇게 물었다. "마음이 초조하고 불안할 때 어떻게 평정심을 찾으십니까?" 그러자 그는 "저는 휘파람을 붑니다."라고 대답했다. 그러자 신문기자가 "그런데 대통령께서 휘파람을 부는 것을 들은 사람이 없다던데요?"라고 말하는 것이었다. 여기에 루스벨트 대통령은 "당연합니다. 저는 아직 휘파람을 불어본 적이 없으니까요."라며 유쾌하게 대답하였다고 한다.

프란치스코 교황은 2016년 언론과의 인터뷰에서 유머 감각을 신이 주신 은총에 가깝다고까지 말하였다. "유머 감각은 제가 매일 청하는 은총입니다. 왜냐하면 유머 감각은 여러분을 일으켜 세우고, 여러분으로 하여금 삶의 일시적인 면을 보게 하고, 구원받은 영혼의 정신으로 사물을 대하게 하기 때문입니다. 유머 감각은 인간적인 태도이지만 하느님의 은총에 더 가깝기 때문입니다." 이에 따르면, 유머 감각은 성령에게서 나오는 위대한 영적 성숙의 표시이다.

재치 있는 사람의 농담은 그렇지 못한 사람의 농담과 다르며, 교육받은 사람의 농담은 그렇지 않은 사람의 농담과 다르다. 재치 있는 사람이 하는 농담은 천박하지 않고, 은근히 비치는 풍자와 같다. 그가 귀를 기울이는 농담도 역시 그가 말하는 농담과 같은 종류이다. 재치 있는 사람은 야유와 같은 농담은 절대로 하지 않는다. 야유는 일종의 우롱이기 때문이다.

여러분은 재치 있는 사람이기를 원합니까 아니면 익살꾼이거나 무뚝뚝한 사람이기를 원합니까? 아마 익살꾼 또는 무뚝뚝한 사람보다는 재치 있는 사람이 되기를 원할 것이다. 그렇다면 재치 있는 사람이 되기 위해서는 어떤 노력을 해야 할까?

어떤 칼럼니스트는(이창호, IPN뉴스, 2014. 8. 18)는 호의와 상호성의 원리가 담긴 유머 전략을 제안하고 있다. 유머에 호의와 상호성 원리가 담긴다면 훨씬 더 의미 있고 값진 유머가 될 것이다. 예컨대, 영화 〈인생은 아름다워〉에서 유태인 수용소에 갇혀 있는 주인공 귀도의 말은 호의와 상호성이 담긴 명대사라 할 수 있다. 죽으러 가는 길에 아들에게 윙크를 하며 "천 점을 모으면 진짜 탱크를 받을 수 있어."라는 말은 아들에 대한 사랑과 진심이 느껴지는 유머이다. 한편, 우리는 흔히 "나는 유머 감각을 타고나지 않았어."라고 말한다. 만약 그렇다면 유머를 준비하면 된다. 누구나 뛰어난 유머 감각을 갖고 태어나는 것은 아니다. 유머를 적절히 구사하는 재치 있는 사람이 되기 위해서는 일정한 노력을 들일 필요가 있다. 끝으로 나름대로의 '유머 전략'을 갖추어야 한다. 유머 감각이 뛰어난 사람도 수준 높은 유머를 구사하기 위해서는 사전에 많은 시간과 준비가 필요하다. 어떤 유머를 사용할지에 관한 내용적인 부분과 어떤 식으로 표현할지에 관한 표현법에 대한 것까지 미리미리 잘 준비하면 유머를 잘할 수 있다. 화술이 부족한 사람일수록 유머를 더 준비할 필요가 있다.

홍석영

2. 우정

인간이 맺는 인간관계 중 제일 중요한 것 중 하나는 친구 관계일 것이다. 화랑의 세속오계에도, 유가의 오륜에도 친구 관계에 관한 가르침이 있다. 세속오계에서는 교우이신(交友以信)이, 오륜에는 붕우유신(朋友有信)이 있고, 둘 다 친구 사이의 신의를 강조하고 있다.

공자(孔子)도 『논어』에서 "벗이 먼 곳에서 나를 찾아오면 어찌 기쁘지 않겠는가"라고 하면서, 친구의 소중함을 이야기하고 있다. 공자의 제자 증자(曾子)는 "군자는 글로써 벗을 모으고, 벗으로써 자신의 인(仁)을 증진시킨다"고 하였다. 즉, 글을 읽고 함께 토론할 수 있는 존재를 벗으로 보고, 그런 벗을 통해 자신의 인을 키워나가야 한다고 한 것이다. 이런 의미에서 공자는 "나와 뜻을 함께하지 않는 사람을 벗하지 말라"는 말을 하기도 하였다.

아리스토텔레스는 자신의 주저 『니코마코스 윤리학』에서 친구 간의 우정(philia; friendship)에 관하여 많은 지면을 할애하여 상세한 논의를 펼치고 있다. 그는 친구 간의 우정은 탁월성(arete)을 포함하고 있으며, 우리가 살아가는 데 가장 필요한 것 중 하나라고 역설한다. 그리고 좋은 친구 관계를 맺기 위해 필요한 것들에 대해 다양한 예시를 들어가면서 차분히 논의를 전개한다.

1) 우정의 필요성과 우정 관계의 성립

아리스토텔레스는 우정은 "일종의 탁월성(arete)이거나 혹은 탁월성을 수반하는 것이며, 삶에서 가장 필요한 것"(1155a3-4)이라고 말한다. 재산이 많은 사람이나 높은 자리와 권세를 가진 사람들에게도 친구가 필요하며, 곤궁할 때나 어려움을 겪을 때에도 친구가 필요하고, 젊은이에게도, 나이 든 사람들에게도, 전성기의 사람에게도 친구가 필요하다고 말한다. 특히 젊은이들에게 친구는 "서로의 잘못을 바로잡아주는 데"(1155a13) 필요하다고 말한다. 그러면서 "둘이 함께 가면 사유에 있어서나 행위에 있어서 더 강해진다."(1155a15)고 말한다.

한편 아리스토텔레스는 우정은 "폴리스들도 결속시키는 것처럼 보인다."(1155a23)고 말한다. 그가 이렇게 말하는 이유는 입법자들이 정의를 구현하기 위해 애쓰는 것보다 우정을 구현하기 위해 더 애쓰는 것 같으며, 무엇보다도 우정과 비슷한 것으로 화합을 추구하며 분열을 몰아내기 때문이다. 따라서 우정은 개인들뿐만 아니라 정치 공동체도 결속시킨다고 말할 수 있다.

이어서 아리스토텔레스는 우정은 삶에서 필요한 것일 뿐만 아니라 "고귀한 것"(1155a29)이라고 말한다. 그 이유는 우리들이 친구를 사랑하는 사람들을 칭찬하고, 또 친구가 많은 것을 고귀한 것들 중 하나로 보며, 좋은 사람과 친구를 동일시하기 때문이다.

그렇다면 우정 관계는 비슷한 특징을 가진 사람들 간에 더 잘 형성될까 아니면 서로 다른 특징을 가진 사람들 간에 더 잘 형성될

홍석영

까? 이 물음에 대해 아리스토텔레스는 두 가지 견해가 있음을 먼저 밝힌다(1155a33-1155b8). 우선, '유유상종', '까마귀는 까마귀끼리 모인다.', '비슷한 것은 비슷한 것을 추구한다.'(엠페도클레스)와 같은 표현은 친구 관계가 유사성에 의해 형성된다는 점을 보여준다. 반면에 '옹기장이들은 같은 옹기장이들을 반가워하지 않기 마련이다.', '메마른 땅이 비를 열망하며, 비를 머금은 장엄한 하늘은 땅으로 떨어지기를 갈망한다.', '대립하는 것이 도움이며, 차이 나는 것들로부터 가장 아름다운 화음이 나온다.'(헤라클레이토스)와 같은 표현들은 친구 관계가 서로 다름에 의해 형성된다는 점을 보여준다. 따라서 유사성과 상이성 모두 친구 관계를 형성하게 할 수 있다. 우리도 친구들의 얼굴을 떠올려보면, 나와 비슷함이 많은 친구도 있고 나와 다른 점이 많은 친구도 있음을 알 수 있다.

그렇다면 유사성과 상이성 중 어느 것이 더 잘 친구 관계를 맺게 할까? 아리스토텔레스는 이 문제에 대해 어떤 결론을 내리지 않는다. 그는 이 문제는 풀기 어려운 '난제'이며, 이에 대한 '자연학적인 논의들은 접어두고', '인간적인 일들'을 탐구하자고 하면서 논의의 방향을 전환한다. 그는 우정과 관련하여 논의해야 할 문제들을 '모든 사람들 사이에서 우정이 성립하는가?', '못된 사람은 친구가 될 수 없는가?', '우정의 종류는 하나인가 아니면 그 이상인가?' 등으로 제시한다.(1155b9-13) 그리고 나서 그는 우선, 우정은 과연 모든 사람들 사이에서 성립할 수 있는가 아니면 못된 사람은 친구가 될 수 없는가의 물음부터 탐구한다. 이에 대해 아리스토텔레스는 '사랑할 만한 것(philēton)이 무엇인지 이해하게 되면'(1155b17), 이 물음에 대한 해답을 찾을 수 있다고 말한다. 아리스토텔레스는 '사랑할 만한 것은 좋음(ἀγαθόν)이나 즐거움(ἡδύ), 또는 유익(χρήσιμον)이며, 유익은 바로 그것을 통해 어떤 좋음이나 즐거움이 생겨나는 것이다.(1155b19~22)'라고 말한다. 따라서 유익함, 즐거움, 좋음 이 셋이 사랑할 만한 것이다.

아리스토텔레스는 무생물에 대한 애호(philēsis)와 우정을 비교하면서, 우정이 성립하기 위한 조건을 말한다.(1155b27~1156a4) 우리는 무생물에 대한 애호를 우정이라고 말하지 않는데, 그 이유는 무생물에게는 '상대에게 호응하는 사랑이나 상대방이 잘되기를 바라는 마음이 없기 때문이다.' 반면에 우정 관계에 있는 사람들은 '친구가 잘되기를 바라는' 선의(eunoia)를 가지고 있으며, 이러한 선의를 '서로 모르지 않는다.' 따라서 우정 관계가 성립하기 위해서는 '서로에 대해 선의를 갖고 있으며, 상대방이 잘되기를 바라고 또 동시에 그러한 사실을 서로 모르지 않아야 한다.'

아리스토텔레스의 이러한 논의를 참고할 때, 상대가 잘되기를 바라지 않는 관계와 상대의 선의를 받아들이지 않는 관계에서는 우정이 성립하기 어렵다. 우정이 성립하기 위해서는 상대가 잘되기를 바라는 선의를 갖고 있어야 하며, 그 선의를 서로 인지하고 있어야 한다.

홍석영

2) 완전한 우정

친구가 되었으면 그 친구 관계가 완전하길 원한다. 그렇다면 어떤 우정이 완전한 우정일까? 이 물음에 대해 아리스토텔레스는 어떤 대답을 할까? 그는 '사랑할 만한 것은 좋음, 즐거움, 유익함' 세 가지이듯이 우정의 종류도 세 가지, 즉 유익 때문에 성립한 우정, 즐거움 때문에 성립한 우정, 좋음 때문에 성립한 우정이 있다고 주장한다.(1156a6) 그리고 나서 유익 또는 즐거움 때문에 성립한 우정의 특징과 한계를 지적한 후, 좋음 때문에 성립한 우정의 특징 및 완전성에 관해 설명한다.

　유익을 이유로 서로를 사랑하는 사람들은 서로를 그 자체로서 사랑하는 게 아니라 상대로부터 자신에게 어떤 유익함이 생겨나기 때문에 사랑하는 것이다. 즐거움을 이유로 서로 사랑하는 사람들도 마찬가지이다. 그들은 상대가 즐거움을 주기 때문에 사랑하는 것이다. 유익 또는 즐거움 때문에 상대를 사랑하는 사람들은 상대를 바로 그 사람이라는 이유로 사랑하는 것이 아니라 그가 유익 또는 즐거움을 주기 때문에 사랑하는 것이다. 아리스토텔레스는 이러한 우정은 '우연적인 의미에 따르는(1156a17)'이라고 말한다. 왜냐하면 사랑받는 사람이 그 자체로 사랑을 받는 것이 아니라 유익 또는 즐거움을 주는 한에서만 사랑을 받기 때문이다.(1156a10–18)

　유익 또는 즐거움에 근거한 우정은 오래 가지 못한다는 한계를 갖는다. 상대가 더 이상 유익 또는 즐거움을 주지 않을 경우 이 우정은 해체되고 만다.(1156a19-23) 유익에 근거한 우정은 나이 든 사람들과 전성기에 있는 사람들이나 젊은이들 중에서 이익을 추구하는 사람들 사이에 많이 성립한다.(1156a24-27) 반면에 젊은이들 사이의 우정은 즐거움 때문에 성립하는 경우가 많다. 젊은이들은 감정에 따라 살며, 주로 자신들에게 즐거운 것을 추구하고, 또 지금 현재를 중시하기 때문이다. 그런데 문제는 나이가 들어감에 따라 즐거운 것이 달라진다는 것이다. 바로 이런 이유로 즐거움에 근거하는 젊은이들의 우정은 쉽게 형성되고 또 쉽게 해체된다.(1156a32-1156b1) 이와 같이 아리스토텔레스는 유익 또는 즐거움 때문에 성립한 우정은 오래 지속되지 못하는 문제가 있음을 지적한다.

유익 또는 즐거움 때문에 성립한 우정의 한계를 지적한 후, 아리스토텔레스는 가장 완전한 우정은 좋은 사람들, 즉 탁월성에 있어서 유사한 사람들 사이에 성립한 우정이라고 말한다. 이들은 다른 어떤 이유 때문이 아니라 그들 자체로 좋은 사람들이며, 또 이들은 서로가 잘되기를 똑같이 바라는 사람들이다. 친구를 위해 친구가 잘되기를 바라는 사람이 최고의 친구인데, 이들이 이러한 태도를 가지는 것은 우연한 것에 따른 것이 아니라 그들 자신을 이유로 한 것이다. 따라서 이들 사이의 우정도 그들이 좋은 사람인 한 유지된다. 그런데 탁월성은 지속적인 것이다. 따라서 이들 사이의 우정도 지속적일 수 있다.(1156b6-19) 이와 같이 아리스토텔레스는 탁월성에 있어서 유사한 사람들 사이에 성립한 우정이 완전한 우정이며, 이러한 우정은 오래 지속된다고 말한다.

홍석영

그런데 아리스토텔레스는 이러한 완전한 우정이 드문 것 같다고 말한다. 왜냐하면 좋은 사람들, 즉 탁월성에 이른 사람들은 소수이며, 게다가 이런 우정을 위해서는 많은 시간과 사귐이 필요하기 때문이다. 서로가 서로에게 사랑할 만한 사람으로 보이고 그렇게 신뢰가 쌓이기 전까지는 친구로 받아들일 수도 또 친구일 수도 없다.(1156b25-30) 따라서 완전한 우정은 드물다는 것이 아리스토텔레스의 통찰이다.

완전한 우정은 좋은 사람들, 즉 탁월성에 있어서 유사한 사람들 사이에 성립한 우정이다. 반면에 유익 또는 즐거움 때문에 성립한 우정은 '우연적인 의미에 따른' 불완전한 우정이다. 이러한 우정은 유익 또는 즐거움이 사라지면 해체되고 만다. 유익 또는 즐거움 때문에 생긴 우정은 열등한 우정이다. 반면에 좋은 사람들 사이에 탁월성의 유사함으로부터 형성된 우정은 완전한 우정이다.

아리스토텔레스는 우정의 중요한 특징으로 '함께 시간을 보내며 서로에게서 기쁨을 느끼는 것'을 말한다. 그는 성마르고 나이 든 사람들은 서로 선의를 가지고 있으나 온전한 친구가 될 수 없다고 말한다. 왜냐하면 그들은 '함께 시간을 보내지도 않고 서로에게서 기쁨을 느끼지도 않기 때문'이다.(1158a2-10) 따라서 '함께 시간을 보내며 서로에게서 기쁨을 느끼는 것'은 우정의 중요한 특징이라 할 수 있다.

우정은 사랑하는 것과 사랑받는 것 중 어느 것에서 더 잘 성립할까? 이 물음과 관련하여, 아리스토텔레스는 일반적으로 많은 사람들은 사랑하기보다는 사랑받기를 더 바라는 면이 있지만, 우정은 사랑받는 것보다는 사랑하는 것에서 더 잘 성립한다고 주장한다. 그리고 예로서 자녀에 대한 어머니의 사랑을 든다. 어머니들은 자녀를 사랑하는 데서 기쁨을 느낀다. 따라서 우정은 사랑하는 데서 더 잘 성립하며 친구를 사랑하는 사람은 칭찬을 받는다.(1159a13-35) 이 이야기는 유치환의 '행복'이라는 시의 "사랑하는 것은 사랑을 받느니보다 행복하나니라"는 구절의 내용과 일맥상통한다.

3. 배려

우리나라 인성교육진흥법(2015년 1월 제정)에서는 "핵심 가치·덕목"이란 인성교육의 목표가 되는 핵심 가치 및 덕목으로 예(禮), 효(孝), 정직, 책임, 존중, 배려, 소통, 협동을 구체적으로 명시하고 있다. 여기에서는 좋은 인간관계를 형성하고 유지하는 필요한 배려에 관해 살펴보고자 한다.

최근 한 언론(한국일보, 2021. 10. 3.)에 소개된 일화는 배려가 얼마나 좋은 인간관계를 맺게 하고, 우리 사회를 따듯하게 하는지를 알 수 있다. 그 일화의 내용을 간략히 소개하면 다음과 같다.

한 대학생이 추석 연휴 마지막 날인 2021년 9월 22일 오후 11시쯤 집으로 가기 위해 버스를 탔다. 그 대학생은 자신이 교통 카드를 가

홍석영

저오지 않은 것을 뒤늦게 알고, 버스 기사에게 상황을 설명하고 다음 정류장에서 내리겠다고 했다. 그런데 버스 기사는 그냥 타고 가라고 하며, 그 대학생을 집까지 가도록 배려했다. 대학생은 다음 날 자신이 내지 못한 버스 요금과 함께 손편지와 감사 선물을 버스회사에 보냈다. 그는 편지에서 "추석 연휴에 할 일이 많아 가족들과 시간을 보내지 못했고, 자신도 힘든 일상을 보내고 있던 상황에서 기사님이 보여준 배려가 많은 위로가 됐다. 감사하다"고 적었다. 이 이야기를 알게 된 시민들은 "가슴이 따뜻해진다. 기사님도 학생도 좋은 분이다"라는 반응을 보였다.

이와 같이 배려는 누군가의 어려운 상황을 보고 그를 도와주는 마음이다. 국립국어원에서 제공하는 표준국어대사전에서 배려(配慮)의 의미를 찾아보면, "도와주거나 보살펴 주려고 마음을 씀"으로 설명되어 있다. 배려의 영어 표현은 'care' 또는 'caring'이며, 보살핌으로 번역되기도 한다. 오늘날 사람들 사이에 인정이 메마르고 이해타산을 정확히 계산하려는 경향 속에서 배려에 대한 관심과 요청은 그 어느 때보다 증가하고 있다.

서양 윤리학에서도 20세기 중반부터 배려 윤리에 대한 관심이 증가하였다. 이런 관심을 제기한 학자로 길리건과 나딩스를 들 수 있다. 미국의 심리학자인 길리건(C. Gilligan, 1936-)은 공정함이나 정의와 같은 원리를 실현하려는 인간관계보다는 상호 간의 관계와 공감 및 동정심을 중시하는 인간관계에 관심을 가졌다. 그는 정의의 원리보다는 배려의 관계를 중시하는 '다른 목소리'가 있음을 강조하였다. 배려의 관계를 중시하는 경우에는 옳고 그름보다는 조화와 관계성에 관심을 가지며, 나 자신을 타인과 분리된 개별적인 자아로 인식하지 않고, 상호 연관된 자아로 인식하게 된다. 나와 타인을 분리된 개인으로 보지 않고, 서로 연관된 인간으로 본다면, 상호 이해와 협조의 가능성이 증가할 수 있을 것이다.

배려 윤리를 철학적으로 더욱 명료화한 사람은 교육 철학자 나딩스(N. Noddings, 1929-)이다. 그는 근대 윤리학이 가진 형식성과 보편성의 한계를 극복하는 데 관심을 갖는다. 형식성과 보편성은 구체성과 개별성을 충분히 고려하지 못하기 때문이다. 그는 자신의 책『배려교육론』에서 보편성에 대한 관심은 "내가 누구이며, 누구와 어울리고, 누구와 관련되어 있으며, 어떤 상황에 있는지와 같은 문제"를 충분히 고려하지 않는다고 지적한다. 현실에서 어떻게 살아야 하는지에 대한 구체적 답을 찾기 위해서 우리는 관계성과 배려에 관심을 가질 필요가 있다고 강조한다. 그는 삶에서 중요한 것은 서로 알게 되고, 상대방이 느끼는 것을 느끼며, 상대방에 의해 영향을 받게 되는 것이라고 주장한다. 따라서 우리는 배려를 필요로 하는 사람이 처해 있는 구체적인 상황과 요구를 먼저 알아야 한다. 나딩스는 어머니가 자녀에게 베푸는 사랑과 관심을 배려의 전형으로 보았다.

앞에 소개된 일화에서 교통카드가 없어서 버스 요금을 내지 못하여 버스에 탈 수 없다고 생각한다면 그것은 형식성과 보편성을 가질 것이다. 그러나 밤늦은 시간에 버스에서 내리면 어떻게 집에

홍석영

갈 것인가를 구체적으로 생각한 버스 기사는 대학생에게 배려의 관심을 보였고, 도움을 받은 대학생 역시 버스 기사에게 감사의 마음을 가졌으며, 이런 따뜻한 이야기는 그 이야기를 듣는 사람들에게도 마음의 푸근함을 느끼게 한다. 한때 "칭찬은 고래도 춤추게 한다"는 말이 있었는데, 어쩌면 "배려는 우리 모두를 행복하게 한다"고 말할 수 있겠다.

배려의 마음은 공자의 서(恕) 가르침, 그리스도교의 사랑의 마음과도 연결된다. 공자는 나의 진실한 마음인 충(忠)을 바탕으로 남에게 베풀어나가는 마음을 서(恕)라고 하였다. 서는 여(如)와 심(心)이 결합한 문자이다. 즉 다른 사람의 마음을 나의 마음과 같이 헤아리는 마음이다. 그래서 공자는 서를 '나의 마음을 미루어 남의 마음에 미치는 것'이라고 설명하였다. 그리고 한 제자가 "평생토록 실천할 수 있는 한 마디 말이 있습니까?"라고 묻자, 공자는 바로 "그것은 서(恕)이다. 내가 하고 싶지 않은 것을 남에게 요구하지 않는 것이다"라고 답하였다. 공자의 제자인 증자는 서를 혈구지도(絜矩之道)라고 하였다. '혈구(絜矩)'란 '법도로써 헤아리다'라는 뜻으로, '내 마음의 공정한 잣대를 가지고 남의 마음을 헤아리다'라는 의미를 가진다. 증자는 혈구의 구체적인 방법으로 호오(好惡), 즉 좋아함과 싫어함을 제시하였는데, 특히 싫어하는 것을 남에게 행하는 것을 피하라고 하였다. 증자의 말을 살펴보면 다음과 같다.

윗사람에게 싫었던 것, 그것으로 아랫사람들을 부리지 말라.

아랫사람에게 싫었던 것, 그것으로 윗사람을 섬기지 말라.

앞 사람에게 싫었던 것, 그것으로 뒤의 사람에게 베풀지 말라.

뒤의 사람에게 싫었던 것, 그것으로 앞 사람에게 베풀지 말라.

오른쪽 사람에게 싫었던 것, 그것으로 왼쪽 사람에게 베풀지 말라.

왼쪽 사람에게 싫었던 것, 그것으로 오른쪽 사람에게 베풀지 말라.

 내 주위의 사람들에게 싫었던 것을 내 주위의 사람들에게 베풀지 않는 서(恕)는 배려와 연결된다. 한편 그리스도교는 "네 이웃을 네 몸과 같이 사랑하라", "너희는 남에게서 바라는 대로 남에게 해주어라" 등의 가르침이 있다. 그리스도교의 가르침 중 배려의 마음이 특히 잘 드러나는 예화는 '착한 사마리아 사람'의 이야기이다. 이 이야기를 조금 각색해서 소개하면 다음과 같다.

 강도를 만나 두들겨 맞고 다친 채 길에 쓰러진 한 사람이 있었다. 그 곁을 여러 사람이 지나갔는데, 대부분 그 사람에게 별 관심을 두지 않고 지나쳐 갔다. 이들은 사회에서 중요한 임무를 수행하는 사람들이었지만, 지금 길에 쓰러져 있는 그 사람에게는 관심을 기울이지 않았다. 그 사람을 직접 돕거나 또는 적어도 구조를 요청하는 데 필요한 짧은 시간마저도 내어주려 하지 않았다. 그런데 어떤 한 사람이 멈추었고, 그는 다친 사람 곁으로 가서 직접 돌보아 주었다. 심지어 그는 자기 주머니에서 돈을 꺼내 다친 사람을 위해 사용하였다.

홍석영

만약 여러분이 이런 상황을 만나게 되면 어떻게 행동할 것 같은가? '나는 너무 바쁘고 할 일이 있어'라고 하면서 다친 사람 곁을 무심히 지나칠 것인가요, 아니면 '아이고 저런, 사람이 다쳤네' 하면서 그를 도울 것인가?

현대 사회는 물질적으로는 여러 면에서 성장했지만, 발전된 우리 사회 안의 힘없고 약한 이들을 동반하고 돌보며 지원하는 데에는 아직 부족함이 많다. '착한 사마리아 사람' 이야기는 어려운 처지에 있는 사람을 보면 동병상련을 느끼며, 배려하고 돕게 되는 인간의 본질적인 특징을 보여 준다고 할 수 있다.

배려는 공감(共感)과 깊은 관련을 갖는다. 공감의 사전적 의미는 "남의 감정, 의견, 주장 따위에 대하여 자기도 그렇다고 느낌. 또는 그렇게 느끼는 기분"이다. 공감이라는 용어는 1872년 한 학자가 미학에서 사용한 독일어 'Einfuehlung'에서 유래했다고 한다. 미학심리학과 형태지각에서 'Einfuehlung'은 'ein'(안에, 안으로)과 'fuehlen'(느끼다)이라는 단어가 결합된 것으로, '들어가서 느끼다'는 의미를 담고 있다. 관찰자가 흠모하거나 관조하는 물체에 자신의 감정을 투사하는 방법을 설명하는 용어로, 처음에는 예술작품을 감상하고 즐기는 원리를 밝히기 위해 만들어진 용어이다. 정신과정을 설명하는 데 이 용어를 처음으로 사용한 사람은 독일의 철학자이자 역사가인 빌헬름 딜타이(Wilhelm Dilthey, 1833~1911)이다. 그는 다른 사람의 입장이 되어 상대방의 생각과 느낌을 이해하는 것을 나타내는 데 이 용어를 사용하였다. 즉 우리가 예술 작품을 이해할 때처럼 상상력을 동원하여 나의 마음을 상대방의 마음에 투사하고, 그가 어떤 생각과 감정을 가지고 있는지 추측하는 과정을 이 용어에 빗대었다. 독일어 'Einfuehlung'은 에드워드 티치너(Edward Titchner, 1867~1927)에 의해 영어 'empathy'로 번역되었다. 'empathy'는 그리스어 'empatheia'에서 유래했는데, 'empatheia'는 안을 뜻하는 'en'과, 고통 또는 열정을 뜻하는 'partos'의 합성어로서, '안에서 느끼는 고통이나 열정'을 의미한다. 티치너에게 공감은 자신의 내적 느낌, 충동, 감정, 생각을 탐구하여 자신의 정체성과 자아에 대한 개인적 이해를 구하는 방법을 타인에게 적용하는 것이다. 즉 공감은 다른 사람이 느끼는 고통을 자신의 고통인 것처럼 느끼는 것을 의미한다. 다른 사람과 공감이 형성되면, 우리는 그를 도와주거나 보살펴 주려는 배려의 마음을 갖게 된다.

심리학에서는 공감을 보다 효율적으로 하기 위해 다음과 같은 네 가지 훈련을 제시하고 있다. 첫째, 자신의 감정을 자각할 수 있는 능력을 키우는 훈련이다. 자신의 감정을 자각하고 표현할 수 있어야 타인의 감정을 지각할 수 있기 때문이다. 우리는 자주 자신의 감정을 내 감정으로 받아들이기 어렵거나 상황에 적절하지 않다고 판단하여 무시하거나 왜곡한다. 하지만 진정한 내 감정을 알지 못하면 나는 그 감정을 해결할 수 없다. 둘째, 잘 듣는 경청의 능력을 키우는 훈련이다. 잘 듣기 위해서는 사실, 생각, 행동, 감정과 욕구를 구별하여 들어야 한다. 사실이란 말하는 사람이 경험한 사건을 육하원칙(누가, 언제, 어디서, 무엇을, 어떻게, 왜)에 따라 정리한 것이다. 생

홍석영

각은 말하는 사람이 경험한 사건에 대한 평가나 주관적인 해석의 내용을 포함한 것이다. 행동은 말하는 사람이 취했거나 취하고 있는 행동, 비언어적인 정보를 의미하며, 감정은 말하는 사람이 경험하고 있는 기분, 내적인 상태를 말하고, 욕구는 말하는 사람이 희망하거나 기대하는 내용을 의미한다. 셋째, 상대방의 감정을 공감하는 능력을 키우는 훈련이다. 상대방의 감정을 지각할 수 있다면 그 다음은 그 감정에 공감하는 것이 필요하다. 내가 상대방과 같은 상황에 처한다면 나는 어떻게 느낄 것인지를 상상하고 상대방의 감정을 추론해 보는 것이다. 이때 자신과 상대방 간의 차이를 구별할 줄 하는 것도 중요하다. 넷째, 공감된 감정을 표현하는 능력을 키우는 훈련이다. 공감을 잘 하고 있더라도 표현되지 않는다면 진정한 공감이라고 할 수 없다. 일반적으로 '당신은 …때문에 …하게 느끼시는군요'와 같은 표현을 사용한다. 이때 단순히 상대가 느꼈을 감정만을 표현하는 것이 아니라 자신이 이해한 감정의 원인을 함께 이야기해 주어야 한다. '…때문에'로 감정의 원인을 표현하는 것이다. 감정의 원인에 대한 설명은 상대방이 그와 같은 감정을 왜 갖게 되었는지에 대한 자료를 되짚어 보고 자신의 감정을 보다 명확하게 하는 데 도움이 된다.

4. 존중

우리가 맺는 인간관계를 좋은 관계로 형성하고 유지하기 위해서는 존중 또한 중요한 태도이다. 그 존중은 일방적인 존중이 아니라 상호 존중이어야 할 것이다. 특히 직업 생활을 할 때 우리는 존중의 가치를 더욱 되새기게 된다.

2017년 국가인권위원회가 직장생활 경험이 있는 만 20세에서 64세 남녀 1500명을 대상으로 조사한 결과, 약 73% 정도가 직장 내 괴롭힘, 왕따 등의 피해 경험이 있다고 답했다. 이에 2018년 12월 27일 근로기준법 개정안에 '직장 내 괴롭힘 금지' 법안이 통과됐고, 2019년 7월 16일 근로기준법 제6장인 '직장 내 괴롭힘 금지법'이 시행됐다. 직장 내 괴롭힘이란 사용자 또는 근로자가 다른 근로자에게 직장에서의 지위 또는 관계 등의 우위를 이용해 업무상 적정범위를 넘어 신체적·정신적 고통을 주거나 근무 환경을 악화시키는 행위를 말한다. 업무상 적정범위를 넘어서는 기준은 문제된 행위가 사회 통념에서 봤을 때 업무상 필요한 것이 아니었거나, 업무상 필요성은 인정돼도 행위 양상이 사회 통념상 적절하지 않은지를 따져서 결정된다. 직장 내 괴롭힘의 판단 기준은 당사자와의 관계, 괴롭힘이 행해진 장소 및 상황, 일회적 혹은 지속적 여부, 행위의 내용 및 정도 등을 통해 종합적으로 판단될 수 있다. 괴롭힘이 행해진 장소는 외근·출장지 등 업무수행이 이루어지는 공간, 회식이나 기업 행사 현장 등 사적인 공간, 사내 메신저·SNS

홍석영

등 온라인상의 공간이다. 괴롭힘 여부의 판단에서 중요한 점은 피해자에게 신체적, 정신적 고통 또는 근무 환경의 악화라는 결과가 발생한 부분이 인정돼야 한다는 점이다.

직업 생활에서의 괴롭힘을 예방하기 위해 관련 법률이 마련된 점은 긍정적이지만, 이 문제는 법률만으로는 예방하기 어려운 점이 있다. 법률과 함께 상호 존중의 태도가 형성되어야 할 것이다.

독일의 철학자 임마누엘 칸트는 언제 어디서나 조건 없이 지켜야 할 정언명법을 몇 가지 제시하였는데, 그중에 하나가 인간 존엄과 관련된 것이다. 그는 "인간은 목적 자체로서 존재하며 단지 이런저런 의지가 임의로 사용할 수 있는 수단으로 존재하지 않는다. 인간은 자신의 모든 행위에 있어, 그 행위가 자신을 향한 것이든 아니면 다른 사람들을 향한 것이든 간에, 항상 동시에 하나의 목적으로 간주되어야만 한다"고 말하였다. 이 말이 의미하는 바는, 인간은 특히 타인은 나의 의지에 따라 마음대로 사용할 수 있는 수단으로 존재하지 않으며 목적 자체로서 존재한다는 것이다.

그런데 우리의 인간관계를 살펴보면, 많은 관계가 수단 관계로 이루어진다. 예를 들어 대중교통을 이용할 경우 승객과 기사의 관계는 기본적으로는 수단 관계이다. 그러나 수단 관계라고 해서 승객과 기사가 서로 상대를 수단으로만 대한다면, 좋은 인간관계일 수 없다. 그래서 칸트는 다음과 같이 말하기도 하였다:

"너는 너 자신의 인격에 있어서나 아니면 다른 모든 사람의 인격에 있어서 인간성을 단지 수단으로서가 아니라 항상 동시에 목적으로서 대우하도록 행위하라."

수단 관계로 만나게 되는 대부분의 인간관계에서 상대를 '단지 수단으로서가 아니라 항상 동시에 목적으로서 대우'한다면, 직장 내 괴롭힘과 같은 부정적인 상황을 감소시킬 수 있을 것으로 생각한다. 이 정언명법에서 칸트는 다른 사람을 단지 수단으로서가 아니라 항상 동시에 목적으로서 대우하라고 말하고 있다.

현대 사회에서 우리는 자신이 목적이 아니라 수단으로 대우받는다면 불쾌감을 느끼고 나아가 나를 수단으로 대우한 사람에게 항의를 하기도 한다. 이를 바꾸어 생각해 보면, 다른 사람도 나에게 목적이 아니라 수단으로 대우받는다면 불쾌감을 느낄 것이다. 따라서 다른 사람을 단지 수단이 아니라 항상 동시에 목적으로 대우하라는 칸트의 정언명법은 모든 사람에게 보편적으로 적용되어야 할 것이다. 여기서 칸트의 또 다른 정언명법이 떠오른다:

"네가 동시에 그것이 보편 법칙이 될 것을 의욕할 수 있는 그러한 준칙에 따라서만 행위하라."

인간을 목적으로 대우하라는 칸트의 정언명법을 보편적으로 적용한다면, 우리는 인간관계에서 경험하는 부정적인 사례들을 감소시킬 수 있을 것이다.

홍석영

5. 맺음말

우리의 삶은 많은 만남의 연속이라 할 수 있다. 한 개인과의 만남, 사랑하는 사람과의 만남, 친구와의 만남, 이성과의 만남, 스승과의 만남, 직장 동료 및 상사와의 만남, 다른 상황과의 만남… 모든 만남은 그 만남이 얼마나 깊고 진지하냐에 따라 다양한 모습을 보인다. 불가(佛家)에서는 만남을 인연과 연결 짓기도 한다. 모든 성실한 만남은 주어진 상황을 받아들임을 전제로 한다.

상호 인격적인 만남에서 상대를 바라보는 눈길은 매우 흥미롭고 중요하다. 아무것도 보지 못하는 무관심의 눈길, 반대자나 적대자로만 바라보는 심문자의 눈길, 위험만을 바라보는 의심의 눈길, 물건들만 바라보는 소유의 눈길에서 벗어나 나와 만나는 다른 사람을 이해하고 배려하려는 수용적 눈길, 선의를 주고받으려는 우정의 눈길, 진실의 눈길, 존중의 눈길을 나누도록 노력해야 할 것이다.

삶 자체는 우리로 하여금 앞으로 나아가도록 자극하며 어제보다는 나은 내일을 꿈꾸게 한다. '이제 그만하면 됐어' 하고 말하는 순간 나는 치료 불가능한 상태에 빠지게 된다. 일상에서 경험하는 삶의 긴장을 새로운 나를 창조하는 동력으로 삼을 필요가 있다. 삶에 대한 열정을 잃지 않고, 현재의 어려움을 과장하지 않으면서 새로운 내일을 희망하며 지금 이 순간을 충실히 살아가길 권한다.

협동을 통한
인간 사랑의 실천

이인재
(서울교육대학교 교수)

이인재 李仁宰

서울교육대학교 윤리교육과 교수, 교육부 제4,
5기 연구윤리자문위원회 자문위원 역임, 한국
연구재단 연구윤리위원회 위원 역임, 현 (사)대
학연구윤리협의회 사무총장.

인간은 완전한 존재가 아니다. 그래서 실수도 하고 한계를 드러내곤 한다. 인간이 불완전하다는 것에서 우리는 한편으로는 인간이 보여주는 결점이나 부족함을 이해하고 아량을 베풀어야 한다는 점을 알게 된다. 그러나 다른 한편으로는 그 부족함을 채워 미완성에서 완성을 향해 나아가야 한다는 점도 인식할 수 있다. 그런데 인간은 자신만의 힘이나 노력만으로는 미완성에서 완성으로 나아가기 어렵다. 반면에 다른 사람들의 도움과 그들과의 협력을 통해서 이룰 수 있는 것들은 매우 많다. 인간은 혼자의 힘으론 절대 온전한 삶을 살 수가 없다. 인간은 자신에게 없는 것, 부족한 것을 메우기 위해 내가 갖지 못한 것을 가진 다른 사람에게 도움을 받으면서 더불어 살아가야 한다. 인간 상호 간 협동이 필요한 이유이다.

동서고금을 막론하고 서로를 사랑하고 존중하고 배려하면서 협동을 통해 불가능을 극복하고 가치로운 삶을 산 수많은 사례들로부터 우리는 깊은 감동을 받는다. 그런데 최첨단 과학기술과 정보통신기술의 발전으로 과거보다 풍요롭고 편리해진 오늘날, 우리는 협동이라는 소중한 가치를 잊고 다른 사람과 따뜻한 사랑을 나누고 양보하고 배려하는 인간적인 교류가 사라져 버린 삭막한 삶을 살고 있다. 그러므로 협동의 가치를 올바르게 재인식하고 삶의 도처에서 협동을 실천해야 한다. 이하에서는 첫째, 우암 학원의 설립 이념인 '삼애정신'과 이를 구현하는 3가지 교육 목표가 무엇인지를 간략하게 살펴보고, 둘째, 우암 선생이 제시하신 협동 안에 인간 사랑과 존중 및 배려라는 2가지 가치가 내포되어 있음을 재해석하면서 협동을 통한 인간 사랑의 실천 방안을 제시해 보고자 한다.

1. 현대 한국인의 삶과 '협동'의 중요성

인디언 속담에는 이런 말이 있다. "빨리 가려면 혼자 가고, 멀리 가려면 함께 가라. 외나무가 되려거든 혼자 서고, 푸른 숲이 되려거든 함께 서라." 이는 협동, 팀워크(team work)의 중요성을 잘 보여주고 있다. 과거나 지금 시대에도 인간의 삶을 유지하거나 더욱 행복하게 살아가기 위해서 협동이 불가피하다는 것은 불변의 진리다.

언젠가 초등학교 예비교사들에게 초등학생들에게 '협동의 중요성을 감동적으로 가르칠 수 있는 방법에는 무엇이 있을까?'라는 과제를 제시한 후 발표하도록 한 적이 있었다. 지금도 기억에 생생하게 남아 있는 영상이 있다. 개미들이 먹을 것을 가지고 줄을 지어 집으로 돌아가고 있는데, 맨 뒤에 처진 한 마리의 개미가 멧돼지의 강한 입김에 빨리려 하자 다른 개미들이 서로 몸을 합쳐 재빨리 커다란 원을 만들어 멧돼지의 입을 공격함으로써 한 마리의 개미를 구한 내용이었다. '여럿이 함께 여행하는 것이 더 현명하다(it's smarter to travel in group)'라는 문구도 감동적이었고 여럿이 힘을 합치면 어떤 어려움이나 위협도 막아낼 수 있다는 협동의 힘 또는 가치를 잘 느낄 수 있었다. 그렇다. 아주 단편적인 예화이지만 이렇게 협동은 혼

이인재

자서는 절대 약자이지만 서로 힘을 합치면 그 어떤 어려움도, 생명을 위협하는 사나운 적들도 이겨낼 수 있는 강력함을 표출한다. 우리 속담에도 '백지장도 맞들면 낫다'라는 말이 있는데 이 역시 협동이 갖는 시너지 효과를 상징적으로 잘 보여준다.

우리는 살아가면서 다양한 이유와 방식으로 협동을 한다. 그중에서도 협동의 가치를 가장 실감할 수 있는 경우는 서로의 지식, 능력, 경험 등을 모아 혼자서는 쉽게 해결할 수 없었던 과제나 목표를 성취한 때라고 할 수 있다. 또한 각자가 처한 큰 어려움이나 슬픔 속에서 쩔쩔매고 있을 때 여럿이 힘을 모아 대처함으로써 난관을 뚫고 나갈 때에도 협동의 가치를 체험할 수 있다. 다양한 욕구와 이해관계를 가진 인간관계에서 직면하는 크고 작은 어려움과 고통은 혼자서 다 감당할 수가 없다. 감당한다고 해도 오랜 시간이 걸리거나 많은 노력을 해야 한다. 그렇지만 서로 위로하고 격려하면서 문제 해결을 위해 함께 협동한다면 훨씬 빠르게 제대로 문제를 해결할 수 있다. 따라서 협동이 곧 힘인 것이다.

그런데 현대를 사는 우리는 이러한 협동의 가치를 간과하고 있는 것 같다. 협동은커녕 다른 사람을 무시하고 비난하기 일쑤다. 겉으로는 협동을 하는 것 같지만 자신의 목적 달성을 위해 별 도움이 되지 않는다면 흉내만 낼 뿐 진정으로 마음에서 우러나오는 협동을 하지 않는다. 청소년이든 어른이든 협동을 빌미로 무임승차를 하려는 데만 더 관심이 있지 타인 또는 우리의 더 큰 목표 달성이나 이익을 위해 나의 작은 손해나 불편을 조금이라도 감수하려고 하지 않는다.

이는 우리 주변에 '협동하는 태도와 가슴'을 제대로 지니고 다른 사람을 만나거나 일하는 사람들이 적기 때문이라고 본다. 우선 이것은 자만심과 오만에서 비롯된다. 자신이 가진 능력을 과대평가하는 경우, 다른 사람의 배려나 도움 없이도 무엇이든 혼자서 다 할 수 있다는 자만심이나 오만이 생겨나게 된다. 이것은 타인과 협동하는 데 커다란 장애가 된다. 자만심이나 오만은 타인을 존중하고 인정하기보다는 무시하거나 비하하도록 만든다. 나보다 나이가 어리다고, 성별이 다르다고, 지식이 부족하고 지위가 낮다고 쉽게 타인을 평가하게 되면 타인이 가진 장점을 볼 수 없게 되어 궁극적으로 타인과의 협동이 어려워진다. 또한 다른 사람과 함께 더불어 살아가는 데 필요한 타인에 대한 인정, 존중, 배려가 사라지고 자신만을 위한 강력한 이기주의와 탐욕으로 물들어 협동이 잘 이루어지지 않는다. 한마디로 자신을 사랑하듯 타인을 사랑하지 않기 때문이다. 우리가 사는 사회나 국가 공동체는 공동의 필요에 기초하지만 그 필요를 충족시키기 위하여 연대와 사랑이라는 가치와 이를 지속적으로 실천하는 뜨거운 열정이 절대 필요하다.

이인재

2. 우암의 삼애정신 중 협동교육의 재인식—인간 사랑의 개념과 그 위대한 힘의 단서

우암의 삼애정신과 그로부터 나온 우암 학원의 세 가지 교육 목표가 무엇일까? 이를 이창섭 우암교육사상연구소장의 글을 통해 간추려 보고자 한다. 주지하다시피, 우암 선생은 하나님 사랑(敬天), 인간 사랑(愛人), 나라 사랑(愛國)이라는 삼애(三愛)정신을 바탕으로 우암 학원을 설립하였다. 삼애정신 중 하나님 사랑은 인간의 본래 마음속에 간직하고 있는 양심과 정의로운 마음, 인간 사랑은 각 사람들의 개성을 인정하고 존중하고 배려하는 마음, 나라 사랑은 자신의 터전을 지키고 각자에게 주어진 일에 최선을 다하는 마음이 그 핵심이라고 요약할 수 있다. 이 삼애정신은 분리되지 않고 서로 밀접하게 연결된 인간의 선한 마음으로, 하나님에 대한 사랑이 토대가 되어 진정한 인간 사랑과 나라 사랑으로 나아가는 구조를 지녔다는 특징이 있다. 또한 이 삼애정신이 바탕이 되어 우암 학원의 세 가지 교육 목표인 도의교육, 협동교육, 직업교육이 나오게 된다.

그렇다면 우암 학원의 설립 정신인 삼애정신 중 인간 사랑과 그것이 바탕이 되어 나온 협동교육이 무엇이며, 그것이 현대의 우리 교육에서 갖는 의미가 무엇인지를 재조명해 보자.

우암 선생은 다양한 유형의 사람들을 만나면서 인간관계에서 가장 소중한 것은 인간에 대한 사랑과 이해, 존중이라는 믿음을 갖게 되었다. 인간의 행복은 많은 돈이나 물질이 아니라 상호이해하고 인정을 주고받으며 사랑을 나눌 때 도달할 수 있다고 보았다. 인간을 사랑한다는 것은 그 사람의 지위, 조건과 무관하게 한 인간으로서 무조건적인 존엄성과 가치를 지니고 있음을 상기시키는 것이기 때문이다. 우리가 살면서 만나는 사람은 성별, 외모, 배경, 종교, 역할, 지위나 빈부의 차이 등 다양하지만 서로를 인정하고 존중해야 한다. 인간은 본질적으로 사랑을 하고 사랑을 받고 싶어 하는 욕구를 지닌 존재이며, 자신을 사랑하는 데서 시작하여 이타적 사랑을 나누는 존재로 확대된다.

우암은 이러한 인간의 사랑을 바탕으로 협동교육을 강조하고 몸소 실천하였다. 인간은 불완전하고 혼자서는 살 수 없는 공동체적 존재이므로 더불어 살아갈 수 있는 힘을 갖도록 하기 위해 협동교육이 필요하다는 것이다. 협동교육이란 상대를 존중하고 배려하며 더불어 사는 협동심을 기르고 공동체 의식을 고취시키는 인간관계 교육이다.

세분화되고 전문화된 시대에 혼자서 모든 것을 다 갖추기란 불가능하기에 서로 도움을 주고받으면서 각자의 부족함을 채워가는 것이 더 효율적이다. 그런데 협력은 저절로 이루어지는 것이 아니다. 상대를 인정하고 존중하고 배려하며 양보할 수 있어야 진정한 협력이 가능하다. 타인을 인정, 존중, 배려하고 양보하는 것은 결국 인간에 대한 사랑의 마음이 없이는 나오지 않는다. 그래서 이러한 협동의 소중한 가치를 제대로 인식하고 협동할 수 있는 능력을 갖도록 하기 위해 협동교육이 필요하다. 우암은 이러한 기본 인식을 바탕으로 인간 사랑을 통한 협동교육을 강조하고 실천했다.

이인재

어떤 조건을 따지지 말고 인간이 가진 존엄성에 근거하여 다른 사람의 개성을 인정하고 존중하고 배려하라는 우암 선생의 인간 사랑은 시·공간적 차이나 변화에도 불구하고 인간이 살아가는 모든 공동체적 삶에서 가장 기초가 되는 인간 삶의 중요한 원칙이라고 할 수 있다. 인간의 삶에서 인간 사랑이 없다면 마치 공기나 물 없이는 살아갈 수가 없듯이 인간다운 삶, 행복한 삶을 상상할 수 없다. 또한 불완전하고 혼자서는 살아갈 수 없는 존재가 인간이므로 서로의 부족함을 메꾸어 서로가 더 행복하게 살아가기 위해 협동이 요구되는 바, 이를 위해 인간 사랑에 토대를 둔 협동 교육을 강조하고 있다. 물질적으로 풍요롭고 편리해진 사회에서 나 혼자서도 불편 없이 살아갈 수 있는 것처럼 보이지만 그렇지 않다. 과학기술문명이 가져다준 빛과 그림자의 양면성이 분명히 존재할 뿐만 아니라 역설적으로 개인의 고립과 타인과의 진정한 대화 단절이 증가함으로써 불안감, 각종 폭력과 공감 능력이 부족한 사이코패스로 인하여 삶이 더욱 공허하고 피폐해지고 있다. 공존적 존재로서 인간이 타인과의 소통을 원활하게 하고 연대감을 높이고 서로 의지하면서 협동을 하지 않는다면 이러한 최첨단 과학기술 시대의 역기능을 해소할 수 없다. 이러한 역기능 해소를 위해 우암 선생이 강조한 인간 사랑과 협동교육은 우리에게 그 시사하는 바가 매우 크다고 할 수 있다.

3. 협동에 깃든 가치의 발견(1) : 인간 사랑

협동에 어떤 의의 또는 가치가 있는지를 살펴보기 전에 먼저 협동
은 기본적으로 어떤 의미가 있는지를 살펴보자. 국립국어원 홈페이
지에서 '협동'이라는 단어를 검색해 보면, 협동은 '서로 마음과 힘을
하나로 합하는 것' 또는 '힘을 합하여 돕는 것'이라고 나온다. 협동
의 한자어인 協同은 합할 협(協)과 같은 동(同)이 결합한 것인데, 이
중 합할 협(協)은 열 사람(十)과 세 개의 힘(力)이 어우러져 있는 형상
이므로 많은 사람이 함께 힘을 합친다는 뜻을 내포하고 있다. 한글
사전과 한자어를 풀어본 것을 종합해 보면, 협동은 많은 사람이 함
께 힘을 합친다(모은다)라는 의미를 갖고 있다. 이때 힘을 모으는 이
유는 공동의 목표를 달성하거나 주어진 문제나 어려움을 해결하기
위해서이고, 모으는 힘은 각자가 가진 지식이나 지혜, 경험, 장점,
기술, 마음 등 목표 달성이나 문제 해결에 필요한 모든 것을 포함한
다고 볼 수 있다. 협동이라는 말과 유사한 용어로 협력이 있는데,
일반적으로 협력은 수직적, 상하 관계적 개념을 갖는 것으로, 협동
은 수평적(평등한) 개념을 갖는 것으로 이해되기도 한다.

선진 유학에서 협동은 사람들의 마음과 힘을 하나로 모으는 것
으로 상대방을 소중히 아끼고 인정하는 마음에서 비롯되는 것으로
본다. 상대방과 화합하기 위해서는 먼저 서로 다름을 인정하고 그
가운데에서 조화를 이루어야 함이 강조되고 있음을 알 수 있다.

최근 인성교육 관련 여러 문헌을 보면 협동 또는 팀워크(team work)

이인재

는 '사회에서 활동하는 두 사람 이상이 함께 공동의 목적이나 목표를 이루기 위하여 하는 모든 행위' 또는 '공동 과제를 산출하고 이를 달성하기 위해 집단 구성원이 마음과 힘을 하나로 합하여 서로 돕는 것으로 협동하는 과정에서 자신은 물론 타인에게도 이익이 되는 결과를 추구하는 것'이라고 설명한다. 이러한 협동은 각자에게 명확한 역할이 주어지고 그에 대한 책임을 다함으로써 일정한 결과를 만들어 낼 수 있다는 의미가 내포되어 있다.

다양한 사람들만큼이나 마음도 각양각색이다. 이런 마음을 하나로 합친다는 것은 결코 쉬운 일이 아니다. 그럼에도 우리는 살아가면서 마음을 합치고 힘을 한데 모아야 할 필요가 있다. 즉, 협동이 필요한 것이다. 이러한 협동은 다른 사람을 나와 같이 소중한 인격을 지닌 존재로 인정하고 높이는 마음이 없이는 불가능하다.

인간은 부족하고, 한계를 지닐 뿐만 아니라 여러 측면에서 서로 다르기 때문에 협동해야 한다. 협동을 하면 혼자서는 불가능한 것도 가능하게 할 수 있고, 시간이 오래 걸리는 일들도 크게 줄일 수 있으며, 더 풍부하고 좋은 결과를 얻을 수 있다. 특히 우리가 살고 있는 현대를 보면, 만나는 사람들의 배경과 특징이 더욱 다양하고, 지역적으로 흩어져 있으며, 빠르고 즉흥적인 디지털 방식에 익숙하고 변화의 속도 또한 빠르고 역동적이어서 혼자의 힘으로는 해결 불가능한 일들이 많아진 상태이다. 따라서 이런 시기일수록 더욱 힘을 모아야 한다.

협동을 하게 되면 혼자서 할 때보다 얻는 장점이 많다. 그렇지만 다른 사람들과 함께 힘이나 마음을 합치는 것은 결코 쉬운 일이 아니다. 그러므로 협동을 잘하기 위해서는 필요한 가치와 태도가 뒷받침되어야 한다. 이러한 가치와 태도 중에서 가장 기본이 되는 것은 바로 인간 사랑이다. 인간 사랑이란 말 그대로 다른 사람을 아끼고 소중히 여기는 마음 또는 한 인간을 애틋하게 그리워하고 열렬히 좋아하는 마음이다. 인간 사랑의 참된 의미를 파악하기 위해 인간 사랑을 대상, 근거, 행위로 각각 나누어 살펴볼 필요가 있다.

첫째, 사랑의 대상과 관련하여, 인간 사랑은 일반적으로 자기 자신이 아닌 다른 사람을 사랑하는 것을 의미한다. 사랑의 대상이 자신에게로 향하면 자기 사랑, 즉 자기애가 되고, 다른 사람에게로 향하면 타인 사랑이 되는데, 통상 인간 사랑은 후자 즉, 다른 사람에게로 향하는 사랑을 말한다. 여기서 말하는 타인이란 자신 아닌 모든 인간 존재를 말한다. 타인은 부모나 형제처럼 가족이나 친·인척일 수도 있고, 친구나 선생님, 이웃 어른처럼 공간, 지리적으로 가깝게 알고 지내는 사람일 수도 있으며 지역, 언어, 인종, 민족, 종교 측면에서 서로 다를 뿐만 아니라 전혀 알지 못하는 사람일 수도 있다. 물론 인간 사랑은 자신에 대한 사랑을 기반으로 하고 있음을 간과해서는 안 된다. 자신을 사랑하지 않거나 할 수 없는 사람에게서 가까운 사람이든 모르는 사람이든 타인에 대한 진정한 사랑을 기대할 수 없기 때문이다.

둘째, 사랑의 이유나 근거와 관련하여, 인간 사랑은 타인을 나와 같은 존엄한 존재이므로 조건 없이 사랑한다는 것이다. 즉, 타인을

이인재

사랑하는 것은 타인이 나와 같이 존엄하고 소중한 인격을 가진 생명체이기 때문이다. 그러므로 타인을 사랑할 때 그들이 먼저 나에게 도움을 주었다거나 아니면 현재 혹은 미래에 필요하거나를 계산하는 것은 옳지 않다. 타인이 어른이든 아이든, 성별이 같든 다르든, 알고 있든 모르든, 친하게 지내든 친하지 않게 지내든, 가깝게 있든 먼 지역에 있든, 피부 색깔이나 민족 및 국가가 같든 다르든, 지위나 교육 및 경제적 수준이 높든 높지 않든 차별하지 않는 것을 말한다.

셋째, 사랑의 행위와 관련하여, 인간 사랑은 타인을 아끼며, 소중히 여기는 마음을 가질 뿐만 아니라 이것을 드러나게 하는 구체적인 행동 또는 관심을 갖고 이해하려는 노력들이 표출되는 것을 말한다. 타인이 나와 같이 존엄하고 소중하다는 점을 인식하고 아끼는 마음이 없이는 사랑할 수가 없다. 또한 타인에게 관심을 갖고 타인의 처지나 입장을 이해하지 못하면 사랑할 수가 없다. 그러므로 인간 사랑은 타인을 소중히 여기고 아끼는 마음과 타인의 요구나 상황을 이해하려는 노력을 통해 나오는 것이라고 할 수 있다.

인간 삶을 불편하거나 불행하게 하는 것은 나와 상대방의 성별, 피부색, 민족, 종교, 빈부, 능력 등 여러 측면에서의 다름, 즉 차이 그 자체가 아니라 이러한 것들을 자기 위주로 잘못 판단하여 무시, 비하, 비난, 불통하기 때문이다. 타인의 있는 그대로를 받아들이고 이해하면서 서로 양보하고 관용하고 소통한다면 협동은 자연스럽게 더욱 활발해질 수 있다. 서로의 다름을 인정하고 존중하는 방법을 제대로 배우고 경험할 기회를 충분히 갖는다면 이해의 부족과 갈등을 줄이고 소통과 협동의 가능성은 더욱 높아질 수 있다. 자신과 타인의 차이 또는 다름을 공동의 목표를 달성하기 위해, 시너지를 내는 방향으로 창조적이고 생산적으로 활용하기 위해 사랑과 관용이 절대 필요하다. 우리는 서로 같기 때문이 아니라 서로 다르고 혼자서 완벽할 수 없기 때문에 협동을 하는 것이고 인간 사랑이 없다면 협동은 불가능하다.

오래전에 국내의 한 긍정심리학자가 어느 수상식에서 수상 소감을 말하면서 '성공의 원천은 사랑과 협동'이라고 했는데, 이는 사랑이 토대가 된 협동이 성공적인 삶, 행복을 위해 얼마나 필요한지를 잘 대변해 주고 있다. 서로 사랑하면 상대를 존중하고 신뢰감이 높아지며, 어려운 상황에서도 서로 힘을 합치도록 하는 강한 동기를 준다. 그래서 협동을 하면 힘들어도 고단함을 덜 느끼고, 더 큰 일을 해 낼 수 있을 뿐만 아니라 더 멀리 갈 수가 있다. 사랑과 협동은 서로 무관한 별개의 가치·덕목이 아니라 서로 기대고 유익한 시너지 효과를 주는 뗄레야 뗄 수 없는 관계인 것이다.

인간 삶의 가장 중요한 법칙은 자신을 포함한 모든 인간을 조건 없이 사랑하는 것이다. 인간 사랑은 나와 타인을 차별하지 않고 타인을 존엄한 존재로 소중히 여기고 아끼는 것이다. 내가 타인을 제대로 사랑할 수 있을 때 타인도 나를 존중하고 배려하기 때문에 타인으로부터 사랑을 받을 수 있다. 이러한 사랑이 충만할 때 모든 인간 존재는 자신의 자아실현은 물론 원하는 목표를 달성할 수가 있다. 특히 나보다 낮은 위치에 있는 사람, 어려움이나 고통을 겪고 있는 사람에

이인재

게 사랑을 아낌없이 주는 것은 가장 큰 사랑이라고 할 수 있다. 사랑을 받는 것도 행복한 일이지만 아낌없이 사랑을 줄 때 모두에게 더 큰 행복을 줄 수 있기 때문이다.

4. 협동에 깃든 가치의 발견(2) : 존중과 배려

협동이란 말에 인간 사랑이라는 숭고한 가치가 깃들여 있음을 살펴보았다. 협동에 깃든 다른 가치는 또 무엇이 있을까? 존중과 배려가 바로 그것이라고 생각한다. 존중과 배려는 협동을 실천하기 위해 반드시 요청될 뿐만 아니라 인간 사랑과도 밀접하게 관련된 가치·덕목이다.

첫째, 존중은 어떤 대상을 높이어 귀중하게 대한다는 의미를 갖고 있다. 이렇게 보면 존중은 앞서 살펴본 인간 사랑과도 밀접한 관련을 맺으며 인간 사랑을 위해 필수적인 것이다. 인간 사랑은 바로 타인을 인정하고 존중하는 데서 시작되기 때문이다. 내게 없는 장점을 가진 다른 사람과 협동을 하게 되면 그만큼 시간과 노력을 줄일 수 있으면서 그 과제 내용도 더욱 충실하여 더 나은 성과를 얻을 수 있다. 그러므로 협동이 필요한 것이다. 그렇지만 이러한 협동이 제대로 이루어지기 위해서는 도움을 주는 사람과 도움을 받는 사람 모두가 서로를 존중하고, 인정하면서 주어진 과제 수행에 필요한 각자의 장점을 서로 보완할 수 있어야 한다. 이는 각자만의 지식과 능력 그리고 경험으로는 과제 수행이 어렵다는 것을 솔직하게 받아들이고 보완하려는 의지가 전제된 것이다. 인간 각자가 가진 한계가 있고, 또 각자는 나름의 장점이 있으므로 나 혼자만이 옳거나 다른 사람의 도움이 없이도 어떤 것도 할 수 있다는 태도는 바람직하지 않다. 특히 도움을 준다고 하여 우쭐대거나 도움을 받는 사람을 무시하는 태도를 보여서는 안 된다. 또한 도움을 받는다고 해서 기가 죽거나 자신의 무능력에 실망할 필요가 없다.

둘째, 배려는 상대에게 관심을 가지고 도와주거나 보살펴 주며, 마음을 쓴다는 뜻을 지니고 있다. 배려는 앞서 말한 인간 사랑과 존중이 사람들의 관계, 특히 협동의 상황에서 구체적으로 표현된 것이다. 배려는 배려가 필요한 사람에 대해 그가 무엇을 요구하는지 세심한 주의를 기울이고 그 요구를 정확하게 파악하여 도움이나 위로와 같이 배려받는 사람에게 필요한 일을 하는 것이기 때문이다. 서로가 힘을 모아 당면한 문제를 해결하거나 주어진 목표를 달성하기 위해서는 협동에 참여하는 사람들에 대한 배려가 반드시 필요하다. 문제 해결이나 목표 달성을 위해 필요한 것에 대해 주목하고 각자의 장점을 이끌어 내고 이를 조화롭게 모아 집중하여야 하는데 이때 각자를 인정하고 필요로 하는 부분에 주의를 기울여 그 필요를 충족시켜 줄 수 있는 것이 바로 배려이기 때문이다.

인간은 누구나 자기에게 이익이 되고 즐거운 것을 우선적으로 선호하고 손해나 불쾌한 것을 꺼려하는 성향을 갖고 있다. 그런데 역

이인재

설적이게도 자기 이익만을 좇아 다른 사람의 권리를 무시하고 피해를 주게 되면 결국 언젠가 그 부정적 결과가 자신에게로 부메랑이 되어 돌아오게 된다. 오히려 당장 내가 손해를 보는 것 같지만 욕심을 덜 부리고 양보하면서 다른 사람과 협동하고 타인을 돕는다면 궁극적으로 나에게 이익이 되는 경우가 더 많다.

5. 우암의 협동 가치를 실천하는 길

협동은 한 인간으로서 자아실현은 물론이고 원만한 사회생활을 할 수 있도록 도와주는 중요한 역할을 한다. 서로를 존중하고 신뢰할 수 있으며 행복한 삶을 위해 협동은 필수적이다. 누군가 어려움에 처해 있거나 도움이 필요할 때, 먼저 나서서 도움을 주는 사람을 우리는 존경하고 사랑하게 된다. 각자가 속한 크고 작은 공동체의 목표를 달성하기 위해 동참이 필요할 때 각자의 유불리를 계산하지 않고 선뜻 참여하는 사람은 많은 사람들로부터 사랑을 받고 좋은 인간관계를 유지할 수 있다. 왜냐하면 협동하기 위해서는 타인 사랑, 존중, 배려가 반드시 있어야 하고 이러한 덕성은 바로 타인으로부터 인정과 사랑을 받을 수 있는 핵심적 요소이기 때문이다.

　이러한 협동의 가치가 실천되기 위해 무엇이 필요할까? 협동을 하는 데 남녀노소, 지위, 능력 등의 차이가 반드시 고려되어야 하는 것은 아니며 이러한 차이에 따라 각자의 독특한 역할이 주어지는 것도 아니다. 협동할 수 있는 사람들을 길러내기 위해 학교, 가정, 사회의 역할에서 차이가 있을 수 없다. 모두가 함께 노력해야 한다.

첫째, 협동이 인간 삶에서 갖는 중요성을 인식하고 협동이 실천되기 위해 필수적인 인간 사랑, 존중, 배려가 무엇이며 왜 필요한지를 올바르게 이해할 수 있도록 해야 한다.

둘째, 인간 사랑, 존중, 배려를 통한 협동은 말로만 되는 것이 아니라 일상생활에서 자주 실천해 봄으로써 습관화, 즉 자신의 몸에 자연스럽게 배어 나올 수 있도록 해야 한다. 협동을 통해 어려움을 극복하고 목표를 달성하는 데서 나오는 긍정적인 결과에 대한 좋은 감정, 즉 기쁨, 보람, 신뢰, 자기 효능감 등을 자주 경험하도록 해야 한다. 인간은 가치 있는 일을 행함으로써 얻게 되는 좋은 감정을 통해 그 가치를 반복적으로 할 수 있는 힘을 갖게 되기 때문이다. 또한 이러한 긍정적 결과를 다른 사람에게 확산하는 데도 기여를 한다. 전 국민 모두가 자발적으로 나서서 태안 반도의 기름을 제거하는 봉사활동에 참여함으로써 태안 반도의 기름 제거가 가능했던 것이라든지, 지하철에 발이 끼어 위험에 처한 승객을 구하기 위하여 승객들이 모두 내려 전동차를 밀어 발을 뺀 사례 등은 작은 힘들이 모이면 불가능을 가능으로 바꿀 수 있다는 협동이 가진 마법의 힘을 잘 보여준다. 가정이나 학교에서든 신문이나 방송을 통해서든 이러한 협동의 신비스런 힘을 자주 목격하게 하고 이에 감동을 받아 각자가 자신의 삶에서 이러한 협동을 실천할 수 있

이인재

도록 강한 동기부여를 하여야 한다.

셋째, 다른 사람을 인정하고 신뢰해야 한다. 협동은 개인적으로나 사회적으로 크고 작은 문제 해결, 어려움을 이겨내기 위해 필요하다. 각기 다른 사람을 한데로 모으고 합치기 위해서는 사회적 자본인 신뢰가 중요하다. 우선 각자가 타인이나 국가 사회에 대해 신뢰를 보여주어야 하며, 타인이나 국가 사회도 신뢰할 수 있다는 믿음을 가져야 한다. 일반적으로 내가 다른 사람을 존중하고 신뢰하며, 사회가 공정하고 내가 어려울 때 타인이나 사회가 나를 도울 것이라는 믿음이 강할 때 그렇지 않은 사람보다 더 잘 협동하게 된다. 즉, 높은 신뢰를 보이는 사람들은 상호성과 이타성에 대한 믿음 또한 가지고 있기 때문에 자신이 어려울 때 도움을 구할 뿐만 아니라 다른 구성원들에게도 적극적으로 도움을 준다. 노인들의 경우 주변 사람들이나 사회를 신뢰하지 못할수록 스스로 고립되어 필요한 정보나 도움으로부터 소외되는 경향을 보인다는 의료 분야의 연구 결과를 협동에도 적용할 수 있을 것이다. 즉, 협동은 인간 상호 간에 사랑과 존중 그리고 신뢰가 높을 때 도움 주기가 빈번해지고 도움이 필요할 때 도움 요청도 잘 한다.

결국 우암 선생의 인간 사랑은 협동을 위한 중요한 토대가 되며, 불완전한 인간이 협동을 통해 부족함을 충족시킴으로써 자아실현과 더불어 살아가는 행복을 얻을 수 있음을 이야기한다. 자기 자신 또는 가족을 제외한 다른 사람에 대한 사랑이 사라져가고 있는 현대 사회에서 우리가 반드시 되돌려야 하는 것은 바로 타인을 존중하고 아끼는 인간 사랑이며 이를 토대로 타인과의 협동을 통해 자신의 부족함을 메우고 신뢰와 끈끈한 유대감으로 각자의 어려움을 이겨내고 공동의 목표를 보다 원활하게 달성할 수 있어야 할 것이다.

이인재

12

우암의 협동교육과
공동체 가치

신경희

(전남대학교 교수)

신경희 申敬熙

전남대학교 교수, 전 남부대학교 교수,
성균관대학교 학사 및 석사,
University of Wisconsin Madison 박사,
Northwestern University Research Fellow,
University of Wisconsin Madison 교환교수.

1. 들어가면서

최근의 한국 사회의 가장 큰 문제점 중 하나는 개인주의라고 할 수 있다. 한국 사회는 한국 전쟁 이후로 세계적으로 유례가 없는 경제적 부흥을 일으켰다. 지속적인 경제성장을 통해 1인당 GDP는 60년대에 비해 약 250배가 늘어났고, 1996년에는 선진국 클럽이라는 OECD에도 가입했다. 2021년 현재, 한국의 1인당 GDP는 3만 달러에 이르고, 경제 규모는 OECD국가 중 10위를 차지할 만큼 경제성장의 모범국가라고 불러도 손색이 없다. 그렇지만 이 같은 눈부신 성적표를 받아든 한국인들의 자화상은 우울하기만 하다. 여러 조사를 보면, 세계에서 한국인의 행복도는 최하위권이며(영국 레스터 대학, 103위), "당신은 행복한가"라는 질문에 한국인의 70%는 "나는 불행하다"고 대답했다고 한다. 즉, 한국 경제는 지속적으로 발전해 왔지만 한국인은 오히려 불행하다고 느끼고 있는 아이러니한 상황이 발생하고 있다는 것을 알 수 있다.

이처럼 비약적인 경제성장과 인간소외현상이 동시에 일어나는 것은 한국 사회가 그동안 물질만능주의, 소비 자본주의, 그리고 개인주의의 영향력 아래 전체 사회의 이익과 발전보다는 개인적 이익과 만족만을 강조해 왔기 때문이다. 또한 한국 사회의 개개인이 가지고 있는 역량은 뛰어나지만 이것이 개인의 행복과 전체 사회의 행복으로 이어지지 못했기 때문이기도 하다. 즉, 한국 사회는 외면적으로 뛰어난 성과를 효율적으로 이루어왔지만 그 과정에서 무언가 중요한 것을 잃어버렸으며 그것은 바로 공공의 이익과 공공선(common good)이라고 할 수 있다. 그동안 한국사회는 개인의 탁월한 지적능력과 효율성을 강조해 왔다. 실제 이는 개인의 사회적 성공의 원천이 되었고, 또한 한국사회의 초고속 경제성장의 밑거름이 되기도 하였다. 그러나 철학적 방향성이 내포되지 않은 개인의 능력 강조는 이기주의와 인간소외와 같은 현대사회의 비극을 초래하였다.

한국사회가 공동체 가치를 망각한 채 극단적인 개인주의와 능력주의만을 강조함에 따라 사람과 사람 사이의 정서적인 교류는 심각한 수준으로 단절되면서, 인간의 정체성과 가족 그리고 공동체 가치가 근본적으로 훼손되어 왔다. 이와 같은 문제점에 대하여 우암 선생은 우암학원의 설립 이후 개인의 이익과 편의만을 생각하는 이기주의 속에서 점차 상실되어 가는 인간성을 회복하고, 우리 사회 곳곳에서 발생하고 있는 각종 사회문제와 갈등을 치유하는 인성교육을 강조해 왔다.

우암의 협동교육은 한국사회가 당면한 딜레마에 대한 대안으로 여겨진다. 또한 학교에만 머물러 있는 인성교육이 아닌, '옥과'라는 지역사회와 함께 지역공동체를 통한 협동교육이라는 점에서 공동체 의식이 상실된 현대 사회가 안고 있는 문제점에 대한 현실적이고 지속 가능한 해결책으로 볼 수 있다. 저자는 성장 위주의 한국사회가 개인에게 주는 소외감과 불안감, 고립감에 대한 대안을 공동체적 관계의 복원과 확장을 통한 협동교육이라고 가정하고 우암학원의 협동교육 실례를 살펴보고자 한다. 또한 이에 앞서 공동체

신경희

의 의미를 우리나라의 역사적 맥락에서 논의함으로써 한국사회의 전통적인 공동체 가치를 살펴보고 이를 통해 한국의 전통적 공동체 단위에 해당하는 옥과 지역공동체의 의미를 검토하고 우암학원의 협동교육의 가치를 되새겨보고자 한다.

2. 공동체(community)

1) 한국의 전통적인 공동체 의식

한국인의 전통적 공동체 의식은 홍인인간에서 그 기원을 찾을 수 있다. 홍익인간 이념은 건국신화인 단군신화에서 유래한다. 넓다는 의미의 홍(弘)과 더하다는 의미의 익(益)이라는 한자어에서 알 수 있듯이 홍익인간은 '널리 인간세계를 이롭게 하라'는 의미를 담고 있다. 홍익인간이란 개인으로서의 인간을 널리 이롭게 하는 것뿐만 아니라 개인과 개인이 모여 사는 인간세계 즉 공동체 사회를 널리 이롭게 하는 데 그 궁극적인 목적을 가지고 있다고 확대해서 해석할 수 있다. 홍익인간 사상에서 나타나는 공동체 가치와 관련된 특징은 다음과 같이 두 가지로 나누어 설명될 수 있다.

첫째, 홍익인간 정신은 인간의 존엄성과 행복을 최상의 목표 가치로 중시하는 인본주의 정신을 반영하고 있다. 상생과 조화, 타인에 대한 존중과 배려, '우리'라는 가치가 살아있는 공동체 의식, 이기심이 아닌 공심을 선택하게 하는 교육, 두루 이롭게 하는 가치관, 더불어 살아가는 공동체를 만드는 것이 바로 오천 년 한민족의 정신적 뿌리가 되는 홍익인간 정신이다. 이 정신은 단군시대에 이어 삼국시대에는 그 범위가 넓어지고 제천행사를 통해 두레 공동체 의식으로 발전하였고, 조선시대에는 향약을 기반으로 향촌 사회의 자치 규약과 공동체 조직으로 구체화됐으며, 서원과 함께 향촌사회의 발전에 기여했다. 결국 홍익인간 정신은 두레 정신, 품앗이 문화, 상부상조의 생활화 등 화합과 상생의 공동체 문화를 탄생시킨 원동력이라고 할 수 있다.

둘째, 홍인인간은 타인과 공동체에 대하여 사랑하고 봉사하는 이타적인 윤리관을 담고 있다. 홍익에서 '익(益)'은 '돕는다', '이롭게 한다', '더한다'는 의미이다. 이는 나의 이익만을 추구하는 이기주의가 아닌 타인의 존재를 인정하고 그들의 이익과 입장을 고려하는 이타주의를 반영하고 있다. 홍익정신에 내포된 이타주의는 나를 둘러싼 타인들 역시 나와 나의 가족의 연장선상으로 긍휼과 자비를 베풀어야 하는 대상으로 본다. 이와 같은 이타주의 가치관 속에서 홍익인간(弘益人間)은 문자 그대로 '널리 인간을 이롭게 한다' 또는 '크게 넓게 인간을 돕는다'로 해석된다. 이는 정치적 그리고 윤리적인 의미로도 해설될 수 있으며 개인과 개인을 둘러싼 운명 공동체가 나아갈 방향을 제시하고 있다고 할 수 있다.

신경희

현재의 자본주의 자유경쟁 사회는 내가 성공하지 않으면 다른 성공한 다른 사람에 의해 내가 죽게 되는 윈-루즈(win-lose)방식을 강조한다. 승자와 패자가 필연적으로 있는 윈-루즈 패러다임은 사회 구성원 모두를 필사적인 경쟁관계에 내몰게 되고, 이러한 과정에서 필연적으로 한 사람의 성공을 위해 무수한 다수의 희생자들이 나오게 된다. 이러한 이기주의적 경쟁주의만으로는 이 사회와 나아가 인류 전체가 지속가능할 수 없다. 이와 반대로 타인을 위하는 이타주의적 홍익인간은 서로 상생하는 윈윈(win-win) 공동체 전략이라고 볼 수 있다. 홍익인간의 이타적 패러다임은 모두가 이익을 볼 수 있으며 서로의 존엄을 지켜줄 수 있는 가치관이라고 할 수 있다.

홍익인간 정신은 한국인들이 오천 년 역사 동안 수많은 난관을 극복해 올 수 있었던 저력의 근간이 되는 가치관이다. 현재 한국 사회는 표면적으로는 많은 성과를 이룬 것 같지만 극단적 이기주의와 경쟁 그리고 왜곡된 자본주의로 인한 고질적인 사회 병폐로 인해 한국인 고유의 성장 동력을 잃어가고 있다. 우리는 '사람' 중심의 '공동'가치를 실현해 가는 협동정신을 되찾아야 할 시점에 도달해 있다고 할 수 있다. 이와 같은 사회적 분열 시대 속에서 우암은 함께하는 것만큼 강한 힘은 없음을 강조해 왔다. 우암은 '더불어 함께' 할 때 위기를 극복하고 더 멀리 나갈 수 있다고 설명한다. 저자는 우암의 공동체 가치관과 이에 기반한 협동교육을 다음 장에서 계속해서 살펴보고자 한다.

2) 우암의 지역8 공동체: 옥과

우암의 공동체 의식을 이해하기 위해서는 우암의 지역공동체인 '옥과'라는 마을 공동체를 이해할 필요가 있다. 옥과는 한국 전통사회에서 흔히 볼 수 있는 '촌락'이라는 지역단위에 해당한다. 촌락은 모든 신분의 사람들이 일상적 삶을 영위해 나가는 물리적 공간이다. 이 물리적 공간은 사람들이 서로 관계를 맺어가는 사회적 공간으로 확장되기도 한다. 촌락인들은 공유된 시간과 장소 안에서 서로 대면하고 삶의 많은 부분들을 서로 공유하면서 사회적 관계를 형성해 나간다. 한국 전통사회에서 촌락은 경제공동체로서의 기능을 수행한다. 우리나라 전통사회의 농업은 가족단위 노동을 기반으로 하는 소농적 생산양식에 기반하고 있다. 우리는 공동체 구성원 사이의 정서적 신뢰와 책임감을 강조해 온 민족이다. 가령 '계·두레·품앗이·향약'과 같이 어려울 때 서로 돕는 문화를 가지고 있었다. 이와 같은 공동체는 지역사회에 기반을 둔 공동체이며 그 지방의 자치적인 질서유지와 상호 협조 등을 위한 마을주민 간의 약속은, 한 마을 사람들이 서로 도와가며 살아가자는 공동체적 상호규제를 담고 있다.

옥과 역시 전통적인 촌락형태의 지역사회로서 물리적 생활공간과 경제공동체의 기능을 수행하였다. 옥과 주민은 촌락인으로서 함께 모내기·물대기·김매기·벼 베기·타작 등 농업의 전 과정을 함께하였다. 또한 우리는 옥과 지역사회가 단순한 촌락 공동체 이상의 역할을 했다는 점을 주목할 필요가 있다. 옥과 주민들은 민족독립운동

신경희

의 역량을 갖추고 있었으며 이는 우마차 항쟁, 담배쌈지 화형식, 신사 불태우기 등의 노동운동과 민족운동으로 나타나기도 하였다.

우암은 이와 같이 불의를 용납하지 않는 기상을 간직한 옥과 지역민들과 함께 교육공동체를 구현화하였다. 일시적으로 지역 농민들과 협력하는 것은 어려운 일이 아닐 수 있다. 그러나 수십 년에 걸쳐 주위환경에 영향을 받지 않고 항상 지역 공동체를 위한 헌신과 열정을 간직한다는 것은 쉽지 않은 일이다. 우암선생은 그의 호와 관련된 우공이산(어리석은 노인이 산을 옮긴다는 고사성어)에서 알 수 있듯이 비가 오나 눈이 오나 바람이 불어도 아랑곳없이 항상 청년의 열정을 간직한 채 옥과 지역사회에서 교육공동체를 실현해 나갔다. 그는 일제의 우민화 정책에 대한 항거로 시작된 농촌 계몽운동을 옥과 지역사회에서 교육공동체로 확대 발전시켰으며 이는 1951년 옥과농민학원이 설립되면서 더욱 체계화되고 활성화되었다.

3. 우암의 인간 사랑과 협동교육

1) 우암의 인간 사랑

우암의 지역사회 계몽 운동이 일시적 사회운동에 그치지 않고 지속적으로 지역민을 통합 결속하고 교육공동체로 확대 발전한 것은 우암의 인간 사랑 정신이 있었기 때문에 가능했다. 우암은 인간 사랑에 대해 다음과 같이 정의한다:

> "인간을 사랑합시다." 나는 '지극하다', '반듯하다'라는 말을 좋아합니다. '지극하다'는 온 마음을 다한다는 뜻입니다. 여러분은 어떨 때 마음을 다하나요? 사랑할 때 나오는 마음이 '지극'입니다. '반듯하다'는 정신이 올바르지 않으면 반듯할 수 없습니다. 반듯하면 어려운 상황에서도 영혼이 있는 승부를 합니다. 따라서 지극은 감성에서, 반듯은 이성적일 때 나오는 태도라고 생각합니다.

우암의 인간 사랑은 인간존중의 정신을 토대로 하여 상대방을 이해하고 배려하는 마음이다. 우암의 인간 사랑은 인간의 존엄성과 인간의 평등성을 포함한다. 인간은 어떤 이유가 있어서 존엄한 것이 아니라 인간이기 때문에 마땅히 존엄한 존재라는 당위적 가치를 지닌다. 인간의 기본적인 욕구는 사랑하고 사랑받고 싶어 하는 마음이다. 즉, 인간 사랑의 시작은 자신의 사랑에서 시작하여 이타적 사랑으로 확대된다. 자기의 정체성과 자존감을 바탕으로 한 자기를 존중하고 사랑하는 마음을 견지하면서, 다른 사람 역시 존엄한 존재로 존경받고 사랑받아야 할 존재라 인정하고 어려운 처지에 있는 사람을 헤아리고 배려할 뿐만 아니라 즐거움을 같이 나누는 마음이라고 할 수 있다. 인간 사랑은 상대방의 입장을 이해하고 공감하

신경희

면서 배려하는 마음에서 협동교육의 단서를 제공한다.

인간 사랑은 다른 사람에 대한 충분한 배려와 공정성과 인간을 향한 큰 사랑을 의미한다. 삼애정신 속의 인간 사랑은 보편적이고 추상적인 도덕적 원리가 아니라 구체적인 사회 속에서 추구되어 온 도덕적 덕목들에 가치를 부여하고 있다. 또한 도덕적 정서와 도덕적 행동을 중요하게 고려하고 있다. 인간 사랑을 실천하는 우암인은 우리가 일상생활 속에서 접하는 도덕적인 사람, 다시 말해서 바람직한 덕목과 인격을 갖춘 사람, 다른 사람을 배려할 줄 아는 사람을 의미한다.

2) 우암의 협동교육

우암의 협동교육은 인간을 평등하고 존엄한 존재로 보는 우암의 인간관을 바탕으로 원만하고 건강한 인간관계를 증진시키는 교육이다. '혼자 가면 빨리 갈 수 있지만, 포용하고 함께 가면 멀리 갈 수 있다'는 말은 우암선생이 강조한 더불어 사는 사람의 의미를 잘 표현해주는 표현이다. 우암선생은 더불어 사는 삶, 즉 협동교육을 실제 지역 공동체 안에서 강조하고 실천하였다.

우암의 이타적인 삶에 대한 확신은 역동적인 사회활동으로 연결되었다. 우암의 옥과 지역사회에 대한 헌신과 확신은 적극적인 봉사활동을 견지하는 밑바탕이었다. 이타적인 삶을 통한 실천력은 우암선생에게 너무나 중요한 문제로서 다가왔다. 우암은 자신과 현지 주민들과 합일화되어 지역사회를 발전시켜 나가는 이상을 꿈꾸었다.

"가난을 이기는 길은 배움밖에 없다. 아는 것이 힘이다"는 모토를 앞세운 우암선생은 생활 개선, 농촌 계몽 농업기술 보급, 농가 부업 활동 활성화를 통해 옥과 지역사회를 변화시켜 나갔다. 다양한 계몽활동을 통해 지역민들은 사회적인 존재로서 스스로 가치와 의미를 인식하게 되었으며 이는 어떠한 고난과 역경을 이겨낼 수 있는 능력이 되었다. 우암의 헌신적인 노력은 자신에 대한 믿음과 더불어 주민들 상호 간 신뢰감과 단결심을 고양시키는 자양분이 되었다. 지역 공동체 개개인에 대한 인격존중과 인간 사랑은 새로운 인간관계를 형성하는 원천이나 다름없었다.

함께 더불어 가는 변화의 힘은 교육현장에서 가장 극명하게 나타났다. 옥과를 중심으로 한 인근 마을의 아이들과 부녀, 노인들이 오전·오후·야간반으로 교육의 갈급증을 해소하기 위해 모여들었다. 2부제, 3부제 수업은 물론, 한 학급에 100명 이상 수용하는 것도 불사해 가면서 교육은 계속 이루어졌다. 우암학원 초창기에는 교사, 학생, 학부모가 함께 어우러져 흙벽돌로 교실을 짓고 책걸상을 만들었다. 우암선생이 곡성 군청에서 얻어온 군용텐트로 만들어졌던 천막 교실은 목조건물로 벽돌 건물로 바뀌어 갔다. 학생들은 수업이 끝나면 책보자기에 모래를 담아 나르고 그 모래에 원조 받은 시멘트를 섞어 교실을 새로 짓기도 하였다.

우암선생은 학교 올 때 돌멩이 하나 나뭇가지 하나라도 들고 올 것을 강조했고 실제 학생들도 학교에서 쓸 땔감을 직접 들고 오기도 하였다. 이런 모습은 지금 현대인들에게는 납득하기 어려운 모습일 것이다. 그러나 당시 지역 공동체의 결속력은 현대의 인위적 행정단위 맥락에서는 일어날 수 없는 일을 가능하게 하였다. 우암과 우암인들의 학교는 현대인들이 생각하는 행정 단위로서의 학교가 아니라 교육공동체이며 생활공동체였다. 이는 우암학원 역사 속에서 잘 표현된다. 예를 들어 우암선생과 옥과 농민 학교 학생들은 농가부업 증대 방안으로 학교 주변 빈터에 호박을 심고 닭을 치고 계란을 팔았다. 이들은 이 과정에서 계몽 농업 기술을 전파하고 재래종 돼지 품종을 개량된 돼지 품종으로 교체하기도 하였다. 이들은 함께 노동하고 함께 공부하며 지역사회를 변화시켜 나갔다.

이들의 학교가 현대의 학교와 구분되는 또 하나의 특징은 모두가 선생이고 모두가 학생이라는 점이었다. 당시 부족한 것은 교실 건물뿐만이 아니었다. 우암은 부족한 교실을 군용텐트로 해결하였다. 그리고 그는 부족한 교사들을 피라미드식 교육법으로 해결하였다. 우암선생이 처음 학교를 시작할 때 학생들에게 전했던 메시지는 이와 같은 피라미드식 교육법을 잘 설명해 주고 있다:

"한 자를 더 아는 사람이 덜 아는 사람에게 전수시키자. 내가 훌륭해서 이 학교를 만든 것도 아니고 모든 것을 다 알아서 시작한 것도 아니다. 혹시 절반밖에 알지 못한다 할지라도 누구나 배워야 하고 알아야 한다. 그러기 위해서는 완전한 사람이 나와서 가르칠 때까지 기다릴 수만은 없다. 내가 부족하고 50점밖에 안 될지라도 나보다 못한 이를 가르쳐야 한다. … 교사 자격을 갖춘 선생님을 모셔올 수도 없었지만 그때는 모두가 선생이고 학생이었다. 선생 자격이 있느냐 없느냐를 따지지 말고 한 자라도 더 아는 사람이 그 한 자를 모르는 사람에게 가르쳐 주면 그 사람이 선생이고 배운 사람이 학생이다."

우암학원 초창기 학생들은 한 글자를 배우면 그 한 글자를 다른 학생에게 가르쳐 주었다. 해방 직후 한국인들의 높은 학구열과 향학열로 교육인구는 급증하였지만 교사들은 턱없이 부족하였다. 이 상황에서 우암은 모두가 선생이 되고 모두가 학생이 되는 방식으로 해결책을 모색하였다. 조금 더 배운 학생이 자신보다 조금 더 모르는 학생에게 배움의 씨앗을 전파하니 위에는 한 사람일지라도 밑으로 갈수록 수혜자가 점점 많아지고 수혜자가 또 전수자가 되는 그런 교육이 펼쳐졌다. 그것은 하나의 교육혁명이었다. 꼭 감자를 캐듯, 고구마를 캐듯 한 뿌리만 잡으면 수많은 학생들이 그 밑에서 배우고 있었다.

우암선생이 옥과에서 구현화한 협동교육은 다음 두 가지 특징을 가진다. 첫째, 이들의 협동교육은 더불어 사는 공동체적인 삶이었다. 이상적인 지역공동체는 지역 사회의 경제적 사회적 발전을 위해 지역인들이 함께 각성하고 배우겠다는 의지를 가지고 삶의 터전을 발전시켜 나갈 때 실현된다. 우암이 옥과에서 실천한 협동 교육은 지역민과 함께 생활하며 배움의 공동체를 통해 지역사회를 발전시켜 나가는 지역 공동체를 실천한 이상적인 사례였다.

신경희

둘째, 삶의 질을 풍요하게 하는 정신적인 여유를 모색함이었다. 우암과 옥과 지역민에게 생활안정을 위한 물질적인 풍요는 매우 중요한 문제였다. 농가부업 장려, 생활환경 개선, 근검절약하는 분위기 조성 등은 이와 무관하지 않다. 문맹퇴치도 이를 실현하기 위한 방편 중 하나였다. 자활 구락부와 사랑의 공동체 활동은 모두 새로운 시세변화에 부응한 삶의 본질을 개선함에 있었다. 남에 대한 배려나 이해는 상호 간 신뢰성을 회복하기 위함이었다. 이는 이타적인 삶을 풍요하게 하는 밑바탕이나 다름없었다.

4. 나오면서

공동체 의식이란 나와 공동체가 불가분의 관계를 가지고 공동 운명을 지닌 존재라고 느끼는 생각을 의미한다. 한 집단의 구성원들이 공동체 의식을 소유하고 있을 때 그들 상호 간에는 상부상조와 협동 단결의 모습이 자연스럽게 나타난다. 이 과정에서 '나'보다 '우리'가 강조된다. '나'보다 '우리'를 소중히 여기는 강한 공동체 의식은 자기가 속한 집단의 목표 구현을 위한 열정과 헌신으로 나타나며 때로는 그 집단을 위해 자신을 기꺼이 희생하는 살신성인 정신으로 나타나기도 한다. '나'라는 개인보다는 '우리'를 소중히 여기는 강한 공동체 의식도 자신이 속한 집단의 가치와 규범을 중요시 여기는 가운데 그 집단의 목표 구현을 위한 열정으로 나타난다.

공동체의식의 부재는 우리 사회에 수많은 문제를 가져왔다. 현재 한국 사회는 갈등사회라고 해도 과언이 아니다. 나를 우선시하다 보니 다른 사람과 이해관계가 다를 경우 나만 생각하는 이기적인 모습이 극대화되고 이는 파국적인 갈등을 불러일으키기도 한다. 한국 사회는 외형적으로는 역사적으로 유례가 없는 경제적 발전을 이루었지만 내면적으로는 한국인의 고유의 저력의 근간이 되는 공동체 정신을 상실하고 있다고 할 수 있다.

『21세기를 위한 21가지 제언』의 저자 유발 하라리(Yuval Noah Harari) 교수는 인류가 극복해야 할 중요한 과제로 공동체 의식의 결여를 지적한다. 하라리 교수는 인류는 개인차원으로 보면 자연 속에서 생존을 위해 하루하루 치열하게 살았고 다른 동물보다 생존 능력이 떨어지는 원시인이었다고 설명한다. 그러나 이 원시인 호모 사피엔스가 세상을 지배하게 된 것은 다수가 유연하게 협동할 수 있는 유일한 동물이기 때문이라고 주장한다. 결국 인류의 발전은 개인의 발전이 아닌 사회 문화적 공동체를 통한 인류공동체의 발전이라고 보아야 한다고 주장한다. 인간은 태어나면서부터 상호적이고, 협동은 진화의 산물이라고 볼 수 있다. 다른 동물과 달리 인간은 어려움에 빠진 동료를 서로 도우면서 문화를 형성하고 그 문화 속에서 발전해 왔다. 한 개인으로는 약하고 냉엄한 자연 속에서 도태될 수밖에 없지만 인간은 서로 돕고 서로 약점을 보완함으로써 거대한 집단을 이루고 문명을 만들며 진보를 이루어 왔다.

신경희

우암은 평소 "혼자 가면 빨리 갈 수 있지만 여럿이 가면 멀리 오래 걸을 수 있다. 담쟁이를 보라. 물 한 방울 없는 담벼락을 함께 가기 때문에 담벼락을 오를 수 있는 것이다"라고 강조해 왔다. 우암의 메시지에서 알 수 있듯이 협동과정에서 새로운 시너지가 발생되고 약한 담쟁이가 담벼락을 넘듯이 개인들이 함께할 때 더 멀리 갈 수 있게 된다. 우암은 커다란 국방색 군용 천막을 긴 나무 작대기로 얼기설기 받쳐 햇빛을 가렸다. 천막교실 안에는 칠판과 선생님만 있을 뿐 교탁이나 책상, 의자도 없다. 학생들은 맨손으로 맨땅에 앉아 공부한다. 그러나 우암과 지역민들은 함께 흙을 나르고 벽돌을 만들어 건물을 짓고 나무로 책상을 만들었다. 이들은 빈터에 농작물을 가꾸고 가축을 길렀다. 그리고 다시 모여 서로를 가르치며 독려하며 공부를 했다. 우암이 처음 농촌계몽운동에 헌신했을 때 사회적 분위기는 절망감과 무기력 그 자체였다. 그러나 우암은 이에 전혀 굴하지 않고 '어리석은 노인'처럼 목적한 바를 묵묵히 실천에 옮겼다. 이는 보통사람이면 감내하기 어려운 일이었다. 그러나 우암은 새벽마다 엎드려 기도하고 공동체 주민에 대한 무한한 애정과 배려 즉 인간 사랑 정신으로 수많은 난관을 돌파해 나갔다. 그리고 우암과 지역민들이 난관에 부딪칠수록 천막교실은 목조건물 그리고 벽돌 건물로 발전해 나갔다. 해방 이후 한국의 경제 상황은 세계 최하위였다. 가난한 한국은 아무 희망이 없어보였다. 그러나 이들은 강한 신뢰감과 상호 배려 속에서 도우며 앞으로 나아갔다. 이는 미래에 대한 원대한 이상을 실현하는 주요한 밑거름이었다.

공동체 의식이 없는 조직은 정상적으로 기능할 수 없다. 공동체 의식의 결여는 도덕적 상실을 가져오고 목표 상실, 구성원 간의 불신 팽배, 개인과 조직의 사기저하, 이해상충과 갈등심화를 부추긴다. 현대 한국인은 더 이상 가난하지 않다. 오히려 풍요의 시대를 살아가고 있다. 그러나 다시 한국인이 더욱 앞으로 나아가기 위해서는 선조들이 지켜왔던 공동체 가치를 되살려야 한다. 한국사회가 정상적 기능을 발휘하고 구성원들이 모두 윈윈(win-win)하기 위해서는 공동체 의식을 복원하는 것이 시급하다. 함께한다는 것은 쉽지 않은 일이다. 함께하기 위해서는 나만 괜찮으면 된다는 이기심을 내려놓아야 한다. 나보다 상대를 먼저 생각하고 공감해 주어야 한다. 글을 맺으며 저자는 우암선생의 저서 『달걀 깨어나 바위를 넘다』의 한 구절을 인용하고자 한다.

> 인간은 혼자서 살아갈 수 없는 존재, 즉 더불어 사는 존재이므로 협동해야 한다. 문제를 해결하기 위해 혼자만의 지식과 기술이 아니라, 여러 사람이 쌓아놓은 지식과 기술이 합쳐져야 한다.
>
> ─ 『달걀 깨어나 바위를 넘다』, 조용기

신경희

사랑과 나눔의
더불어 사는 삶

이창섭
(전남과학대학교 석좌교수)

이창섭 李彰燮

전남과학대학교 석좌교수, 우암교육사상연구소
장, 육군정훈장교 중령 전역, 전남과학대학교 교
수 등을 역임.

우리에게는 아름다운 풍습이 많이 있다. 이 중에서도 '정(情)'을 매우 중요하게 여긴 민족이다. 정이란 이웃을 생각하고 따뜻하게 보살피는 마음 즉 가진 사람이 상대를 배려하고 베푸는 것이다. 남에게 베풀 줄 모르고 자기만을 생각하는 사람은 '정'이 없는 사람이고, 그런 사람을 '정 떨어지는 사람'으로 평가하기도 한다. 정은 나누면 나눌수록 더 커지고 우리 모두가 행복해진다. 이웃을 생각하고 배려하는 정(情)의 나눔으로 인해 없어지지 않고 더욱 넘쳐나게 된다. 배려와 나눔의 실천은 없는 것을 새로 만든 개념이 아니다. 한국인의 얼 속에 존재하고 있는 정신을 일깨워 행동으로 옮기기만 하면 된다.

사랑과 나눔을 몸소 실천했던 분들의 삶을 통해서 어떻게 사는 것이 바르게 사는 것인가를 성찰하고 귀감이 될 수 있는 사례를 모아 정리하였다.

1. 이웃과 함께한 선대들의 삶

1) 소설 『혼불』 속 청암 부인의 타이름

"네 말이 맞지 않는 것은 아니다. 그렇지만 사람은 자기 몫을 스스로 알아야 한다. 한 섬 지기 농사를 짓는 사람은 근면하게 일하고 절약

하여 자기 가솔을 굶기지 않으면 된다. 그러나 열 섬 지기 짓는 사람
은 이웃에 배곯는 자 있으면 거두어 먹여야 하느니라. 백 섬 지기 짓
는 사람은 고을을 염려하고, 그보다 다른 또 어떤 몫이 있겠지. 우리
집은, 집이라도 그냥 집이 아니라 종가다. 장자로 내려온 핏줄만 가
지고 종가라고 한다면, 그게 무에 그리 대단하겠느냐? 그 핏줄이 지
닌 책임이 있는 게야. 장자란 누구냐? 아버지와 맞잡이가 되는 사람
아니냐? 아버지를 여의면 장자가 아버지 역할을 한다. 그래서 장자
는 소중하고 귀한 사람이지. 그렇다면 그런 장자로만 이어져 내려온
종가란 문중의 장자인 셈이다. 어른인 게지. 어른 노릇처럼 어려운
게 어디 있겠느냐? 제대로 할라치면, 이 세상에서 제일 힘들고 어려
운 것이 어른 노릇이니라."

다소 장황하지만, 이는 최명희(1947~1998)의 격조 높은 소설 『혼불』에
서 아들 이기채를 타이르는 어머니 청암 부인의 말이다. 저수지를
만들기 위해서는 그 혜택을 받을 사람들로부터 추렴해야 한다는
아들의 주장에 대해 어머니는 사람이란 각기 서 있는 위치에 따라
알아서 해야 할 나름의 몫이 있는 것이라 깨우치고 있다.

2) 굴뚝이 없는 운조루

지리산 밑 구례군 토지면 오미리에는 운조루(雲鳥樓)라는 호남의 대

이창섭

표적인 명가(名家)가 있다. 이 운조루가 자리한 오미리는 조선시대 3대 명당 중 하나라고 한다. 낙안 군수와 경상도에서 삼수부사를 지낸 류이주는 지리산 남쪽 능선을 배경으로 마을 앞에 넓은 들, 그 앞에는 섬진강이 흐르는 금환락지(金環落地)의 명당에 살림집을 지었다. 운조루는 "구름은 무심히 산골짜기에 피어오르고, 새들은 날기에 지쳐 둥우리로 돌아오네."라는 시구를 따서 지은 이름이다. 특이한 것은 이 집에는 굴뚝이 없었는데, 가난하여 굶는 집이 많았던 그때 연기라도 감추기 위해 굴뚝을 없앴다는 것이다.

이 운조루에는 쌀뒤주가 두 개였는데 하나는 집 안에, 하나는 집의 중문으로 들어가는 입구에 두었다. 대문에 들어서면 안채까지 안 들어가도 보이는 곳에 둔 이 뒤주에는 타인능해(他人能解)라는 문구가 쓰여 있다. "누구나 이 뒤주를 열 수 있다."라는 뜻이다. 이 말은 즉 배고픈 사람은 누구나 자기 집 뒤주처럼 쌀을 가져갈 수 있다는 것으로 가난한 사람의 마음까지 헤아린 류이주의 배려였다.

주민들은 자신이 필요한 만큼만 쌀을 가져갔다. 그런데 이 뒤주는 한 번도 빈 적이 없었다. 왜일까? 류이주의 배려 덕분이었다. 류이주는 항상 사랑방 옆에 놓인 뒤주를 점검했는데, 뒤주에 쌀이 넉넉하게 있지 않으면 식솔들을 야단쳤다고 한다.

류이주의 후손들도 선조의 뜻을 그대로 이어받아 나눔을 실천했는데, 이 나눔 덕택에 6·25 때 화를 면했다고 한다. 인민군들이 이 마을을 지나면서 부르주아 반동이라고 하며 운조루를 불사르고 가족들을 총살시키려 하자 마을 사람들이 모두 나서서 그동안의 선행을 호소하여 이를 면하게 되었다.

3) 사방 백 리 안에 굶어 죽는 사람이 없게 하라

노블레스 오블리주란 사회지도층이 사회에 대한 책임이나 국민의 의무를 모범적으로 실천하는 높은 도덕성을 뜻하는 말로 부와 권력, 명성은 사회에 대한 책임과 함께해야 한다는 의미로 쓰이고 있다. 그런데 부는 취하되 권력은 취하지 않았던 사람, 그러면서도 부를 환과고독(鰥寡孤獨)한 이들과 함께한 사람이 있다. 바로 경주의 최 부자이다. 환과고독은 홀아비, 과부, 고아, 늙어서 자식이 없는 사람을 일컫는 말로, 곤궁하고 불쌍한 처지에 있는 사람들을 말한다.

최 부자는 12대 300년 동안 만석꾼 살림을 유지해 온 집이다. 기업으로 따져 보아도 이렇게 오랫동안 장수한 기업은 세계 역사상 유례가 없다고 한다. 최 부자가 300년 동안 만석꾼 살림을 유지할 수 있었던 것은 그 가훈 때문이다.

최 부잣집의 가훈 1항은 "만석 이상의 재산은 사회에 환원하라!"는 것이다. 최 부자가 살던 시절, 보통 소작료는 70%였지만 최 부자는 40%만 받았다. 40%만 받아도 만석이 되기 때문이다. 시중에 떠도는 말로 99원 가진 사람이 1원 가진 사람 돈을 탐낸다고 하지만 최 부자는 오히려 자신의 것을 내려놓았다. 또한 최 부잣집의 소작료에 관한 소문을 듣고 전국에서 농사를 잘 짓는 사람이 모여

이창섭

들었다. 아무리 흉년이 들어도 최 부잣집 소작농들은 평년작을 할 수 있어 최 부자는 가만히 있어도 만석은 항상 유지했다고 한다.

가훈 2항은 "주변 1백 리 안에서는 굶어 죽는 사람이 없게 하라!"는 것이다.

최 부자는 만석꾼 살림을 유지하기 위해 1년에 3천 석을 썼다. 1천 석은 식솔들을 위해, 1천 석은 과객(科客)을 위해, 1천 석은 주변 1백 리 안에 있는 사람들을 위해 썼다.

가훈 3항이 아주 감동적이다. 사람 심리가 양손에 떡을 쥐고 싶은 것인데 최 부자는 "벼슬은 진사 이상을 하지 마라."고 가르쳤다. 진사는 진짜 벼슬이 아닌 양반 자격증 같은 것으로 비유할 수 있다. 그러니까 최 부자는 부와 권력을 한꺼번에 갖지 말라는 것이다. 부자 하나만으로 만족하고 감사하면서 살라고 가르쳤다. 부자는 3대를 지키기 어렵다고 한다. 그런데 최 부잣집은 12대째 부자로 살고 있었다. 이는 다 최 부잣집의 가훈을 바탕으로 선하게 돈을 벌고 그것을 선하게 썼기 때문이다.

2. 용서와 화해의 사랑

1) 사랑의 원자탄. 손양원 목사

손양원 목사(이하 손 목사)는 성경대로 하나님을 섬겼고, 가장 소외되고 버림받은 한센인들을 돌보고 두 아들을 죽인 원수를 용서하고 양아들 삼아 신학을 마치고 사역을 담당케 함으로써 하나님의 은혜만을 사모하다가 순교하신 한국 교회의 사랑의 화신으로 추앙받고 있다.

손 목사는 25년 동안 전도사로 여수에 있는 애향원에서 그의 온 가족과 함께 사회에서 가장 소외받고 가족에게까지 버림받은 한센인들을 돌보며 사랑과 섬김의 삶을 살았다. 처음에는 9명으로 시작한 애향원은 시간이 흐름에 따라 1천 명 이상을 수용하는 대규모 수용소가 되었다. 손 목사는 신학교를 졸업한 후 36세의 젊은 나이로 이곳에 부임하여 순교할 때까지 목회를 하면서 환우를 돌보았다. 그는 환우들과 함께 음식을 먹으며 잠자리도 같이할 만큼, 말로써가 아니라 몸과 마음을 다하여 사랑을 실천하며 살아간 참 목자였다.

손 목사는 한센인들에게 신체적인 병을 치료해 주는 의사 못지않은 희망의 상징이 되었다. 비록 육체는 말할 수 없을 정도로 일그러졌지만 그들의 영혼을 정화하고 찬송과 감사와 기도로 아름다운 성도로 만들어야 한다는 결심이 손 목사에게 힘이 되어 주었다. 그의 기도는 "이들을 사랑하되 나의 부모와 형제와 처자보다 더 사랑하게 해주시고, 인위적인 사랑, 인간적인 사랑, 사람을 위하여 사랑하는 사랑이 되지 않게 하여 주시고 주를 위하여 이들을 사랑하게 달라"는 내용이었다.

1946년 3월 목사안수를 받고 더욱더 심열을 기울여 한센인들과 생사를 같이하면서 그들을 위해 일하고 있을 때, 한 커다란 사건이

이창섭

터졌는데 그것이 바로 여순 사건이다.

여순사건은 1948년 10월 19일 제주폭동 사태를 진압하기 위해 여수에 집결했던 군인들 중 공산주의사상에 물든 남로당 계열의 군인 일부가 반란을 일으켜 여수와 순천을 장악한 뒤 주변 지역으로 세력이 확대되자, 정부가 이 일대에 계엄령을 선포하고 일주일여 만에 반란을 진압한 사건이다. 이 과정에서 반란군은 물론이고 많은 민간인이 죽거나 다쳤다. 이 와중에 순천사범학교와 순천중학교에 다니면서 기독교 학생활동을 하던 손 목사의 두 아들 동인과 동신은 좌익 학생들에게 잡혀 친미학생이라는 죄명으로 인민재판에 회부되어 잔인한 폭도들에게 총살을 당하고 말았다.

두 아들이 죽었다는 소식을 들은 손 목사는 "누구인지 모르나 내 아들을 죽인 자를 불쌍히 여겨 주시옵고, 그 사람들을 용서해 줄 수 있는 아버지의 사랑을 주시옵소서."의 기도를 드렸다. 그리고 "내 아들을 죽인 사람이 잡히거든 절대로 사형시키지 말고 때리지도 말게 해달라, 그러면 내가 전도해서 회개시켜 예수를 믿게 하여 내 아들을 삼겠다."면서, 승주교회 나덕환 목사에게 사람을 보내어 자신 대신 힘써달라는 특별히 부탁을 했다.

사태가 수습되고 동인, 동신 형제를 죽인 자들 중의 하나인 '안재선'이라는 학생도 체포되어 총살당하게 되었다. 이 소식을 전해들은 나 목사는 학련과 경찰서, 유관기관 그리고 계엄군을 찾아가 '자기 아들을 죽인 죄인을 용서하고 아들을 삼겠다'는 손 목사의 특별한 바람을 전하며 그를 살려달라고 간절한 부탁을 하였다. 손 목사의

딸 동희 양으로부터 아버지의 뜻이라는 것을 확인한 계엄군은 마지
못해 안재선 군의 사형을 집행하지 않고 나 목사에게 인계하였다.

손 목사는 재선이 집을 찾아가 "네가 재선이냐?" 한마디 하고 그
의 손을 꼭 붙잡아 주었다. "너 안심하여라. 네 실수는 나는 벌써
용서했다. 아니 하나님께서 용서해 주셨을 줄 믿는다. 그리고 너는
과거의 죄과는 내가 기억도 안 할 테니 그 과거의 그릇된 사상을
다 고치고 예수를 잘 믿어 훌륭한 일꾼이 되기 바란다." 그리고 이
어, "내 죽은 아들 둘이 할 일을 네가 대신 해야 한다. 그 신앙정신
그 사상을 본받아서 주를 위한 귀한 일꾼이 되어다오." 하면서 간
곡히 이르니 재선은 아무 말도 못 하고 눈물만 떨어뜨리며 고개를
못 들었다. 그러자 옆에 있던 그의 어머니가 "암 그렇구 말구요. 그
렇다 뿐이겠습니까." 하고 대신 대답했다.

그 후 재선이는 손 목사님의 바람대로 고려신학교에 들어가 선생
님들의 친절한 지도와 주위의 도움을 받아 전도사가 되어 귀한 사
역을 담당하게 되었다.

이처럼 손 목사는 자기 아들을 죽인 죄인을 용서하고 총살형을
면하게 한 것뿐만 아니라, 그를 양아들로 입양하여 신학교육을 시
켜 죽은 아들을 대신해서 기독교 전도사로 키워낸 놀라운 사랑의
역사를 보여준, '사랑의 원자탄'을 터트린 장본인이다.

손 목사가 아들의 장례식 끝부분에서 고백했던 마지막 인사는
모든 사람의 심금을 울리는 한 편의 복음서와도 같은 것이었다.

　　　　　　　　　　　　　　　　　　　　　이창섭

"여러분, 내 어찌 긴 말의 답사를 드리리오. 내가 아들들의 순교를 접하고 느낀 몇 가지 은혜로운 감사의 조건을 이야기함으로써 대신할까 합니다.

첫째, 나 같은 죄인의 혈통에서 순교의 자식들을 나오게 하였으니 하나님께 감사합니다.

둘째, 하고 많은 성도들 중에 어찌 이런 보배들을 주께서 내게 주셨는지 그 점 또한 주께 감사합니다.

셋째, 3남 3녀 중에서 가장 아름다운 두 아들 장자와 차자를 바치게 된 나의 축복을 하나님께 감사합니다.

넷째, 한 아들의 순교도 귀하다 하거늘 하물며 두 아들의 순교이니 하나님 감사합니다.

다섯째, 예수 믿다가 누워 죽는 것도 큰 복이라 하거늘 하물며 전도하다 순교하니 하나님 감사합니다.

여섯째, 미국 유학 가려고 준비하던 내 아들, 미국보다 더 좋은 천국 갔으니 내 마음 안심되어 하나님 감사합니다.

일곱째, 나의 사랑하는 두 아들을 총살한 원수를 회개시켜 내 아들로 삼고자 하는 사랑의 마음을 주신 하나님께 감사합니다.

여덟째, 내 두 아들의 순교로 말미암아 무수한 천국의 아들들이 생길 것이 믿어지니 우리 아버지 하나님께 감사합니다.

아홉째, 이 같은 역경 중에서 이상 여덟 가지 진리와 하나님의 사랑을 찾는 기쁜 마음, 여유 있는 믿음 주신 우리 주 예수 그리스도께 감사합니다."

결국 손 목사의 아들을 보내면서 인간 사랑의 마음이 곧 우리 모두의 길이요, '원수를 사랑하라'는 하나님의 말씀이 몸소 실천되어 '사랑의 원자탄'이 만들어진 것이다.

2) 이제 마음 편하게 사세요

1980년 5·18민주화운동 당시 계엄군으로 참여했던 공수부대원 A씨는 자신의 총격으로 숨진 박병현 씨 묘소를 참배하고 박 씨 유가족을 만나 사죄했다. 5.18 민주화운동 당기 특정 민간인 희생자를 지목해 사죄와 고백에 최초로 나선 공수부대원이다.

"이는 내가 쐈습니다." 광주 계엄군 유족 찾아 첫 사죄의 내용이다.

1980년 5월 23일 광주광역시(당시 전남 광주) 남구 노대동 노대남제 저수지 부근. 7공수여단 소속의 계엄군 A씨는 광주 외곽을 차단할 목적으로 정찰 임무를 하던 중에 화순 쪽을 향해 걸어가던 젊은 민간인 남자 2명을 발견, '멈추어라. 도망가면 쏜다'고 경고했지만 박 씨 등이 겁에 질려 도주하는 바람에 무의식적으로 사격을 가해 박 씨를 숨지게 했다. 그는 "사망 현장 주변에 총기나 위협이 될 만한 물건은 전혀 없었다"며 "그들이 공수대원들에게 폭력을 행사한 사실도 없고 단순히 겁을 먹고 도망치던 상황"이라고 했다. 계엄군에게 변변한 저항조차 못 한 채 죽어가던 순간을 생생히 기억하

이창섭

고. 그 후 박 씨에 대한 죄책감에 사로잡혀 한시도 편안한 생활을 할 수 없게 되었다고 한다.

41년 만에 유가족 앞에 선 그 계엄군 A씨는 무릎을 꿇은 채 참아왔던 울음을 터뜨렸다. 지난 3월 16일 국립5·18민주묘지 접견실에서 고(故) 박병현 씨의 형 박종수(73) 씨 등 유가족이 모인 자리에서다. 이날 만남은 A씨가 5·18 진상규명 조사위원회를 통해 자신이 숨지게 한 민간인 희생자 유가족에게 사과하고 싶다는 뜻을 밝히면서 이뤄졌다. 5·18 당시 광주에 투입됐던 계엄군이 특정 희생자의 유족에게 사죄한 것은 처음 있는 일이다.

5·18 조사위에 따르면, A씨는 이날 박 씨 유가족 앞에서 큰절을 올리고 한참을 흐느끼다가 "어떤 말로도 씻을 수 없는 아픔을 드려 죄송하다"고 입을 뗐다. 그는 "40여 년 동안 죄책감에 시달렸다"며 "(가해자가) 유가족 앞에 서면 또다시 상처를 줄까 봐 41년 동안 찾지 못했다"고 했다.

박종수 씨는 죄책감에 고개조차 제대로 못 드는 A씨를 오히려 다독였다. 그는 "늦게라도 사과해 줘 고맙다. 죽은 동생을 다시 만났다고 생각하겠다"고 말했다. "용기를 내서 자신을 찾아줘 고맙다"는 말과 함께 "이제 마음 편하게 살았으면 한다"고 하면서 동생을 죽인 원수를 용서와 화해의 사랑으로 보듬어 안았다.

A씨와 박 씨의 유가족은 사과와 화해의 만남을 마친 뒤 국립5·18민주묘지에 마련된 묘소 앞에서 참배했다. 5·18 당시 계엄군이 특정 희생자 묘소 앞에서 사죄한 것도 전례 없던 일이다. 5·18 조

사위 관계자는 "80년 5월 진압 작전에 참여했던 계엄군이 목격한 사건을 증언한 경우는 있었지만, 이번처럼 가해자가 특정 희생자를 기억해내 유가족을 만난 적은 없었다"고 말했다.(중앙일보 진창일 기자)

3. 인술을 베풀다 간 사람들

1) 장기려 박사(1911~1995)

장기려 박사는 가난한 사람을 위해 무료 진료소 '복음병원'을 세워 박애와 봉사정신으로 의료봉사활동을 하면서 평생 낮은 사람을 섬기며 청빈한 삶을 살다 간 당대 최고의 의사이면서 사랑의 봉사 자였다.

　장 박사는 1911년 평안북도 용천에서 아버지 장운섭과 어머니 최윤경 사이에서 작은아들로 태어났으며, 송도고보와 경성의전을 졸업하였다. '한국의 슈바이처'라 불리는 장 박사는 외과의사 백인제 박사의 제자로서 수련하였는데 당시 병원에 입원 중이던 문학가 춘원 이광수가 장기려 박사를 소설 『사랑』의 주인공 '안빈'의 모델로 삼았다는 주장도 있다. 그러나 장 박사 자신은 안빈의 모델이 아니라며 부인했다.

이창섭

장 박사는 6·25 전쟁 전 평양도립병원장과 김일성 종합대학 교수를 지냈으며, 1950년 12월 아내 김봉숙과 5남매를 북한에 남겨두고 차남 가용만을 데리고 월남하여 1951년 부산에서 천막을 치고 무료 진료소 복음병원을 세웠다. 1959년 국내 최초로 간 대량 절제 수술에 성공하기도 한 당대 최고의 명의였다.

1968년 건강보험의 모태라 할 수 있는 한국 최초의 서민의료보험조합 '부산 청십자의료협동조합'을 설립하여 23만 명의 빈민들에게 의료혜택을 주었고, 1975년 청십자의료원을 설립해 직접 환자들을 진료하기도 하였다. 또한 장미회(간질환자 치료모임)를 창설, 부산생명의 전화 설립, 장애자재활협회 부산지부 창립에도 앞장섰다.

그럼에도 그는 1975년 정년퇴임 때에도 집 한 채 없이 복음병원 옥상에 마련해 준 20평의 관사가 전부일 정도로 평생을 무소유로 일관했다. 그의 삶은 기독인이 보여줄 수 있는 사랑과 헌신, 나눔의 모범이었다.

장 박사는 이와 같은 공로로 1976년 국민훈장동백장을, 1979년 막사이사이상(사회봉사 부문)을 받았고, 1995년 인도주의 실천의사상을 받았다. 노년에 병고(당뇨병)에 시달리면서도 마지막까지 가난하고 소외된 사람들에게 박애와 봉사정신으로 인술을 펼쳐 한국의 성자로 칭송받고 있다.

장 박사는 장로교회(예수교장로회 고신) 장로였지만, 무교회주의자인 함석헌, 김교신과 교제했으며, 32년간 무교회주의 성격의 '부산모임' 집회를 자신의 집과 사무실에서 주관했다. 뿐만 아니라, 국제

교회개혁 모임에서도 활동했는데, 이는 종교개혁과 같은 기독교 변혁이 필요하다는 신념에 의한 것이다.

장 박사의 삶은 봉사 그 자체였다. 불우하고, 배고프고, 아프지만 돈 없어서 치료를 받지 못하는 사람과 함께하였다. 한국의 슈바이처 또는 성자(聖者)였다. 85세를 일기로 세상을 떠난 장기려 박사는 아름다운 일화를 많이 남겼다.

어느 해 정월 초하룻날, 아침 일찍 박사 곁에서 자고 일어난 애제자가 잠자리를 정돈하고 먼저 세배를 올렸다. 기려 박사는 따뜻한 미소를 머금고 덕담을 해주었다.

"금년엔 날 좀 닮아서 살아보아."

스승의 큰 사랑에 어리광을 부리던 제자가 재롱삼아 말을 받았다.

"선생님 닮아 살면 바보 되게요."

그러자 장기려 박사는 껄껄껄 웃으며 다음과 같이 토를 달았다.

"그렇지, 바보 소리 들으면 성공한 거야. 바보로 살기가 얼마나 어려운 줄 아냐?"

혹여 사람들은 늘 불쌍한 환자들에게 무료로 진료하던 장 박사를 '저 사람 바보 아냐?' 하고 생각했을지 모른다. 하지만 장 박사는 바보가 아니었다. 그는 '바보로 살기'로 작정했던 사람이었던 것이다. 춘원 이광수가 병원에서 치료를 받을 때 담당 레지던트였던 장기려 박사를 가리켜 "당신은 바보 아니면 성자"라고 한 말이 실감되기도 한다.

장 박사는 1995년 12월 25일 성탄절에 별세하였고, 묘지는 경기도 마석의 모란공원 내에 있다. 1996년에 국민훈장 무궁화장이 추서되었으며, 2006년에는 과학기술인 명예의 전당에 헌액되었다.

2) 이태석 요한 신부(1962~2010)

이태석 신부는 의사라는 안정된 직장과 편안한 삶을 모두 다 내어버리고 천주교 사제가 되어 아프리카 수단의 오지마을을 찾아가 교회와 학교를 세우고 환자를 치료하며 선교를 하였다. 그는 48세의 젊은 나이에 하나님의 부름을 받고 하늘나라로 떠났다.

이 신부는 1962년 부산 자갈치 시장에서 삯바느질하는 가난한 가정에서 태어났다. 1987년 인제의대를 졸업하고 집안의 기둥으로 가정을 부양해야 했던 그는 어머니께 "사제가 되어 어려운 사람들을 돌봐야겠다."는 뜻을 밝혔다. 신부가 된 형도 있고, 수녀가 된 누이도 있어 어머니는 눈물로 반대했다. "남의 아들은 신부가 되면 다 훌륭하고 거룩해 보이던데… 하느님은 왜 내 자식을 몇 명이나 데려가시냐?"고 반문했다. 그는 "어머니께 효도 못 하고, 벌어주지도 못 해서 죄송하다. 그런데 하느님께 자꾸 끌리는 걸 어떡하느냐?"고 울면서 대답했다. 그리고 1990년 군 복무를 마친 후 살레시오회에 입회한 다음 광주가톨릭대에 입학하여 2001년 로마 교황청에서 사제의 서품을 받고 자청하여 아프리카 수단의 오지마을인 톤즈로 갔다. 내전 중이었던 남수단은 가난과 질병으로 참혹했고, 톤즈 사람들은 병마에 시달리며 죽음만을 기다리고 있었다. 그들에게는 사제보다 의사가 더 필요했고, 그래서 그는 기꺼이 의사가 되었다.

이 신부는 전기도 없고, 식량도 부족한 그곳에서 질병에 신음하는 사람들을 위해 손수 벽돌을 찍어 병동과 진료소를 만들어 풍토병과 감염병에 신음하는 남부 수단의 병자들을 내 몸처럼 돌봤다. 톤즈에 의사는 유일하게 이 신부밖에 없었고, 수단의 병든 사람들은 수일을 걸어와 이 신부를 찾았다. 하루 300명은 잠시의 휴식도, 식사도, 잠도 없이 진료해야 가능한 숫자다. 하지만 이 신부는 단한 번도 그들을 돌려보낸 적이 없었고, 심지어 새벽에 찾아온 환자들도 그의 방문을 두 번 이상 두드리는 일이 없었다고 한다. 그는 그렇게 기적을 행했다. 섭씨 55도라는 살인적인 더위의 황량한 사막과도 같은 남부 수단의 톤즈에서 백신을 접종하기 위해 지붕에 태양열 집열기를 설치해 전기를 만들어 냉장고를 돌렸다.

그들에겐 백신도 보급물자도 부족했지만, 가장 부족했던 것은 오늘보다 더 나은 내일이라는 희망이었다. 이에 그는 성당과 학교 중 신이라면 망설임 없이 학교를 먼저 지었을 것이라며 손수 비바람을 막을 수 있는 교실을 지어 청소년 교육에 매달렸다. 초중고 11년 과정을 마련하고 손수 수학과 음악을 가르쳤다. 케냐에서 교사도 데려왔다. 그들에게 고기 잡는 법을 가르쳐 줄 교사가 필요하자 그는 기꺼이 선생이 된 것이다.

그는 또한 단호하게 소년병들의 손에서 총을 뺏는 무서운 선생님이자, 총 대신 악기와 펜을 쥐어 주는 다정한 선생님이었다. 특히 삶

이창섭

의 희망과 낙이 없던 사람들에게 힘과 용기를 주고, 전쟁의 상처로 마음이 메마른 아이들에게는 음악을 가르쳤다. 심지어는 브라스밴드를 만들기 위해 한국에서 공수한 교본을 직접 악기별로 배워서 가르치기까지 하였다.

이처럼 그는 의사, 교사, 신부, 브라스밴드의 단장까지 도맡아 톤즈의 희망이 되었다. 그렇게 그는 그렇게 세상을 변화시키는 기적을 행했다.

이 모든 일들이 불가능할 것만 같았지만 이 신부는 기꺼이 그리고 묵묵히 자신에게 맡겨진 일을 수행하였다. 그리고 한 사람의 작은 힘이 큰일을 이룰 수 있다는 것을 직접 보여주었다.

많은 사람이 이 신부에게 물었다. 왜 굳이 신부가 됐느냐고, 의사로서도 소외된 이웃을 도울 수 있다고, 왜 굳이 아프리카까지 갔느냐고, 한국에도 가난한 사람이 많다고. 그 모든 물음에 이 신부는 이렇게 답했다.

"예수님께선 '가장 보잘것없는 이에게 해 준 것이 곧 나에게 해 준 것'이라고 말씀하셨습니다."

홀어머니를 뵙고자 휴가를 얻어 귀국한 그는 지인의 권유로 받은 건강검진에서 생각지도 못한 대장암 말기 판정을 받게 된다. 신에게 불평 한마디는 할 자격이 있어 보임에도 불구하고 그는 "톤즈에서 우물 파다가 왔어요. 마저 파러 다시 가야 하는데….." 하며 수단에 대한 미련을 버리지 못했다. 수단으로 향하려는 그는 주변의 만류로 2년 동안 항암치료를 받다가 결국 죽음을 이기지 못하고 하늘나라로 돌아갔다.

톤즈 사람들은 그의 죽음을 믿지 못했다. 어느 날 찾아와 병든 이를 고치고, 죽어가는 아이들을 살렸던 의사. 톤즈 사람들에게 오늘보다는 더 좋은 미래를 꿈꿀 수 있게 해준 선생님. 소년병의 손에서 총을 빼앗아 아름다운 음악으로 만든 사제를 보낼 준비가 되지 않았던 것이다. 우는 것을 수치로 여기는 톤즈 사람들은 그와의 이별 앞에 하염없이 눈물을 쏟으며 할 일 많은 그분 대신 나를 데려가셔야 한다고 울먹였다. 그는 그렇게 기적을 행했다.

이러한 위대한 행적을 남긴 성인과 동시대를 살았음이 자랑스럽고 행복하다. 그는 우리의 자랑이 아닐 수 없다.

3) 소록도의 천사, 마리안느와 마가렛

오스트리아 출신 마리안느(한국이름: 고지선)와 마가렛(한국이름: 백수선)은 인수부르크 간호학교를 졸업하고 1960년대 꽃다운 나이에 소록도에서 한센인들을 위해 40여 년을 봉사하다가 2005년 11월 22일 지인들에게 편지 한 장을 남기고 조용히 고향으로 돌아갔다. 이제 자신들의 나이가 70세를 넘어 소록도 사람들에게 불편을 줄 뿐 도움이 되지 못하며, 그동안 한국의 복지시스템도 발전하고 의료, 의약품도 충분히 갖추어졌기 때문에 '천막을 접고' 슬프고도 기쁜 마음으로 이별을 고한 것이다.

이창섭

마리안느 스퇴거(Marianne Stoeger) 수녀님은 1962년, 마가렛 피사렉(Margaritha Pissarek) 수녀님은 1963년 소록도로 와서 한센인과 인연을 맺었다.

마리안느 수녀님과 마가렛 수녀님의 헌신적 봉사와 사랑은 당시 한국에서 볼 수 없었던 것이었다.

마리안느 수녀님이 소록도에서 제일 먼저 한 일은 간호사 기숙사를 개조해 영아원으로 만드는 것이었다. 그는 개조에 필요한 비용을 대고, 필요한 물품과 자재 역시 가져와 영아원을 만들어 젖먹이 아이들을 돌보며 몸과 마음을 다하여 한센인들을 보살폈다.

아무도 관심을 갖지 않던 그 섬에 도착한 수녀님의 행동은 하나하나가 주위 사람들에게 큰 충격을 주었다. 당시 병원 직원들은 마스크와 장갑, 방역복을 입고 한센인들을 대했으나, 수녀님은 하얀 가운만 걸친 채 치료를 해주었다. 짓물러 달라붙은 환자의 발가락과 손가락을 맨손으로 하나하나 떼어내 직접 소독해 주었고 어쩌다 상처의 피고름이 얼굴에 튀어도 담담했다. 오히려 옆에서 지켜보던 사람들이 가슴을 쓸어내렸다. 세숫대야에다 물과 소독약을 붓고 심한 궤양환자들의 발을 담그게 한 후 직접 맨손으로 상처 부위를 조심스럽게 어루만져 해(痎)를 제거하여 주고, 씻어준 발을 무릎 위에 얹어 놓은 채 굳은살을 메스로 깎아주기도 하였다.

당시 간호사들은 이러한 모습을 보고서 당황을 금치 못하였다고 한다. 모두가 그렇게 변하기까지 너무도 오랜 시간이 걸렸다. 변화의 조짐은 1980년대에서야 조금씩 생기기 시작하였다.

수녀님은 매일 이른 새벽 4시 40분, 입원실 환자들이 한참 꿈속에서 헤매고 있을 때 우유를 끓여 전체 병실을 돌아다니며 환자들의 컵에다 우유를 부어놓고 가는 우렁이 각시 역할까지 하였다.

두 분의 수녀님은 오전 9시부터 환자들을 치료해 주었고, 끓인 우유와 영양제를 나눠주면서 간식거리인 케이크를 만들어 앞을 못 보는 환자들에게 한 조각씩 입에다 넣어주기도 하였다. 한국말을 익히기 위해 한센인들과 농담도 나누며 정을 쌓아 나갔다. 그러면서 자연스레 나이 40대에 "할머니"라 부르라고 하여, 그때부터 마리안느는 큰 할머니, 마가렛은 작은 할머니로 통하게 되었다.

1970년대, 한센병 환자 중에는 복합적으로 결핵환자가 많았으므로 '오스트리아 가톨릭 부녀회'의 지원을 받아 1975년 7월 30일 착공하여 동년 12월 30일 축성식을 한 결핵병동이 세워졌고, 비슷한 시기에 정신병동까지 지어 정신질환자들까지 돌보았다.

또한 일제 강점기 때 중학교를 리모델링하여 맹인들만이 보호받을 수 있는 맹인병동까지 만들어 직접 노인들을 관리하였다.

새벽에 별을 보고 나와 오후 다섯 시면 업무를 마치게 되는데, 그 이후 시간에 환자들에게서 연락이 올라치면 부리나케 달려갔다. 앞을 못 보는 맹인 가정에 음식을 만들어 갖다주거나, 일부 천주교 신자 중 자활을 하기 위해 지원을 요청하는 이가 있으면 많은 금액은 아니지만 얼마씩 지원도 해 주었다.

"예수님은 제자들의 발을 닦아드렸어요. 그것이면 돼요." 한센인들을 섬기는 마음으로 대하며, 떠날 때도 자신들이 한 일은 하나도

이창섭

특별한 것이 없다며 소록도에 있었던 시간들이 행복했었다고 말하는 그들은 자신들이 과대평가되었다며 부담스러워했다.

오스트리아를 방문한 문 대통령의 홍삼과 무릎담요를 선물을 받은 파란 눈의 소록도의 두 천사는 다음과 같은 손편지를 보냈다.

"1960년대 우리에게 도움을 줄 수 있는 많은 기회를 주었고, 우리 둘 다 그 점에 대해 감사하고 기쁘게 생각한다. 우리 마음은 소록도에 있다. 우리 이름이 불리는 것을 좋아하지 않는다."

우리는 마리안느와 마가렛 두 분의 헌신적인 봉사와 사랑을 잊지 않고 기억할 뿐만 아니라, 이들이 활동할 수 있도록 후원하여 준 그리스도왕 시녀회와 오스트리아 카톨릭 부녀회 그리고 여기에 동참한 많은 사랑의 손길을 함께 기억해야 할 것이다.

4. 가진 것을 내놓은 사람들

1) 공부해 부국강병의 씨앗이 돼 주세요

삼영화학그룹의 창업자 이종환 명예회장은 '관정이종환교육재단'을 만들어 재산의 90% 이상을 장학사업에 쏟아부으면서 자신의 기부금으로 공부한 이들이 부국강병의 씨앗이 되어주기를 간곡히 당부했다. 이 회장은 일명 기부왕으로 불리기도 한다.

1958년 삼영화학그룹을 세운 그는 전자제품 핵심 소재인 극초박 필름 등을 개발해 돈을 벌었다. 여든이던 2002년, 사재 3000억 원으로 '관정이종환교육재단'을 만들고 이후 재산 대부분인 8000억 원을 재단에 쏟아부었다. 개인이 세운 장학재단으로선 아시아 최대 규모다. 지난해까지 5477명에게 총 1120억 원의 장학금 혜택이 갔다. 이 장학금으로 해외에서 박사 학위를 받은 사람만 195명이나 된다.

이 회장은 "우리나라처럼 자원이 없는 나라는 사람으로 승부 볼 수밖에 없어요. 인재를 기르는 일이라면 내 모든 걸 쏟아부어도 아깝지 않아요. 스위스 같은 나라를 보세요. 산과 물밖에 없지만 아인슈타인 같은 인재가 나오니까 소득은 우리보다 훨씬 높죠. 노벨상 수상자나 빌 게이츠 같은 인물이 내 생전에 배출돼 대한민국을 드높인다면 더 이상 소원이 있겠습니까."라고 심정을 토로했다.

전 재산을 내놓기가 아깝진 않았을까. 그는 신조가 '만수유(滿手有)했으니 공수거(空手去)하리라'라고 했다. "손에 가득 쥐어봤으니 갈 때는 빈손으로 가는 게 맞지요. 구두쇠처럼 벌어도 천사처럼 써야 한다고. 난 평생 토요일, 일요일을 모르고 살았어요. 그만큼 열심히 일했기에 남들보다 많은 돈을 벌 수 있었지만, 안 쓰고 죽으면 구두쇠밖에 더 되겠습니까? 큰돈은 큰돈답게 써야 합니다."

이 회장은 해방 후 고향인 경남 의령에서 작은 정미소로 사업을 시작했다. 이후 부자가 된 지금까지 자신에게 돈을 쓰는 데는 인색하다. 한 해 열 번 남짓 해외 출장 때도 이코노미석을 고집한다. 짐

이창섭

을 들어주는 직원도 없다. 그는 현재 8000억 원인 재단 출연금을 연말까지 1조 원 가까이 늘릴 계획이다. 과학고, 그리고 대학원 중심의 새 대학을 만드는 방안도 구상 중이다. "내 일생 최대의 소망이 '부국강병'입니다. 우리나라가 약하니 지금도 중국, 미국, 일본 눈치 보는 것 아닙니까. 이런 설움을 겪지 않으려면 나라 힘이 강해야 해요. 내 장학금 받고 공부한 사람들이 부국강병의 씨앗이 되어주길 바랍니다."

서울대에 도서관 건립비로 600억 원을 기부한 이 회장은 서울대생들에게 "여러분의 할아버지, 아버지가 고뇌하며 이루지 못했던 꿈과 희망을 이곳에서 성취하기 바란다."고 했다.

회사를 이어받은 그의 아들 이석준 삼영화학 회장도 최근 삼영화학이 실적 부진으로 어려움을 겪고 있으면서도 직원들의 복지 증진과 종업원 생산성 향상 동기부여를 위해 보유주식 66만 6660주(1.96%)를 우리사주조합에 증여했다. 주당 1500원 가량으로 약 10억 원에 해당하는 규모다.

2) 이번에는 조금밖에 안 돼요

연세대 공학원에 허리가 구부정한 할머니가 들어섰다. 길거리에서 파는 허름한 꽃무늬 셔츠에 검정 치마 차림. 희끗희끗한 머리칼은 '뽀글이 파마'를 했고, 검게 그을린 얼굴에 검버섯이 몇 개 보이는,

동네 마실 나온 60대 시골 할머니의 모습이었다. 교직원 한 사람이 "무슨 일 때문에 오셨느냐?"고 물었지만 할머니는 묵묵부답이었다. 한참 뒤 할머니가 조그맣게 말했다. "돈을 좀 내러 왔는데…. 1년 전에도 한 번 와서 돈을 조금 내놓은 적이 있어요."

교직원은 장학금 기부를 담당하는 대외협력처로 급히 연락했다. 대외협력처 부국장이 전화를 받고 한달음에 달려와 할머니를 보고 깜짝 놀랐다. 지난해 4월, 1억 원이 든 봉투를 남기고 총총히 사라진 바로 그 할머니였기 때문이다.

당시 할머니는 자신이 누구인지 끝내 밝히지 않았다. 뭐라고 불러야 하느냐는 질문에 '정 씨'라고만 했었다. 귀한 뜻을 어디에 쓰면 좋겠다는 기부 약정서도, 기부금을 건넸다는 영수증도 다 필요 없다며 서둘러 자리를 뜨는 할머니에게 엄 부국장은 "꼭 한 번 연락을 달라."며 명함을 건넸었다.

정 할머니는 "기억해 줘서 고맙다."며 미소 지었다. 그의 얼굴은 첫 만남 때보다 핼쑥했다. 잔주름도 부쩍 늘어 있었다. "따뜻한 녹차 한잔하시죠." 엄 부국장이 사무실 작은 방으로 할머니를 안내했다. "안부 인사를 드리고 싶었지만 연락처가 없어 못 했습니다. 죄송합니다." "괜찮아요. 다 늙은 사람 안부는 물어 뭐 해요."

정 할머니가 팔목에 끼고 있던 검정 비닐봉지를 뒤적였다. 빳빳한 새 수표 몇 장이 나왔다. 1000만 원짜리 2장, 500만 원짜리 1장, 100만 원짜리 5장. 모두 3000만 원이었다.

"이번에도 조금밖에 안 돼요. 형편이 어려운 학생들에게 써 주세

　　　　　　　　　　　　　　　　　　　　　　이창섭

요. 외부에는 알리지 말고…." 찻잔을 앞에 두고 10분을 함께 앉아 있었지만 두 사람이 나눈 대화는 거의 없었다. 왜 또 큰돈을 내놓게 됐는지, 연세대와의 인연을 묻는 엄 부국장에게 정 할머니는 잔잔한 미소를 지을 뿐이었다.

작년 연세대에 1억 원을 기부할 때 할머니는 "그동안 살던 곳이 재개발되면서 받은 토지보상금"이라며 "자식 셋은 대학 공부는커녕 밥도 제때 못 먹였지만 연세대 학생들이 이 돈으로 열심히 공부하면 좋겠다."고 말했다.

정 할머니는 이번에는 성함과 연락처를 가르쳐 달라고 간곡히 부탁하는 엄 부국장에게 "나는 이름이 없는 사람"이라며 자리에서 일어났다. 차로 집까지 모셔드리겠다고 해도 괜찮다며 고개를 저었다. 또한 버스정류장까지만이라도 배웅하겠다고 엄 부국장이 나서자 바쁠 텐데 무슨 배웅이냐며 손사래를 쳤다. 공학관에서 버스정류장으로 걸어가는 길, 3000만 원을 쾌척하고 돌아가는 정 할머니는 허름한 슬리퍼를 신고 있었다.

파주행 버스에 오른 할머니는 "어여, 들어가요." 한마디를 남기고 떠났다.

3) 21년째 찾아온 전주 노송동의 '얼굴 없는 천사'

전북 전주시 노송동 '얼굴 없는 천사'가 올해로 21년째 어김없이 찾아왔다. 29일 노송동주민센터 인근 한 골목길에 성금을 놓아둔 천사는 주민센터에 전화를 걸어 이 사실을 알리고 사라졌다.

이날 오전 11시 24분 노송동주민센터에 전화 한 통이 걸려왔다. 매년 들리던 중년 남성 목소리, '얼굴 없는 천사'였다. 그는 "주민센터 근처 삼마교회 '얼굴 없는 천사' 간판 옆 골목길에 A4박스를 두었습니다. 코로나19로 어려운 분들께 도움이 됐으면 좋겠습니다"라고 말한 뒤 곧바로 전화를 끊었다.

주민센터 직원이 가져온 성금박스에는 천사가 남긴 메모지도 들어 있었다. 천사는 "지난해 저로 인한 소동이 일어나서 죄송합니다. 코로나로 인해 힘들었던 한 해였습니다. 이겨내실 거라 믿습니다. 소년소녀가장 여러분 새해 복 많이 받으시고 건강하세요."라고 적었다. 박스에는 5만원권 지폐 다발과 돼지저금통 1개가 들어 있었다. 주민센터가 집계해 보니 올해 성금은 7012만8980원이나 됐다. 지금까지 이름도 직업도 알 수 없는 '얼굴 없는 천사'가 21년 동안 22회(2002년 2회 기부)에 걸쳐 보내준 성금은 총 7억3863만3150원에 달한다.

노송동 '얼굴 없는 천사'는 2000년 4월 당시 중노2동 주민센터에 기부의 주인공이 초등학생을 통해 58만4000원이 든 돼지저금통을 보낸 뒤 사라져 불리게 된 이름이다. 해마다 성탄절 전후에 남몰래 선행을 이어왔다. 전주시는 그간 '얼굴 없는 천사'의 성금으로 생활이 어려운 5770여 가구에 현금과 연탄, 쌀 등을 전달해 왔으며, 노송동 저소득가정 초·중·고교 자녀 20명에게 장학금도 수여했다.

이 천사는 연말이 되면 주민센터 주변에 아무도 모르게 성금을

이창섭

놓고 직원에 알려준다. 그가 누구인지 아직까지 아무도 모른다. 소리 없이 주민센터를 찾아와 생활이 어려운 이웃을 위해 온정의 손길을 내민 그의 선행은 이웃사랑의 샘터가 돼 훈훈한 인정이 넘치는 우리 사회가 될 수 있는 계기를 마련했다. 나아가 기부문화가 사회적으로 확산되는 발판이 됐다.

2009년 12월 12일 얼굴 없는 천사의 선행을 주민 모두가 받들어 따뜻한 세상을 만들자는 뜻을 모아 노송동 주민센터 옆에 기념비를 세웠다. 이 기념비에는 "얼굴 없는 천사여! 당신은 어둠 속의 촛불처럼 세상을 밝고 아름답게 만드는 참 사람입니다. 사랑합니다." 라는 글귀가 담겨 있다. 노송동에는 천사 마을과 천사 거리가 생겼고, 매년 '천사(1004)'를 연상하는 10월 4일을 '천사의 날'로 지정하고 천사축제가 열린다. 이를 통해 '얼굴 없는 천사'의 숭고한 정신과 뜻을 이어받아 우리 사회가 더욱 따뜻해지기를 염원했다.

4) 카카오 김범수 의장. 재산 기부 서약: 재산 절반 이상을 사회에 환원

김범수 카카오 이사회(이하 김 의장) 의장은 죽기 전까지 자신의 재산 절반 이상을 사회문제 해결을 위해 기부하겠다는 뜻을 밝혔다.

벤처 1세대인 김 의장은 어렸을 때 식구와 방 한 칸짜리 집안에서 살았다. 5남매 중 혼자 대학을 나와 한게임과 카카오를 창업하여 국내에서 손꼽히는 IT기업가가 되었다. 그의 사업은 연매출 12조에 달하며 전 재산은 10조 원이 넘는다고 한다. 이 중 절반인 5조를 기부하겠다고 선언하였다. 김 의장은 "지난 3월 카카오톡 10주년을 맞아 사회문제 해결의 주체자가 되자고 제안을 한 후 무엇을 할지 고민이 많았다"며 "격동의 시기에 사회문제가 다방면에서 더욱 심화되는 것을 목도하며 더 이상 결심을 더 늦추면 안 되겠다는 생각이 들어 앞으로 살아가는 동안 재산의 절반 이상을 사회문제 해결을 위해 기부하겠다는 다짐을 하게 됐다"고 설명했다.

김 의장은 2021년 3월 16일 자발적 기부운동 '더기빙플레지(The Giving Pledge)'의 220번째 기부자로 이름을 올렸다고 밝혔다. 더기빙플레지는 2010년 빌 게이츠 마이크로소프트 회장과 그의 아내 멀린다 게이츠, 워런 버핏과 버크셔 해서웨이 회장이 재산 사회 환원을 서약하며 시작한 자발적 기부 운동이다. 가입하려면 10억 달러(약1조1000억 원) 이상을 보유하고 재산의 절반 이상을 기부하겠다고 약속해야 한다. 현재 25개국 220명이 서약했으며, 테슬라 창업자 일론 머스크, 페이스북 창업자 마크 저커버그, 버진그룹 창업자 리처드 브랜슨 등과 함께 배달 앱 배달의 민족을 운영하는 우아한 형제들의 김봉진(45세) 의장이 219번째로 포함되어 있다.

김 의장은 서약서에서 "1995년 마이크로소프트 창립 20주년 특집 기사를 보고 창업의 꿈을 키웠던 청년이 이제 기빙플레지 서약을 앞두고 있다며, 기사를 처음 접했던 때만큼이나 설렘을 느낀다. 기부 서약이라는 의미 있는 기회를 마련해 준 빌·멀린다 게이츠 부

이창섭

부와 워런 버핏, 그리고 앞선 기부자에게 존경과 감사의 인사를 전한다"고 했다.

김 의장은 "저와 제 아내는 오늘 이 서약을 통해 죽기 전까지 재산의 절반 이상을 사회에 환원하려고 한다"며, "자녀들과 오랜 시간 동안 함께 고민하고 이야기 나눴던 여러 주제 가운데 사회문제 해결에 보탬이 될 수 있는 일부터 기부금을 쓸 생각이다."라고 했다. 이어 "목표했던 부를 얻고 난 뒤 인생의 방향을 잃고 한동안 방황해야 했으나 '무엇이 성공인가'라는 시를 접한 뒤 앞으로의 삶에 방향타를 잡을 수 있었다"며 "성공의 의미를 다시 새겼던 10여 년 전 100명의 창업가(CEO)를 육성·지원하는 프로젝트를 시작한 뒤 카카오 공동체라는 훌륭한 결실을 맺었고 대한민국 많은 사람의 삶에 영향을 미치게 됐다"고 말했다.

김 의장은 "서약을 시작으로 우리 부부는 기업이 접근하기 어려운 영역의 사회문제 해결에 나서려 한다"며 "사회적 기업이나 재단을 통해 사회문제 해결에 적극적으로 나서는 100명의 혁신가를 발굴해 지원하고 미래 교육 시스템에 대한 적절한 대안도 찾으며 빈부 격차로 기울어진 운동장을 바로 세우고자 노력하고, 아프고 힘든 이들을 돕는 사람들에 대한 지원을 아끼지 않을 것"이라고 했다.

김 의장은 "우리가 걸어가는 길이 세상을 바꾸기 위해 도전하는 또 다른 혁신가들의 여정에 보탬이 되기를 기대하며 서약에 흔쾌히 동의하고 지지해 준 가족들에게 이 자리를 빌려 사랑하고 고맙다는 말을 전하고 싶다"고 했다.

5. 기부의 역사를 새로 쓴 삼성, 이건희의 선물

삼성 고 이건희 회장(이후 이 회장)은 살아서 한국의 삼성을 세계의 삼성으로 도약시킨 주역이었고, 죽어서는 그의 유언대로 재산의 60%를 사회에 환원하여 기부의 역사를 새롭게 썼다.

1) 한국의 삼성을 세계의 일류기업으로 도약시킨 주역

이 회장은 삼성그룹의 창업주이자 아버지인 이병철 회장의 사업보국의 유지를 이어받아 한국의 삼성을 세계 일류기업으로 키워낸 도전가이자 시대를 앞서간 신경영인이다.

이 회장은 1987년 12월 삼성그룹 회장이 되었다. 회장이 된 뒤 이듬해 제2창업을 선언하고, 인간중심·기술중시·자율경영·사회공헌을 경영의 축으로 삼아 세계 초 일류기업으로의 도약을 그룹의 21세기 비전으로 정하고, 변화와 개혁을 주문했다.

회장에 취임한 당시 세계 경제는 저성장 기미를 보이고 있었고, 국내경제는 3저 호황 뒤의 그늘이 짙게 드리우고 있었는데도 삼성내부는 긴장감이 없고 내가 제일이라는 착각에서 벗어나지 못하고 있었다. 더군다나 계열사 간, 부서 간의 이기주의는 눈에 보일 정도로 소모적 경쟁을 부채질하고 있었다고 한다. 그는 이런 삼성의 현실과 세기말적 변화에 대한 위기감에 심한 불면증과 식욕부진에 시달렸다.

이창섭

이 회장은 1993년 1월 11일 사장단회의에서 "21세기를 대비한 마지막 기회를 맞고 있다는 각오로 새로운 출발을 하자"고 선언하고 이를 행동으로 옮긴다.

1993년 2월, 이 회장은 임원들과 미국 로스앤젤레스의 한 가전 매장을 찾았다. GE, 필립스, 소니, 도시바 등 선진국 전자 회사들의 휘황찬란한 제품 진열장 한 귀퉁이에 삼성 제품이 먼지를 뽀얗게 뒤집어쓴 모습을 보고 수치스러움에 온몸을 떨었다. 국내 1위로 만족하다가는 결코 살아남을 수 없다는 심각한 위기의식이 몰려왔다. LA 센추리프라자 호텔 회의장. 이 회장은 78가지 전자제품을 갖다 놓고 당장 분해하라고 했다. 그리고 삼성전자는 물론 계열사 사장을 불러 우리의 상품이 얼마나 천덕꾸러기가 되고 있는가를 눈으로 확인케 하였다.

1993년 3월, 다시 계열사 사장단 46명을 도쿄로 불러 모은 뒤, 세계 전자시장의 메카로 불리우는 아키하바라를 샅샅이 누비며 일본을 연구하라고 지시한다.

서울로 돌아온 이 회장은 삼성 창립 55주년 기념식에서 "앞으로 2000년까지 남은 시간은 7년입니다. 삼성이 세계 초일류 기업으로 가느냐 주저앉고 말 것이냐를 결정하는 마지막 결단의 시기가 다가오고 있습니다. 기술과 정보야말로 경쟁력의 원천이 되는 시대가 열렸습니다. 먼 훗날 삼성의 역사에서 여러분과 내가 이 시대를 빛낸 주인공으로 함께 기록될 수 있기를 간절히 바랍니다."라는 비장감이 서려있는 당부를 하고 대중 앞에 광폭행보를 시작한다.

그해 6월 도쿄 오쿠라 호텔에서 이 회장은 한국 임원들을 다 돌려보내고 교세라에서 직접 스카우트한 후쿠다 다미오 삼성전자 디자인고문을 비롯한 일본 측 고문들에게 "진정으로 삼성을 위한다면 허심탄회하게 이야기해 달라"고 정성어린 질문을 던졌다. 회의장은 뜨겁게 달아올랐다. 오후 4시에 시작된 회의는 새벽 5시에 끝났다. 이 회의 결과 13쪽의 '후쿠다 보고서'가 만들어져 이 회장에게 전달되었다. 보고서의 핵심 중 하나는 디자인에 관한 프로세스 개선과 사고방식의 혁신이었고, 다른 하나는 회사 전체에 대한 개선과 제안이었다.

프랑크푸르트로 가는 비행기 안에서 이 회장은 후쿠다 보고서를 읽고, 수행원들에게 주면서 검토의견서를 내도록 했다.

이 당시 세탁기 사건이 터졌다. 삼성 사내방송 SBC의 몰래카메라 영상물에 세탁기 뚜껑 여닫이 부분 부품이 들어맞지 않자 직원들이 아무 거리낌 없이 칼로 2㎜를 깎아내고 조립하는 장면이 담겼다. 심지어 교대자를 바꿔가며 이런 식으로 제품을 대충 끼워 맞추는 장면이 카메라에 적나라하게 잡혔다.

이 회장은 이학수 비서실 차장에게 전화를 건다. "지금부터 내가 하는 말을 녹음하시오. 이게 그토록 강조했던 질 경영의 결과란 말이요? 수년간 강조했는데 변한 것이 고작 이겁니까? 당장 사장과 임원들 모두 프랑크푸르트로 집합시키세요."

1993년 6월 7일, 독일 프랑크푸르트 인근 캠핀스키 호텔. 한적한 시 외곽의 소규모 호텔이지만 초호화 등급인 이 호텔에서 삼성의 역사를 바꾸는 프랑크푸르트 선언이 나온다.

이 회장은 양을 중시하던 기존의 경영에서 벗어나 질을 중시하는 삼성의 '신경영' 선언을 했다. 불량 부품을 칼로 깎아 조립하는 것을 보고, 격노했던 그가 삼성의 제2창업을 시작한 것이다.

"제도나 관행에 구애받지 마십시오. 회장의 눈치도 보지 말고, 소신껏 하십시오. 회장인 나부터 바뀌겠습니다. 마누라, 자식 빼고 다 바꾸시오!"

이 회장은 이후 마치 다른 사람처럼 개혁의 선봉장이 되었다. 위로부터 시작된 삼성의 강력한 개혁과 변화에는 성역이 없었다.

'나부터 변해야 한다'는 결심을 프랑크푸르트 선언에 담아낸 이 '신경영'은 단순히 하루 이틀 생각한 뒤 나온 것이 아니라 10년 이상 후계자 수업을 받고, 5년간 회장직을 맡고 난 뒤 쌓였던 고민과 열정을 폭발시킨 것이었다.

이 회장의 '신경영' 선언을 시작으로 삼성은 쉼 없이 개혁과 변화를 시도하였다. 그 결과 1997년 한국경제가 맞은 사상 초유의 IMF 위기와 2009년 금융 위기 속에서도 성장을 이어갔다. 2020년 브랜드 가치는 623억 불로 글로벌 5위를 차지했고, 동시에 현재 50만 명 이상의 임직원과 매출 400조 원, 수출의 20%, 법인세 18%를 납부한, 스마트 폰, TV, 메모리반도체 등 20개 품목에서 월드베스트 상품을 기록하는 삼성으로서 명실 공히 세계 일류기업으로 도약했다.

영국의 파이낸셜타임스는 이 회장의 부고를 접하고 선지자라는 표현을 사용하면서 애도를 표시했다. 선지자는 하나님의 말씀을 예언으로 전해주는 사람이란 뜻으로 남들이 미리 보지 못하는 것을 보고 앞날을 예언하는 초인적 존재라는 뜻이다. 그는 단순한 선지자가 아니라 "삼성을 세계 초일류 기업으로 성장시키겠다"던 취임 때의 약속을 20여 년 만에 지킨 행동가이자 실천가였다.

2) 생일 선물 대신 "이웃 도운 내용 적어주면 좋겠다"

이 회장은 사회공헌활동을 기업에 주어진 또 다른 사명으로 여기고, 이를 경영의 한 축으로 삼았다.

1991년 1월, 이 회장은 1987년 회장 취임 이후 관례처럼 회장의 생일인 1월 9일마다 선물을 받게 되자, 선물 대신 "진심을 담아 불우이웃을 돕고, 그 활동 내용을 적어 나에게 생일 선물로 주면 좋겠다."고 임직원들이 자발적인 기부를 늘렸으면 하는 바람을 전했다.

이후 삼성 사장단은 2014년 이 회장이 급성 심근경색으로 쓰러지기 전까지 23번의 1월 9일마다 '축 생신(祝 生辰)'이라고 적힌 봉투를 이 회장에게 전달했다. 봉투를 열면 늘 임직원들의 이웃돕기 활동이 적혀 있었다. 마지막이 된 2014년의 편지에는 "많은 임직원들이 '신경영 20주년 특별격려금의 10%를 기부했다'는 내용이 들어 있어 더욱 표정이 밝으셨다"고 했다.

삼성은 국경과 지역을 초월하여 사회적 약자를 돕고 국제 사회의 재난 현장에 구호비를 지원하고 있다. 이러한 활동을 1994년 삼

이창섭

성사회봉사단을 출범시켜 조직적으로 전개하고 있으며, 특히 기업으로서는 세계에서 유일하게 첨단장비를 갖춘 긴급재난 구조대를 조직해 국내외 재난 현장에서 구호활동을 하며 맹인안내견 등 동물을 활용하는 사회공헌도 진행했다.

이 회장의 독특한 경영철학은 임직원들에게도 영향을 미쳐 매년 연인원 50만 명이 300만 시간 동안 자발적으로 고아원, 양로원 등의 불우 시설에서 봉사하고 자연환경 보전에 땀 흘리고 있다.

3) 새로 쓴 기부의 역사

이 회장의 유가족들은 이건희 경영 철학 "사회에 공헌하라"는 유지를 받들어 "유산 26조, 상속세 12조, 국보 미술품 등 2만3000여점 기증, 감염병·소아암 등 지원에 1조 기부" 등 재산의 60%를 기부함으로써 기부의 역사를 새롭게 썼다.

유가족이 5년간 6회에 걸쳐 분납하기로 한 상속세 12조는 세계적으로도 유례가 없다. 애플 창업주 스티브 잡스의 상속세의 3배가 넘고, 최근 3년(2017~2019년)간 국세청이 거둔 상속세 합계 10조6000억 원보다 많다. 미국의 애플의 잡스 사망 당시 유족에게 부과된 세금은 28억 달러(약 3조1000억원)였다. 잡스가 남긴 유산 70억 달러에 미국의 상속세율 40%를 적용한 액수다. 외국에서 자녀에게 재산을 상속하는 경우 세율은 프랑스 45%, 영국 40%, 독일 30%

다. 로이터통신은 이날 "삼성 일가의 상속세가 한국을 포함해 전 세계에서 최대 규모 중 하나"라고 보도했다. 지금까지 국내 최대 상속세는 2018년 별세한 고 구본무 LG 회장의 유족이 연부연납하고 있는 9,215억 원이다.

삼성 일가가 발표한 사회환원 계획 중 미술품 기증이 가장 큰 비중을 차지한다. 정선의 '인왕제색도' 등 국보 14점과 보물 46점을 포함해 2만3000여 점이 국립중앙박물관·국립현대미술관 등에 기증된다. 감정가 3조 원대로 알려졌다. 삼성 관계자는 "이른바 '이건희 컬렉션' 상당 부분이 기증되는 것으로 알고 있다"고 말했다.

이와 별개로 의료공헌 방식으로 1조 원을 기부한다. 이 중 절반인 5000억 원은 2026년까지 서울 중구 방산동 중앙감염병전문병원 건립에 쓰일 예정이다. 국립감염병연구소에도 2000억 원이 지원된다. 나머지 3000억 원은 소아암이나 희귀질환을 앓고 있는 어린이 지원에 쓰인다.

이 회장 재산의 약 60%를 사회에 내놓은 이번 조치는 사회적 책임을 실천한 일로 평가할 만하다. 삼성은 이날 "세금 납부는 국민의 당연한 의무이자 마땅히 해야 할 일"이라며 "다양한 사회공헌 방안을 추진해 '새로운 삼성'으로 거듭나겠다"고 밝혔다.

이창섭

6. 나오면서

사랑과 나눔을 깨닫고 실천하는 귀한 삶의 사례를 통해서 우리 사회에 만연된 갈등과 반목의 악순환에서 벗어나 상대를 존중하고 배려하는 사랑과 협력의 공동체적 삶, 우리의 아름다운 풍습의 정 ㈜이 넘쳐흐르는 사회, 나라를 만들기 위해 우리 모두가 겸허하게 돌아보는 성찰과 깊은 사색의 시간을 갖기를 소망한다.

여기에 하나 더 러시아의 문호 톨스토이가 쓴 민담 〈인간은 무엇으로 사는가〉를 소개하니 이를 읽고 함의하는 바가 무엇인가를 깊이 생각하는 시간을 갖기를 바라면서 이 글을 마무리하고자 한다.

러시아 어느 마을에 세묜이라는 구두장이와 그의 부인 마트료나가 살고 있었다. 아주 가난했던 이들은 외투가 하나밖에 없는 데다가 그게 너무 낡아서 새것을 짓기로 했다. 마을 사람들에게 돈을 꿔준 적이 있는 세묜은 그 돈을 받아서 양가죽을 하나 사려고 마을로 갔다.

그러나 고작 20코페이카밖에 받지 못해서 화가 난 세묜은 그 돈을 몽땅 털어서 보드카를 사서 마셔버렸다. 땅거미가 지는 겨울 저녁, 그는 휘청휘청 집으로 돌아가면서 꿔준 돈을 안 갚는 농부들을 욕하고 있었다. 그런데 교회 담벼락에 뭔가 희끄무레한 것이 보이지 않는가! 가까이 다가가면서 보니 어떤 젊은 남자가 완전히 벗은 채 벽에 기대어 있었다. 세묜은 강도한테 당한 남자인가보다 생각하고 무서운 생각이 들어서 얼른 지나쳐버렸다. 그러나 조금 가다가 다시 생각하니 차마 그 남자가 얼어 죽는 것을 그냥 내버려 둘 수가 없었다.

그래서 그 남자에게로 가서 자기 옷을 입히고 겨우 부축을 해서 집으로 데리고 왔다.

"당신은 누구요?" 세묜이 물었다.

"나는 이 동네 사람이 아닙니다. 나는 하느님의 벌을 받는 중입니다."

그 사나이는 이렇게 말하고 입을 다물었다. 집으로 돌아오자 예상대로 마트료나는 길길이 뛰었다. 돈도 못 받고 술만 마시고는 웬 건달까지 데리고 왔다는 것이다. 그러고는 밥을 못 해주겠다면서 이 사나이의 옷을 도로 벗기고 밖으로 강제로 밀어내려고 했다. 세묜이 아무리 설명하고 말리려 했으나 마트료나는 고집불통이었다. 마침내 세묜이 소리를 질렀다.

"마트료나, 당신에게는 하느님도 없소?"

그러자 겨우 마트료나는 자신의 행동이 지나치다는 것을 깨닫고는 두 사람에게 사과하고 밥을 짓겠다고 했다.

이때 그 사나이는 빙그레 웃었다.

다음 날부터 이 사나이는 이 집에 함께 살면서 세묜의 조수로서 구두장이 일을 배우고 그를 도와 구두를 지었다. 그의 이름은 미하일이었다.

이창섭

1년이 지났다. 그동안 미하일은 언제나 조용하게 지냈고 가끔씩 먼 곳을 쳐다보기만 했다. 그러던 어느 날, 이 집 앞에 마차가 한 대 서더니 어떤 귀족이 들이닥쳤다. 그러고는 아주 비싼 가죽을 내밀면서 이 가죽으로 좋은 부츠를 만들라고 명령조로 말했다.

"적어도 일 년은 끄떡없을 정도로 단단히 꼬매라."

그러면서 의자에 거만하게 앉아 발의 치수를 재게 했다. 그런데 미하일이 이 귀족의 말을 듣는 둥 마는 둥 하면서 귀족의 뒤편을 빤히 응시했다. 그러더니 갑자기 빙긋이 웃는 것이었다.

"자넨 왜 싱글거리는 거냐?" 하고 야단을 친 귀족은 곧 말을 타고 떠나버렸다.

이제는 세몬보다 미하일의 솜씨가 훨씬 좋았기 때문에 세몬은 그에게 귀족의 부츠를 짓도록 시켰다. 그런데 다음 날, 부츠가 어떻게 만들어지고 있는지 보려고 세몬이 왔다가 기절을 할 정도로 놀라고 말았다. 미하일은 부츠가 아니라 슬리퍼를 단정하게 만들어 놓은 것이다.

세몬이 너무 놀라 말을 못 하고 있는데 어제 왔던 귀족의 하인이 들이닥쳤다.

"우리 나리께서 어제 저녁에 갑자기 돌아가셔서 그 가죽으로 부츠를 만들 것이 아니라 시체에 신기는 슬리퍼를 만들어야 합니다."

그러자 미하일은 조용히 그 슬리퍼를 하인에게 내주었다.

다시 세월이 흘러 6년이 지났다. 그동안에도 미하일은 아무런 이야기도 하지 않은 채 묵묵히 구두를 만들었다. 그러던 어느 날, 창밖을 내다보던 이 집 아이가 이렇게 말을 했다.

"미하일 아저씨, 어떤 아줌마가 아이 둘을 데리고 우리 집으로 오고 있네요."

그런데 평소에 그런 일이 한 번도 없던 미하일이 갑자기 하던 일을 멈추더니 창밖을 뚫어지게 쳐다보는 것이었다. 조금 있자 정말로 어떤 부인이 여자 아이 둘을 데리고 들어오는데 한 아이는 한쪽 다리를 절고 있었다. 그 부인은 아이들을 위한 구두를 주문했다.

세몬은 그 부인과 이야기를 나누면서 아이들 일을 이것저것 물었다. 그런데 부인은 이 아이의 어머니가 아니라는 것이었다. 이 아이들은 6년 전에 태어난 쌍둥이인데 아이가 태어나기 사흘 전에 아버지가 죽고 어머니는 아이들이 태어난 지 하루 만에 죽었다는 것이다.

그리고 자기는 옆집에 살고 있었는데 이 쌍둥이가 불쌍해서 데려다가 키우고 있다고 했다. 그런데 하나님의 뜻인지 그 두 아이는 잘 컸으나 정작 자기 아이는 2년 후에 죽고 말았다고 했다. 이 말을 들은 마트료나가 하느님의 도움으로 아이들이 잘 살고 있는 것 같다고 말하면서 눈물을 닦았다.

그런데 갑자기 미하일이 있는 쪽 구석에서 섬광이 비쳐서 온 방 안이 환하게 밝아졌다. 사람들이 놀라 그쪽을 보니 미하일은 두 손을 무릎 위에 얹고 위를 쳐다보며 싱긋 웃고 있었다.

이창섭

신의 그림자

미하일은 자리에서 일어나 주인 내외에게 허리를 굽혀 인사를 했다.

"하느님께서 용서를 하셨으니 주인 내외께서도 저를 용서하십시오."

세몬은 미하일에게 물었다.

"자네는 보통 인간이 아닌 듯하니 꼬치꼬치 물을 수는 없겠으나, 꼭 알고 싶은 것이 있네. 자네는 처음에 마트료나가 저녁식사를 지으려고 할 때 웃었고, 귀족 나리가 부츠를 부탁했을 때 두 번째 웃고, 두 여자아이를 보았을 때 세 번째로 웃었는데 그 까닭이 무엇인가?"

"저는 하느님의 천사였는데, 하느님의 뜻을 거역하여 벌을 받고 있는 중이었습니다. 저는 하느님의 뜻 세 가지를 알게 되면 용서를 받게 되어 있었는데, 이제 그 세 가지를 알게 되어 용서 받은 것입니다."

미하일은 이렇게 말하며 자기 일을 설명했다.

어느 날 하느님은 미하일에게 어느 여인의 혼을 거두어 오라고 시켰다. 그가 그 여인에게 갔을 때 여인은 쌍둥이 아이들을 낳은 직후였다. 천사가 온 것을 알아본 그 여인은, 자기 남편이 사흘 전에 벌목을 하다가 나무에 깔려 죽고 다른 의지할 사람도 없는데 쌍둥이 아이들을 낳았으니 돌볼 사람이 없는 이 아이들을 기를 수 있도록 해달라고 흐느끼며 부탁을 했다.

차마 산모의 혼을 빼앗지 못한 천사는 하느님께 가서 그 사실을 이야기했다. 그러자 하느님은 이렇게 말했다.

"여인의 혼을 거두어라. 그러면 너는 세 가지 말을 알게 되리라.

즉 인간의 내부에는 무엇이 있는가, 인간에게 허락되지 않은 것은 무엇인가, 그리고 인간은 무엇으로 사는가?"

그래서 미하일은 다시 인간 세계로 내려와 여인의 혼을 거두었다. 그때 여인의 시체가 침상에서 굴러 떨어지면서 한 아이의 다리를 누르는 바람에 그 아이는 한쪽 다리를 절게 되었다. 미하일이 여인의 혼을 하늘에 올리고 자신도 하늘로 오르려고 했을 때 갑자기 광풍이 일더니 미하일의 날개가 부러지며 땅으로 떨어지게 되었다.

그때까지 추위와 배고픔을 모르던 미하일은 이제 인간이 되어 사경을 헤매며 고통을 받게 되었다. 교회 담벼락에 기대어 있는 중에 멀리 사람이 다가오는 것을 보았다. 그 인간은 사나운 몰골을 한 채 오직 돈 받을 궁리를 하면서 지나가버렸다. 그런데 조금 있다가 그 사나이가 다시 돌아와 자신을 부축하고 집으로 데려갔다.

그 사나이의 얼굴엔 방금 전까지 죽음의 그림자만이 드리워져 있었는데 이제는 다시 생기가 돌고 신의 그림자가 언뜻 비치는 것이었다. 그 사람의 집으로 가자 그 집 부인은 숨을 쉬기 힘들 정도로 독기를 뿜고 있었다. 여자는 자기를 추운 밖으로 다시 내쫓으려 했는데 만일 진짜 그렇게 했다면 그 여자는 곧 죽음을 면치 못했을 것이다.

그런데 남편이 하느님 이야기를 꺼내자 여자의 태도가 누그러지더니 밥을 짓겠다고 했다. 그러자 여인의 얼굴에서도 죽음의 그림자가 가시고 거기에서 신의 얼굴을 볼 수 있었다. 그때 미하일은 깨

이창섭

달았다. 인간의 속에는 하느님의 사랑이 있는 것이다. 그러자 자신도 모르게 싱긋이 웃게 되었다.

두 번째 하느님 말씀을 알게 된 것은 귀족이 부츠를 주문했을 때였다. 귀족이 가게로 들어왔을 때 그의 뒤에는 예전에 자신의 친구였던 죽음의 천사가 서 있었다. 그 귀족은 자기가 그날 저녁에 죽는다는 것도 모른 채 1년 동안 신을 부츠를 주문하는 것이었다. 그래서 그때 미하일은 인간에게 허락되지 않은 것이 무엇인지를 깨달았다. 인간은 자신에게 무엇이 필요한지를 모르고 산다는 것이다.

그러나 아직 전부 깨닫지는 못했다. 인간은 무엇으로 산단 말인가? 이것은 오랫동안 깨닫지 못한 채 기다리고 또 기다렸다. 그런데, 어느 날 자신이 이전에 영혼을 거두어들인 그 여인의 아이들이 집으로 찾아온 것이다.

산모는 부모가 없으면 아이들을 기르지 못할 거라고 이야기를 했기 때문에 그가 영혼을 거두어들이지 않았던 것인데, 6년이 지나보니 아이들은 이웃집 여인이 엄연히 잘 기르고 있지 않은가? 더구나 그 여인이 아이들 이야기를 하면서 눈물을 흘리는 것을 보고 거기에 살아 계신 신의 그림자를 보게 되었다. 사람은 하느님의 사랑으로 살아가는 것이다.

"모든 사람들은 자신을 살피는 마음에 의하여 살아가는 것이 아니라 사랑으로 살아가는 것이다. 어머니라 하더라도 자신의 아이들에게 진정 무엇이 필요한지 몰랐다. 부자도 자기가 1년을 살지 오늘 저녁에 죽을지 모르고, 자기에게 필요한 것이 부츠인지 시체에게 신길 슬리퍼인지조차 아는 것이 허용되지 않는다. 내가 인간이 되어 살아갈 수 있었던 것은 내가 자신의 일을 걱정했기 때문이 아니라 나를 불쌍하게 여기고 도와주었던 다른 사람들이 있었기 때문이다. 모든 사람들이 살아갈 수 있는 것은 모두가 자신만을 위해 걱정하기 때문이 아니라 그들 속에 사랑이 있기 때문이다.

나는 이번에 한 가지 일을 더 깨달았다. 하느님께서는 인간이 뿔뿔이 흩어져 사는 것을 원하지 않으신다. 때문에 인간 각자에게 무엇이 필요한지 계시하지 않는 것이다. 그래서 모든 사람들에게 필요한 것이 무엇인지만을 가르쳐주신 것이다. 사랑하는 사람은 하느님 가운데 살아가는 것이다."

이렇게 말을 마친 미하일 천사는 등의 날개를 활짝 펴더니 천장을 뚫고 하늘로 올라갔다. 세묜과 마트료나가 이윽고 정신을 차려 보니 집은 전과 다름없고 방에는 가죽 외에는 아무것도 없었다. (출처: 주경철. 질문하는 역사)

　　　　　　　　　　　　　　　　　　　　　이창섭

인류와 자신에 대해 생각해 볼 수 있는 소박한 이야기들

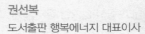
권선복
도서출판 행복에너지 대표이사

21세기 무한경쟁시대에 물질이 모든 것을 지배하는 시대, 낭만이 없습니다. 그런 것을 생각하기에 사회가 너무 급격하게 변하고 있기 때문일지도 모릅니다.

그런데 이런 시기일수록 아이러니하게도 인문학의 중요성이 대두됩니다. 메말라가는 감성에 불을 지피자고 소리 높여 말하는 사람들이 많습니다. 우리를 냉혹한 현실에서 구해줄 것은 돈도, 명예도 아닌, 자신을 되돌아볼 수 있게 하는 소박한 인문학이라는 주장에 솔깃해집니다.

본서 『우암문고』는 그러한 요구에 답해줄 수 있는 철학적 사유를 담았습니다. 작가님들은 저마다 사회에서 중요한 위치를 차지하고 있는 분들로서, 누구보다 열심히 살아오면서 물질의 중요성도 익히 알고 계실 것입니다.

우암학원에서 '인간사랑과 협동'에 관한 책을 펴냄이 매우 뜻깊게 느껴집니다.

우암문고는 이번에 나오는 것이 어느덧 5집으로 2020년 1월 20일 1집을 발행한 이후 열악한 출판환경에서도 꾸준히 발간되어 오고 있습니다. 조용기 우암학원 설립자, 학원장님의 이념은 '행복한 삶을 영위하기 위하여 하나님을 공경하고 인간을 존중하며 나라를 사랑하자'는 삼애정신을 바탕으로 하고 있습니다. 정직한 인간으로서의 자기실현과 전문성의 제고, 기술연마, 인격도야로 인류발전에 기여코자 함이 우암학원의 설립목적이자 정수입니다.

책은 '사랑'과 '협동', '관계'에 대해서 고찰하고 있습니다. 코로나19 팬데믹 때문에 접촉이 더욱 어려워진 시국에 오히려 끈끈한 정을 주장하고 있으니 살펴보고 싶어집니다. 모두 혼자 꿋꿋이 서 있으려 하지만 우리 인간은 한자에서도 보이듯이 人, 즉 서로 기대고 살지 않으면 존재할 수 없는 것이 현실입니다. 당장 지금 내가 입고 있는 옷과 내가 머무르는 방에 얼마나 많은 손길이 가해졌을까요. 협동과 상생은 선택이 아닌 필수인 것입니다.

현재와 과거의 인물들과 기록을 오가며 이에 관하여 풀어나가는 본서에서 깊은 지혜의 맛이 우러나오는 것을 느낍니다. 마치 진한 사골국처럼 맛을 들이면 들일수록 옳고 바른, 만족스러운 글들입니다.

본서를 통하여 독자 여러분들도 인간 사랑에 관하여 다시 한번 생각해 보는 계기를 가져 보시길 바랍니다. 우리는 홀로 존재할 수 없습니다. 인류애는 곧 자기애와 상통합니다. 타인을 사랑하고 배려함으로써 우리는 더욱 우리 존재 가까이에 다가갈 수 있게 되는지도 모릅니다. 물질만이 중요하다고 여겨지는 각박한 생각은 잠시 내려놓고, 이 추운 겨울 자신과 타인에 관하여 고찰해 보고 나름의 결론을 내려보는 만족스러운 사색의 시간을 통해 따스한 온기를 쬐어 보는 것도 좋지 않을까요.

좋은 글들을 나누어주신 우암인 필진분들에게 감사의 말씀을 전하며, 하시는 일 주님의 은총이 형통되는 멋진 날들로 가득하길 기원드리며 기운찬 행복에너지 선한 영향력과 함께 보내 드립니다.